潮州文化丛书·第二辑

《潮州文化丛书》编纂委员会 编

广东省普通高校人文社科重点研究基地岭东人文创新应用研究中心（2018WZJD005）建设阶段性成果

我们社研究

黄景忠　杜运通　杜兴梅　著

SPM 南方传媒　广东人民出版社
·广州·

图书在版编目（CIP）数据

"我们社"研究 / 黄景忠, 杜运通, 杜兴梅著. —广州：广东
人民出版社，2022.10
（潮州文化丛书·第二辑）
ISBN 978-7-218-15754-2

Ⅰ. ①我… Ⅱ. ①黄… ②杜… ③杜… Ⅲ. ①现代文学—社
会团体—研究—潮州 Ⅳ. ①I209.6

中国版本图书馆CIP数据核字（2022）第065147号

封面题字：汪德龙

"WOMENSHE" YANJIU

"我们社"研究

黄景忠 杜运通 杜兴梅 著   版权所有 翻印必究

出 版 人：肖风华

出版统筹：卢雪华
责任编辑：伍茗欣
责任校对：吴丽平
封面设计：书窗设计工作室
版式设计：友间文化
责任技编：吴彦斌 周星奎

出版发行：广东人民出版社
地　　址：广州市越秀区大沙头四马路10号（邮政编码：510199）
电　　话：（020）85716809（总编室）
传　　真：（020）83289585
网　　址：http：//www.gdpph.com
印　　刷：广州百思得彩印有限公司
开　　本：787mm×1092mm　1/16
印　　张：18　字　数：170千
版　　次：2022年10月第1版
印　　次：2022年10月第1次印刷
定　　价：96.00元

总序

坚定文化自信
打造文化强市建设标杆

　　文化是民族的血脉，是人民的精神家园。潮州是国家历史文化名城，是潮文化的发祥地。千百年来，这座古城一直是历代郡、州、路、府治所，是古代海上丝绸之路的重要节点，是世界潮人根祖地和精神家园。它文化底蕴深厚，历史遗存众多，民间艺术灿烂多姿，古城风貌保留完整，虽历经岁月变迁、沧海桑田，至今仍浓缩凝聚历朝文脉而未绝，特别是以潮州府城为中心的众多文化印记，诉说着潮州悠久的历史文化，刻录下潮州的发展变迁，彰显了潮州的文明进步。

　　灿烂的岁月，伴随着古城潮州进入一个新的历史发展时期。改革大潮使历史的航船驶向一个更加辉煌的时代。习近平总书记强调，中华优秀传统文化是中华文明的智慧结晶和精华所在，是中华民族的根和魂，是我们在世界文化激荡中站稳脚跟的根基。潮州市认真贯彻落实习近平总书记视察广东视察潮州重要讲话重要指示精神，深入领会习近平总书记关于潮州文化是"中华文化的重要支脉"重要讲话精神的丰富内涵，紧紧围绕举旗帜、聚民心、育新人、兴文化、展形象使命任务，传承精华，守正创新，推进"潮州文化源头探究"等关键性命题的考据，努力在彰显文化自信上走在前列，为在更高起点打造沿海经济带上的特色精品城市、把潮州建设得更加美丽、谱写现代化潮州新篇章提供强有力的文化支撑。

万物有所生，而独知守其根。2020年开始，在中共潮州市委、市政府的高度重视下，中共潮州市委宣传部启动编撰《潮州文化丛书》，对潮州文化进行一次全方位的梳理和归集，旨在以推出系列丛书的方式来记录潮州重要的历史、人物、事件、建筑和优秀民间文化，让潮州沉甸甸的历史文化得到更好的传承和弘扬。继2021年成功出版《潮州文化丛书·第一辑》之后，潮州市紧锣密鼓推动《潮州文化丛书·第二辑》编撰出版。学术大家、非遗传承人、工艺美术大师等各界人士纷纷响应，积极参与这一大型文化工程。《潮州文化丛书·第二辑》是贯彻落实习近平新时代中国特色社会主义思想、以丰硕文化成果迎接党的二十大胜利召开的一个有力践行，也是持续推进岭南文化"双创"工程，潮州市实施潮州文化大传播工程和大发展工程、全面提升文化兴盛水平、打造文化强市建设标杆的一个重要举措。

文化定义着城市的未来。编撰出版《潮州文化丛书》是一项长期的文化工程，对促进潮州经济、政治、社会、文化、生态文明建设具有积极的现实意义和深远的历史意义。作为一部集思想性、科学性、资料性、可读性为一体的"百科全书"，丛书内容涵括潮州工艺美术、潮商文化、宗教信仰、饮食文化、经济金融、民俗文化、文学风采和名胜风光等，可谓荟萃众美，雅俗共赏。而在《潮州文化丛书·第二辑》中，既有饶宗颐这样的学术大家论说潮州文化，又有潮州城市名片——牌坊街的介绍，还有潮州文化的瑰宝——潮剧的展示。可以说，《潮州文化丛书》的出版，既是潮州作为历史文化名城的生动缩影，又是潮州对外展现城市形象最直观的窗口。

千古文化留遗韵，延续才情展新风。潮州历史文化底蕴深厚，文化资源禀赋是潮州经济社会发展最突出的优势。《潮州文化丛书》的编撰出版，是对潮州文化的系统总结和大展示大检阅，是对潮州文化研究和传统文化教育的重要探索和贡献，更彰显了以潮州文化为代表的岭南风韵和中国精神。希望丛书能引发全社会对文化潮州的了解和认同，以此充分发掘潮州优秀传统文化的历史意义和现实价值，以高度的文化自信和文化自觉，推动潮州优秀传统文化创造性转化、创新性发展，把潮州文化这一中华文化的重要支脉保护好、传承好、发展好，把潮州这座历史文化名城研究好、呵护好、建设好，打造中华优秀传统文化展示窗口和世界潮人精神家园，让人民群众在体验潮州文化的过程中深刻感悟中华文化和中国精神、增强中华民族共同体意识，为坚定文化自信作出潮州贡献。

编　者

2022年5月31日

目录

目录

CHAPTER 1

上 篇

「我们社」研究

二三十年代旅沪潮汕左翼文艺家群体与我们社

黄景忠

　　左翼文化运动是继"五四"之后又一次影响深远的文化运动。左翼文化运动是从文学开始的，但是"左联"成立之后，又扩展到包括戏剧、电影、音乐、美术等的整个文学艺术领域。在这个运动中，活跃着来自潮汕[①]的一个非常重要的文艺家群体：潮籍作家，先后加入"左联"的有杜国庠、洪灵菲、戴平万、杨邨人、许美勋、冯铿、丘东平、梅益、侯枫、李春镱（李一佗）、唐瑜等10余人，其中，洪灵菲、戴平万是"左联"12名筹备委员会委员之一，洪灵菲还是"左联"七常委之一，戴平万则担任了"左联"的最后一任党团书记；加入中国社会科学家联盟的有杜国庠、李春蕃（柯柏年）、许涤新等，其中，杜国庠是"社联"的发起人，许涤新曾担任"社联"党团书记；加入中国左翼戏剧家联盟的有杨邨人、陈波儿等，杨邨人是"剧联"首任党团书记；加入由"左联"领导的中国电影文化协会的有郑正秋、蔡楚生等。这一群潮籍的左翼文化人，除了郑正秋是自小跟随父母在上海经商之外，其他大多数人，都是大革命时期在潮汕参加了革命活动，"四一二"反革命政变后，或者为了逃避国民党右派的迫害逃难到上海，或者是出于对"东方莫斯科"的向往而奔赴上海。他们在上海参加中国左翼作家联盟等左翼文化组织，在社团组织、文艺创作乃至理论建设等方面都卓有建树，为左翼文化运动的发展做出了

---

① 潮汕，古时和海外称潮州，是一个以潮汕方言为母语的汉族民系，位于广东省东南沿海，行政区域包括汕头、潮州、揭阳、汕尾四市。

不可磨灭的贡献。本文所要探讨的，是这个艺术家群体形成的主要成因，以及我们社在其中所做的贡献。

一、潮汕左翼文艺家群体的成因

我们将从两个方面入手分析：他们何以向往革命？作为异乡人，他们何以能够在上海生存与发展？

（一）因何革命

1. 革命的土壤。

如果说，大革命时期中国革命的中心在广州，那么处于粤东的潮汕地区可以说是革命的次中心。在中国的版图上，潮汕地区是"省尾国角"，偏安一隅的潮汕人并不关注政治，也缺乏革命的传统。但是，辛亥革命之后，潮汕地区却不断爆发思想革命与社会革命："五四"爱国运动的轰轰烈烈，马列主义的传播与海陆丰农民运动、汕头工人运动的兴起，国民革命军的两次东征，而南昌起义军进驻潮汕和海陆丰第一个苏维埃政权的建立更是把潮汕的革命活动推向一个高潮。

潮汕地区20年代的革命历史，有两个背景。其一，近代以来，潮汕受西方文化影响比较大，思想比较开放。西方文化主要从两个途径进入潮汕：一条途径是汕头开埠以后，传教士及教会学校给潮汕带来西方文化。据统计，"20世纪20年代，仅英国长老会在潮汕开办的各级学校就有72所，拥有学生2899名；美国浸信会在潮汕开办的各级学校有188所，拥有学生6452名。"[1]这些学校把西方的文化及价值观带进来了。比如，冯铿少女时曾寄读于岩石女校，这是一所美国人办的教会学校，开设课程除了神学外，还有家庭伦理、儿童教育、卫生保健、公关学和社会学，完全是西方的教育体系。另一条途径是近代以来，大批潮人到南洋谋生。据统计，"1864年至1911年出往南洋的仅潮汕地区就有2097085人。"[2]这些华侨，他们在南洋一带接受西方文化及先进思想的熏陶，返回故土时又把新思想、新知识带进来。潮汕地区是比较早传播马克思主义学说的地方，1920年2月，旅居新加坡的潮州人姚维殷、廖质生回潮时就带回了2000多册《社会主义史略》等8种宣传新思想的小册子。[3]其二，辛亥革命之后，封建军阀争抢地盘，潮汕一贯被视为钱柜，军阀陈炯明就有"潮汕出钱财，惠州出战才，嘉应出人才"的说法，所以，潮汕除了要受原来盘踞潮梅的军阀刘志陆、莫擎宇的剥削统治外，还不断遭到闽、粤、赣、滇等各系军阀的掠夺。不断地掠夺和盘剥使这一地区的人民渴望变革社会现状。

军阀的盘剥和西方文化的影响是催生革命的土壤，而20年代风起云涌的革命运动，培养了一批革命骨干。我们所要论述的这一批左翼作家、文艺家，他们大都在潮汕参与了革命运动，并在运动中逐步成长起来。即使未有直接参与这些革命运动，也深受其影响。比如蔡楚生，国民革命军第二次东征的时候他在一家杂货店里当学徒，受革命影响，在汕头参加店员工会，组织进业白话剧社。当时，担任前敌委员会领导的周恩来多次对汕头群众发表演讲，"蔡楚生有机会亲眼见到这位久慕的革命领袖，聆听他洋溢、极富鼓动性的讲话，年轻的心留下了永不磨灭的印象"[4]。他后来到上海，即是出于对左翼文化运动的向往。

2. 革命的启蒙导师。

梳理一下辛亥革命之后潮汕的发展历史，你会发现一个有意思的现象，尽管"五四"新文化运动爆发的时候，潮汕地区很快就响应，但是，启蒙文化运动并没有在潮汕深入开展，也没有产生标志性的人物和文化成果，对潮汕而言，具有更广泛、更深入影响的是由马克思主义传播而引发的政治运动。

其中一个非常主要的原因，就是"五四"新文化运动在潮汕并没有诞生有影响力的领袖，而马克思主义的传播，却诞生了杜国庠、李春涛、彭湃等本土导师式的人物。他们培养了一大批革命骨干，推动了潮汕地区革命运动的发展。

杜国庠、李春涛、彭湃都是在留学日本期间接触马克思主义哲学的，而且他们在日后推广社会主义学说的道路上都曾经互相呼应与支持。

杜国庠是广东澄海人，在读私塾时恰逢日俄战争爆发，年仅15岁的他写了一篇主张收回东北主权的策论，深受同盟会会员吴贯因的赏识，被收为弟子。1907年杜国庠在吴贯因的推荐下留学日本，先后在早稻田大学与京都帝国大学学习，师从日本著名社会主义者河上肇学习马克思主义理论，并确立了献身社会主义事业的信念。李春涛是广东潮州人，父亲李秀升和吴贯因都是同盟会会员。中学毕业后，李春涛到北京找吴贯因，恰好碰到回国的杜国庠，在吴、杜的建议下，李春涛于1917年东渡日本，之后入东京早稻田大学，读经济科。彭湃恰好同一年到早稻田大学学习，他们同科同班同一寝室，志同道合，很快成为好朋友。就这样，杜国庠、李春涛、彭湃在日本有了交集，在杜的影响下，李、彭也学习马克思主义学说。1919年7月，杜国庠学成回国，应聘任北京大学讲师。李、彭继续在日本求学。1921年在早稻田大学毕业后，李春涛回到潮州，先后担任潮州金山中学学监和校长，在金中改革旧的教育体制，宣传社会主义学说。彭湃则回到海丰就任海丰劝学所所长（后改称教育局局长），开始对海丰进行教育改革，改革失败后又在粤东开展农民运动。1924年加入中国共产党，同年6月，在广州倡议开办农民运动讲习所并担任第一届农讲所主任。1927年11月，领导建立中国第一个红色政权——海陆丰苏维埃政府。1929年8月因叛徒出卖，被国民党杀害。

李春涛在就任金中校长后不久曾赴海丰参与彭湃主导的教育改革，之后又赴北京，并经杜国庠的介绍在中国大学、平民大学、高等女师等校授课。李、杜两人在北京同住在一座四合院内，取名

"赭庐"，他们共同研究马列主义，还编印了几种宣传马克思主义的小册子。

1925年，受潮汕革命形势的影响，李春涛和杜国庠双双离开北京回到潮汕。杜国庠先是任澄海中学校长，国民革命军第二次东征的时候受周恩来的委派接任金山中学校长。李春涛则在东征军总指挥部工作，受周恩来的指派筹办《岭东民国日报》，并任社长。"四一二"反革命政变，李春涛因为主办的报纸经常宣传马克思主义，发表支持农运、工运的评论，遭到国民党右派的逮捕杀害。杜国庠在南昌起义军进驻潮汕时赶到汕头会晤周恩来和郭沫若，后随军撤出汕头，于次年奔赴上海。

杜国庠、李春涛、彭湃选择的路径不同，彭湃致力于社会改造，杜国庠、李春涛从事的是文化教育工作，但是他们都是早期的马克思主义者，都在工作中实践和宣传社会主义学说，他们又都善于演讲，具有领袖的人格魅力，所以，在20年代的潮汕，他们扮演的是革命导师的角色。

李春蕃（柯柏年）是李春涛的堂弟，柯读中学的时候李春涛就把自己购买的进步书籍借给他看，包括一些空想社会主义思想的翻译小说，如《回头看》等。后来，在李春涛的帮助下，他到上海沪江大学学习，开始翻译列宁的《帝国主义论》。加入"社联"之后，他先后翻译了《哥达纲领批判》《社会问题大纲》《辩证法的逻辑》等著作，成为马克思主义著作的重要翻译家。1924年1月，柯柏年加入中国共产党。1925年11月国民革命军东征时被周恩来任命为东征军总政治部驻澄海特派员，后来又被我党委派筹办《岭东日日新闻》。"四一二"反革命政变后辗转逃亡到上海。

洪灵菲、戴平万在金中读书的时候，李春涛刚好在金中当校长，李春涛固定"每天中午12时30分至1时50分，在学校四角亭边露天演讲，宣传社会主义和讲解国际形势"[5]，洪、戴深受影响。有一次李春涛集合学生向他们讲明男女同校的重要意义，"有两个学生站起来鼓掌赞成，并向李学监鞠躬敬礼。这两个学生就是洪灵菲和戴平万"[6]。
1926年洪、戴在广州加入中国共产党。1927年参加海陆丰农民革命，
失败后经香港逃到上海。

许美勋是潮汕第一个新文学社团火焰社的发起者，他曾经讲述自
己如何得到杜国庠、李春涛的帮助："他俩留日归国后，在北京任大
学教授，潮籍师生多与接近，门庭若市。……我刚刚踏入新闻和文学
界，便得到李、杜的支持和鼓励。未曾谋面而经常通信。"[7]李、杜
后来还多次在许美勋主编的《时报》及改版后的《岭东民国日报》发
表时评和杂文，这些文章对许美勋和他的恋人冯铿都有较深的影响。
国民革命军东征以及南昌起义军进驻潮汕，许美勋和冯铿积极参加革
命活动，后为了逃避国民党的白色恐怖来到上海。在上海，杜国庠还
和柯柏年一同介绍许美勋和冯铿入党。

梅益能够在金山中学读书，是得到了时任校长杜国庠的帮助。他
家庭经济困难，不能缴足学费，杜国庠不但答应他先入学，还鼓励他
"以后要是期考在前三名，免你的学费"。杜国庠在金中大力宣传新
思想，还邀请周恩来、恽代英、彭湃等到校演讲。受其影响，梅益回
忆读书时除了完成学业，"还常到青年书店看《洪水》《拓荒者》等
刊物"。[8]1935年梅益到北平求学，加入"左联"北方部，北方"左
联"受到国民党破坏后，他又和上海"左联"联系，到了上海。

丘东平的成长历程深受彭湃的影响。他1924年考入彭湃的母校
陆安师范学校，当时正是彭湃领导的海陆丰农民革命运动如火如荼之
际，他在学校加入了共青团。1927年11月，他参加彭湃领导的海陆丰
农民起义，并任彭湃的秘书。第一次大革命失败后丘东平逃亡香港，
之后投奔十九路军，先后参加了上海"一·二八"战役和福建倒戈反
蒋事件。闽变失败后到上海，加入"左联"。

彭湃也是陈波儿的革命启蒙老师。彭湃曾到陈波儿的家乡庵埠组
织农民运动，陈波儿慕名和彭湃晤面，彭湃对陈波儿十分欣赏，"经

常给她讲一些革命道理，讲中国共产党，讲马克思主义，讲工人、农民以及穷苦大众翻身的道理"，陈波儿"十分崇拜这位神秘的人物，经常把他请到自己的家中"。[9]

总之，杜、李、彭等几位早期的马克思主义者，就是潮汕左翼文化人的革命启蒙导师。旅沪潮汕左翼文艺家群体中的大多数人，都是直接受到这些导师的影响而走上革命道路的。

（二）潮商与我们社

这些从潮汕来的作家、艺术家，是如何能够在上海立足和发展呢？

潮汕人是一个流动的族群，民间流传一个说法，潮汕人常住本地约1000万人，迁居国内其他地区约1000万人，迁居海外约1000万人。迁居陌生的环境如何生存和发展？要抱团取暖！所以，抱团而聚、互帮互助是旅外潮汕人一个显著特征。二三十年代旅沪的潮汕左翼文化人就是靠同乡的接济和相互间的扶持得以立足和发展的。

首先是潮州商帮的接济。潮州人到上海经商，是从明末清初开始的。1860年，汕头开埠通商，潮州人在上海经商的更多。至20世纪20年代，潮州商帮在上海商界已经有比较大的影响力。比如典押业，30年代上海典押业"十之八九为潮州帮，余则徽州帮、扬州帮"[10]。再比如钱庄业，1934年，潮州旅沪同乡会会长郑正秋在《潮州旅沪同乡会年刊》发刊词中说："凡上海的银钱业中，我潮州人已经不输宁绍帮，几乎操有金融界一半势力。"[11]此外，潮汕人在上海从事的行业还有潮糖杂货、陶瓷、抽纱等。

据李魁庆回忆，洪灵菲和戴平万初到上海连吃饭、住宿都成问题，经同学介绍，暂时在一家由潮州人经营的进出口银行中吃住。在上海租房，需要有人担保，最后也是由这家银行的经理担保，才在法租界租到一家前楼。[12]许美勋和冯铿到上海无处栖身，后来经杜国庠介绍，在澄海人陈卓凡创办的南强书局当校对，两人也借住在南强书局的亭子间。郑正秋的祖父是上海的烟土业大亨郑介臣，家境优裕，蔡楚生在上海闯荡遇到困难，郑正秋不仅在电影艺术上手把手教他，而且在生活上也经常接济他，"有时便直接拿钱给他，有时家里加点菜，请他到家里吃饭，有时干脆拉他上饭馆，开怀畅饮，饱吃一顿，以补充营养，提高身体素质"[13]。此外，这些潮汕左翼文化人，如果碰到政治上的麻烦，潮州会馆有时也会出手相助。

潮汕左翼文化人之间的相互帮持，我们社的成立也是他们能够在上海立足并形成一个群体的重要原因。

李魁庆曾经记录了李春镣、杜国庠、柯柏年、洪灵菲、戴平万等比较早到上海的一批人如何相互帮助渡过难关的故事：为了维持生活，洪灵菲、李春镣分别把长篇小说《流亡》和《海鸥》，杜国庠把译稿交给出版社出版并预支版税，暂时解决这批人的生活困难。此外，"杜老倡议成立一个出版社，租一间临街的小商店，开设一个门市部，作为书店。一方面自己出版书籍，自己卖书。……一经提出，大家叫好，一致赞成。经过讨论，决定社名为'我们社'，书店为'我们书店'，后来改为'晓山书店'"[14]。

应该说，我们社和晓山书店的成立不仅解决了早期到上海的潮汕左翼作家的生存问题，还把这批作家团结在一起，包括在文学观念、文学创作上相互影响，可以说，这批作家是旅沪潮汕左翼艺术家群体的核心圈，这个核心圈具有较大的凝聚力和影响力，灵魂人物是杜国庠——其时李春涛和彭湃已经被国民党杀害，他几乎是潮汕本土仅存的革命导师式人物，再加上他的马克思主义理论功底深厚，性格谦和，为人热情，在这个圈子里他是众人皆尊敬的老大哥。另外，洪灵菲和戴平万已经在文学创作上小有名气，也是这个圈子的核心人物。后来到上海的潮汕左翼文化人，比如侯枫、许美勋、冯铿、许涤新、陈波儿、梅益等，都受到这个核心圈的强力吸引而聚集到这个团体之中。

在二三十年代的上海，这一群潮汕左翼文化人其实都是异乡人，他们能够在上海立足和发展，潮商的支持以及同乡的抱团发展，是非常重要的因素，而我们社的成立，是这一群体形成的关键因素。

二、我们社对左翼文化运动的贡献

（一）我们社与"左联"的筹建

姚辛在《左联史》提到"左联"的筹备时说："1929年10月，党组织从原创造社、太阳社、我们社及鲁迅周围的一批作家中挑选12人作为筹备委员进行左联的筹备组织工作"[15]。也就是说，"左联"其实是在创造社、太阳社、我们社等左翼文学社团的基础上建立起来的。这就可以解释为什么在"左联"的12名筹备委员会委员中潮籍作家占了2名（洪灵菲、戴平万），在"左联"的第一批盟员50余人中，潮籍的作家就有6名（杜国庠、洪灵菲、戴平万、杨邨人、许美勋、冯铿），他们是作为我们社的代表加入"左联"的。

但是，我们社的重要性不仅仅体现在它是支撑"左联"的基础社团之一，在构成"左联"的原本是矛盾重重的各个组织之间，我们社因其包容性的特征起着黏合的作用。

创造社、太阳社之间曾经因为抢夺革命文学的话语权发生激烈的论争。张广海对这场论争的实质有着透彻的认识："太阳社的阶级意识理论主要根植于朴素的唯物主义反映论……而创造社的阶级意识理论则由列宁的政党思想以及卢卡奇式辩证法推导而来，强调'灌输'和'目的意识性'。"[16]我们社成立的时候，正是创造社、太阳社论争最激烈的时候，但是，我们社并没有陷入双方的论争，倒是作为我们社的灵魂人物杜国庠推出的藏原惟人的新写实主义理论——这也可以看作我们社的理论主张，使这场论争得以渐渐平息。1928年7月，《太阳月刊》的停刊号发表了杜国庠翻译的藏原惟人《到新写实主义之路》，1929年3月，杜国庠又发表了《1929年急待解决的几个关于文艺的问题》，旗帜鲜明地提出，"普罗文学，从它的内在的要求，是不能不走着这一条路——普罗列塔利亚写实主义之路" [17]。那么，藏原惟人的新写实主义理论的核心观点是什么呢？"第一，'用着普罗列塔利亚前卫的眼光去观察世界'；第二，用着严正的写实主义者的态度去描写它——这就是唯一的普罗列塔利亚写实主义之路" [18]。事实上，藏原惟人的新写实主义理论是有着内在的矛盾性的，一个作家，如何在运用"普罗列塔利亚前卫的眼光"去观察和表现生活的时候又能够确保"用着严正的写实主义者的态度去描写它"？但是，这一理论却几乎完美地集合了创造社、太阳社关于革命文学理论的亮点又弥补了他们各自的缺陷，对于太阳社来说，写实主义和他们原来提倡的唯物主义的反映论是契合的，而"普罗列塔利亚前卫的眼光"恰好能够避免原来饱受攻击的机械反映论的弊端；对于创造社来说，"普罗列塔利亚前卫的眼光"和他们之前强调阶级意识的灌输论是吻合的，而"严正的写实主义者的态度"又能够避免灌输论所导致的口号式文学的出现。所以，新写实主义的理论提出来后，太阳社的钱杏邨和创造社的李初梨等都撰文认为新写实主义解决了无产阶级文学的形式问题，新写实主义开始成为左翼文学的主潮。

创造社、太阳社也都曾经攻击过鲁迅，理由是现在是无产阶级文学的时代，"阿Q时代是早已死去了"。但是，同样是高举无产阶级文学旗帜的我们社从来没有攻击过鲁迅。李魁庆曾记述杨邨人以太阳社代表的身份，提出两个社团合作，写文章批判鲁迅，遭到我们社会员的强烈反对，杜国庠愤慨地说："鲁迅是有正气的，是进步的，是正确的，他是五四运动的旗手……我们要团结他，团结他同我们一起，向国民党反动派作斗争。" [19] 我们社的其他成员也都同意杜的意见，表示坚决不反对鲁迅。

20世纪20年代末的左翼文化界，深受苏联"拉普"派和日本福本主义的影响，在提倡普罗列塔利亚文学的同时否定历史上优秀的文化遗产，在此基础上形成了斗争、对立的思维方式，因此，排斥、斗争、批判就成为左翼文学社团的标签。我们社虽然是一个全部由潮籍作家组成的带有明显地域色彩的社团，但是它的包容性特征却非常突出。杜国庠、洪灵菲、戴平万等人初到上海时是加入太阳社的，后来之所以又组成我们社，一方面正如上面所说是出于谋生的需要，另一方面恐怕也是因为觉察到他们与太阳社的文学理念还不太一致。为什么叫"我们社"？现在已经找不到相关资料，但是从名字本身可以看出建社的宗旨，那就是团结一切可以团结的人加入"我们"的行列。矛盾重重的左翼文学界能够齐心协力筹备"左联"，主要的，当然是因为党已经有左翼文学社团要团结起来，且要尊重和团结鲁迅的明确指示，但是，也不能否认我们社在其中起着黏合的作用。

（二）对左翼文艺理论体系的构建的贡献

我们社的灵魂人物杜国庠是早期中国左翼文学重要的文艺理论家。在20世纪二三十年代，他积极参与到普罗文艺理论体系的建设中。

在马克思主义文艺理论的译介方面，他最早将普列汉诺夫、卢那察尔斯基、藏原惟人这几位苏俄和日本最重要的马克思主义文艺理论家的论著翻译介绍到中国。他翻译了普列汉诺夫的《艺术论》、卢那察尔斯基的《艺术之社会底基础》《关于文艺批评的任务之论纲》、高根的《理论与批评》、藏原惟人的《到新写实主义之路》《普罗列塔利亚艺术底内容与形式》等论著。其中，普列汉诺夫在《艺术论》中表达的唯物史观，卢那察尔斯基在《关于文艺批评的任务之论纲》中提出的文学的政治功利性及阶级性的命题，藏原惟人在《到新写实主义之路》中提出的新写实主义创作方法，所有这些重要的理论命题，后来都成为构造中国左翼文艺理论体系的基石。

1929年，杜国庠在《海风周报》第十二号发表的《1929年急待解决的几个关于文艺的问题》（下简称《文艺的问题》）提出并回答了如何建设无产阶级革命文学的几个根本性问题，是早期左翼文学具有指导意义的重要文献。

首先，他在这篇文章最早提出并系统探讨了"普罗文学的大众化的问题"，包括文学大众化的任务和目的、大众化的对象、大众化的方法和途径等问题。其中，作家要"结合大众的感情与思想及意志而加以抬高""不仅要在文字上力求其浅显易懂，而且必要把握着普罗的意识，用这意识去观察现实描写现实""作家自身的生活应该普罗化"等观点，富于启发性和原创性，和后来毛泽东《在延安文艺座谈会上的讲话》所提出的观点是一脉相承的。

其次，我们在上文已经提到，杜国庠认为中国新兴的无产阶级文学，必须走藏原惟人提出的"普罗列塔利亚写实主义之路"，他的观点得到左翼大多数文艺理论家的认可，他们认为新写实主义解决了无产阶级文学的形式问题。

在《文艺的问题》中，杜国庠还探讨了文艺与政治的关系问题。针对当时文艺界仅仅把文学看作无产阶级革命的手段和工具的弊病，杜国庠认为必须尊重艺术的特殊性和相对独立的地位，只有创作出具有高度艺术性的、大众所接受及喜欢的作品，才能达到"抬高"大众意识形态的政治目的，这是真正地渗透着辩证法的马克思主义文艺观。

所以，杜国庠不仅在翻译马克思主义文艺论著有重要的贡献，而且在文学的大众化、文艺与政治的关系、无产阶级文学的创作方法这些对于建构无产阶级文学理论体系的关键性问题都有着开创性的贡献。

（三）新写实主义的实践

杜国庠最早翻译并提倡藏原惟人的新写实主义，他的理论主张得到了我们社成员的赞同，如果考察我们社成员1929年之后的创作，会发现他们的创作已经发生转变。

洪灵菲1929年后出版的小说，如短集小说集《归家》、中篇小说《大海》等，从主题到叙事模式都发生了很大的改变。作品主人公已从小资产阶级知识分子换成了工人、农民和革命者，主题则从表现知识分子在沉沦中走向革命变成了表现工农大众的革命斗争。以他后期的代表作《大海》为例，小说描写性格各异的三个农民兄弟锦成叔、裕喜叔和鸡卵兄，他们如何在生活的重压下，整天从酗酒、打老婆当中去排遣苦恼，又如何一怒之下烧毁了地主清闲爷的屋舍逃荒南洋；大革命到来，农村建立了苏维埃政权，他们又如何从海外回来，参加了新的政权，甚至"成为一个真正的波尔塞维克"。作者显见是用"普罗列塔利亚前卫的眼光"去观察生活的，他倾向性明显地向读者说明了，农民报复性的个别行动是不行的，只有从个人的自发斗争到有组织的斗争，才是工农阶级斗争正确的出路。在表现手法上，洪灵菲已经不是前期那种浪漫主义的自我表现和宣泄，而是尽可能客观地描摹现实，很注意生活细节的描写，也很注意刻画人物性格，笔下人物性格鲜明。当然，对于洪灵菲来说，他本质上是一个诗人，对一个诗人来说，表达自我远胜于描摹生活。所以，如果仅从艺术的角度来看，他转型后的小说在艺术感染力上是不如前期的，这已经是另一个话题了。

戴平万的小说同样运用了新写实主义的手法。他前期的小说，是按照自己对革命的想象构建农民与地主或者强权阶层二元对立的叙事模式的，这种叙事模式蕴含着一种革命逻辑：无产者是革命和善的化身，强权阶层是邪恶的化身，而且这两个阵营，泾渭分明。但是，1929年以后的戴平万，开始构建一种成长或者转变的叙述模式。比如，他的代表作《村中的早晨》《陆阿六》等，他表现的生活再不是泾渭分明的，他很注意表现生活的丰富性和复杂性，能够把农民成长或者转变的复杂心理过程描写得非常细腻，就像藏原惟人要求的"必须把人们在那复杂性里面，那生活的形象里面描写"[20]。王哲甫对他有很高的评价："戴平万——戴氏为新进的，新写实主义的作家，虽然他的作品并不很多，然只就他现在的作品而论，谁也不能否认他在普罗作家中所占的重要位置。"[21]

所以，可以说，洪灵菲和戴平万是左翼文坛中最早尝试新写实主义创作方法的作家，可惜的是，他们都过早地离世了，没有能够在新写实主义的道路上走得更远。

选择我们社这个角度谈潮籍文化人对左翼文化运动的贡献，这只是潮汕旅沪作家群所做的工作的一个侧面，我们还可以从左翼电影文学的发展、马克思主义名著的翻译、左翼文艺刊物的创办等方面去阐述。这一个群体，他们是中国左翼文化运动的拓荒者，他们把自己的文艺事业和革命事业紧紧结合在一起，他们灿烂的生命以及卓著的文化建树已经镶嵌在历史之中，可以说，对二三十年代左翼文化运动的研究，是绕不开这一群体的。

15

参考文献：

［1］［2］陈历明、赵春晨编著：《潮汕百年履痕——近代潮汕文化与社会变迁图录》，花城出版社2001年版，第150、2页。

［3］李德之：《潮汕革命报刊、书店简况》，见中共广东省委党史研究室编：《广东党史资料》第23辑，广东人民出版社1993年版，第372页。

［4］谢锡全：《周总理和蔡楚生》，见中国人民政治协商会议广东省潮阳县委员会编：《潮阳文史》第十辑，1993年，第50页。

［5］［6］秦梓高：《党外"布尔什维克"李春涛》，见《金中校友风采》编纂委员会编：《金中校友风采》第一辑，2012年，第28、27页。

［7］许美勋：《瑰丽的海滩贝壳——二三十年代潮汕文学界情况片段》，见汕头市政协文史资料委员会编：《汕头地方文化艺术史资料汇编（第一辑）》，1982年，第18页。

［8］柳梆、吴书年主编：《北京潮人人物志》，中国物资出版社1996年版，第608—609页。

［9］王永芳：《陈波儿传略》，中国华侨出版社1994年版，第10页。

［10］［11］引自郭绪印：《老上海的同乡团体》，文汇出版社2003年版，第113、109页。

［12］李魁庆：《我所知道的我们社》，见杜运通、杜兴梅、黄景忠编著：《我们社研究及精品选读》，花城出版社2008年版，第5页。

［13］陈景明：《郑正秋与蔡楚生》，见中国人民政治协商会议广东省潮阳县委员会《潮阳文史》编辑委员会编：《潮阳文史》第11辑，1994年，第22页。

［14］［19］李魁庆：《李春鏲的生平和创作》，见杜运通、杜兴梅、黄景忠编著：《我们社研究及精品选读》，花城出版社2008年版，第98、99页。

［15］姚辛：《左联史》，光明日报出版社2006年版，第5页。

［16］张广海：《两种马克思主义诠释模式的遭遇》，《中国现代文学研究丛刊》2011年第3期。

［17］林伯修：《1929年急待解决的几个关于文艺的问题》，《海风周报》1929年第十二号。

［18］〔日〕藏原惟人著，杜国庠译：《到新写实主义之路》，《太阳月刊》1928年7月停刊号。

［20］〔日〕藏原惟人著，之本译：《再论新写实主义》，《拓荒者》第1卷第1期，1930年1月。

［21］王哲甫：《中国新文学运动史》，景山书社1933年版，第242页。

16

我们社：一个独立而富有特色的文学社团

杜运通　杜兴梅

孟超在1951年开明书店出版的《洪灵菲选集·序》里说："当时，光赤（蒋光慈），阿英（钱杏邨）和我，把曾经在武汉酝酿过的文艺团体，正式组成了太阳社，创办了《太阳月刊》，灵菲、平万，还有杜国庠（那时他化名林伯修），组成了'我们社'，出版《我们月刊》。这两个团体，这两个刊物，虽然对外是各自独立着，其实在同一目标之下，不但步调一致，慢慢的两个组织也由二化一了。"易新鼎先生在《太阳社》一文中又说，太阳社、我们社"他们虽然独标一个社团旗号，实际上是一个组织，除出月刊外"。[1]长期以来，人们一直把我们社、太阳社看作"一个组织"，从而忽视和弱化了我们社作为一个文学社团的独特性以及在文学史上的地位和影响。

一

我们社1928年5月成立于上海。我们社创办有晓山书店，由该书店发行《我们月刊》，并出版"我们社丛书"，洪灵菲的长篇小说《前线》即是丛书的第一种。1929年2月《我们月刊》遭国民党政府查禁，晓山书店也随之被查封。1930年3月我们社主要成员加入了"左联"。

我们社不同于太阳社等文学社团，它的成员不是来自"五湖四海"，而是带着明显的地域特征，即清一色的潮汕籍作家，他们大多数是在1927年大革命失败后由广东辗转流亡抵沪的。我们社的中坚人物有三个：洪灵菲、林伯修和戴平万。洪灵菲（1902—1934），原名洪伦修，广东省潮安县江东乡红砂村人。1926年加入中国共产党，同年毕业于广东高等师范学校（中山大学前身）西语系，国共合作时期在国民党中央海外部工作，大革命失败后被迫流亡新加坡、暹罗（今泰国）等地。归国后参加过彭湃领导的海陆丰农民运动。农运失败后赴上海，投身左翼文化运动，创办我们社，主编《我们月刊》。1930年"左联"成立时当选为七个常务委员之一。1933年2月调往北平中共中央驻北方代表处工作，7月因叛徒告密被捕，1934年被国民党秘密杀害。林伯修（1889—1961），原名杜国庠，广东澄海莲阳乡兰苑村人，我国早期的马克思主义哲学家。1907年留学日本，在京都帝国大学读书期间，师从日本著名社会主义思想家河上肇研习政治经济学。1919年归国，经李大钊介绍应聘到北京大学执教。1925年后回家乡任金山中学校长等职。1928年1月辗转到上海，同年2月加入中国共产党，开始从事进步文化宣传工作，30年代任左翼社会科学家联盟党团书记。中华人民共和国成立后曾任广东省文教厅厅长、华南师范学院第一任院长、广东省社科联主席及省政协副主席等职。戴平万（1903—1945），原名戴均，曾用名戴万叶等，广东潮安县归湖乡溪口村人。戴与洪灵菲是小学、中学、大学同级学友和挚友。1926年广东高等师范学校毕业后，由国民党海外部派往暹罗陶公工作。大革命失败后同洪灵菲一道颠沛流离至上海，携手从事左翼文化运动，是"左联"筹备小组成员之一。上海"孤岛"时期一直留守"孤岛"坚持文艺斗争。1940年11月调往苏北根据地工作，曾任苏北区党校副校长兼教导主任。1945年初夏溺死于兴化县。除上述三人参加过太阳社外，我们社成员还有陈礼逊、秦孟芳、罗澜、罗克典、李春镛（李一它）、李春秋（李伍）等，这些人均为潮汕地区的文学青年。我们社成员的这种区域特征，在现代有影响的社团流派中极为少见。

这里需要提及的是，鲁迅先生在《文坛的掌故》一文中涉笔"王独清领头的《我们》"。王独清是陕西西安人，他是创造社作家而非我们社成员。鲁迅之所以这样说，是因为王独清在《我们月刊》创刊号上发表了《祝词》一文，这是该刊首篇文章。王独清在《祝词》中说："一派是自尊狂的人物和代表无聊的知识阶级的文人底联和（注：合）。他们有时虽然也穿一穿时代的衣裳，可是终竟是虚无的劣种。""这些，都是我们底敌人!"很显然，王独清把批判的矛头指向了以鲁迅为代表的一批五四新文学作家，他的这种论调与创造社其他同仁相互呼应。

我们社虽然诞生于上海，但在潮汕地区却产生了比较大的影响。直到1935年，进步青年曾定石、曾广等人还在揭西县五经富圩内创办了"我们书室"，组织青年学习革命理论。1936年中共韩江工委成立后，就在"我们书室"建立了地下"抗日义勇军五经富支部"，发展了一批中共党员，壮大了革命队伍。1937年秋党组织又把"我们书室"改组为全县性的"救亡剧社"，该剧社办有抗日救亡小报，在抗战时期发挥了巨大的鼓动作用。

二

在我们社、太阳社、创造社大力提倡无产阶级革命文学的1928年前后，正值国内外"左"倾文艺思潮泛滥时期。国际上，苏联"拉普"派认为，"以往时代的文学都渗透了剥削阶级的精神。它反映了王公贵族、富人——一句话，'成千上万上层人物'的习惯和感情，思想和感受"[2]。他们提倡"辩证唯物主义的创作方法"，力图创作不论在内容上，还是在形式上都与过去迥然不同的无产阶级文学。同时，他们还把处在资产阶级文学与无产阶级文学这两个阵营之间的小资产阶级文学统称为"同路人"文学。"拉普"派从庸俗社会学和虚无主义观点出发，否定历史上的一切文化遗产，排斥"同路人"作家，甚至连苏联无产阶级文学的奠基人高尔基也被看成了资产阶级作家和市侩文人。在日本，受日共总书记福本和夫、藏原惟人的"理论斗争""分离结合"等"左"倾思想影响的左翼文坛，派系林立，内战不已。"纳普"派认为艺术只是政治煽动的手段，"无产阶级的激情，可以最率直、最粗野地大胆表现出来"，旧的形式和技巧，隐蔽在抽象的语言中再现出来，"从根本上威胁着经过苦难而成长起来的无产阶级艺术"。[3]因而主张对现存的一切艺术进行批判。国内则有瞿秋白的"左"倾思想，瞿当时主持中共中央工作。他在《中国革命是什么样的革命》等文中错误地认为，1927年大革命失败不是革命的低潮，而是"革命继续高涨"，中国革命要推翻豪绅地主阶级，便不能不同时推翻资产阶级。我国已经由民主主义革命"急转直下到社会主义革命"。小资产阶级已经不是革命的力量，而是"革命的障碍"等等。国内外的"左"倾思潮奇妙地黏结在一起，对创造社、太阳社都产生了负面影响。

郭沫若说过："中国文坛大半是日本留学生建筑成的……就因为这样的缘故，中国的新文艺是深受了日本的洗礼的。而日本文坛的毒害也就尽量地流到中国来了。"[4]创造社成员大多是中国留日学生。1927年大革命失败后，创造社中的一批新近归国的留学生李初梨、冯乃超等人，他们留日期间正是福本主义在日共党内占统治地位的时候，他们中有的人本身就是日本无产阶级运动的参加者，回国后便把日本的错误做法移植到中国文坛上来，对20年代末的中国左翼文化运动产生了很大的影响。太阳社的主将蒋光慈，是中国共产党诞生后选派的第一批留苏学生。他在莫斯科东方大学求学期间，苏联的"拉普"派正在崛起，虽然没有确切的资料表明他与"拉普"派是否有过组织上的直接联系，但从他思维逻辑的定势和理论架构的起点来看，与"拉普"派极为相似。蒋光慈留苏时就十分喜爱文学，与瞿秋白结为挚友。1927年"四一二"前付梓的《俄国文学概论》便是他们两个合作的论著（此书出版于1929年），可见他们之间的友谊非同一般。

武汉形势逆转后，蒋光慈回到了上海，曾把办《太阳月刊》的意图向瞿秋白请示，"秋白同志都同意了。为了研究问题，阿英（钱杏邨）和蒋光慈也一同去找过瞿秋白，在太阳社成立那天，瞿秋白等都参加了"。[5] 太阳社成员都是年轻的共产党员。由此可以看出，太阳社不仅受到了苏联"拉普"派的直接影响，也受到了党内瞿秋白"左"倾思想的浸染。

而我们社不同。它的主要成员林伯修虽然留学日本，但在1919年时已回国。他在留日时受惠最多的是河上肇。1925年11月他在家乡出任金山中学校长是受了东征来潮汕的周恩来的指示，1927年南昌起义部队进入潮汕时，林伯修在汕头又会晤了周恩来、郭沫若（林伯修与郭沫若是东京第一高等学校预科同学，但二人性格、学术兴趣并非相同）。洪灵菲、戴平万加入中国共产党，并走上革命道路，主要是受了许甦魂的影响。许是中共海外部总支部书记，国共合作时期以个人名义加入了国民党，1926年在国民党"二大"当选为中央候补执行委员，任外事部秘书。1927年参加"八一"南昌起义，1930年任红七军政治部主任，1931年9月在红军"肃反运动"中被误定为反革命分子惨遭枪杀，1945年中共"七大"后平反昭雪。

正因为如此，我们社在1928年至1929年的无产阶级革命文学倡导和论争中与太阳社、创造社的步调并非完全一致。这种"不一致"表现在：

其一，对革命文学和自我的认识不同。以《太阳月刊》创刊号卷头语和《我们月刊》创刊号卷头语为例。蒋光慈在他所写的《太阳月刊》创刊号卷头语一诗中说"太阳是我们的希望，太阳是我们的象征"，"我们也要如太阳一样，将我们的光辉照遍全宇宙"。不论是太阳社社名、《太阳月刊》刊名，还是卷头语，他们都把自己喻作"太阳"，仿佛只有他们才能够拯救人类，只有他们才是中华民族的希望，只有他们才能够创作出革命文学来。这实质上与"唯我独

21

革""我是革命的儿子",以及无限夸大革命文学的作用,视文艺具有"旋转乾坤的力量"的说法是一脉相承的。而《我们月刊》的编者在卷头语中则把自己的作品比作"战鼓",这鼓声既"不悦耳",也"不谐和",既"没有节奏",也"没有韵律",但它可以"给同情我们者"以兴奋、沸热、勇气和启示,又可以"给背叛我们者"以震栗、恐怖、威吓和灭亡。革命文学像战鼓一样鼓舞着革命人民奋勇向前,革命文学又像炮声一样使反动派闻风丧胆。正如洪灵菲所说:"革命运动虽然受到暂时的挫折,但我们有一支笔,就会使它从另一方面蓬勃起来。"[6]用笔作武器宣传革命,鼓舞民众,使革命运动再度蓬勃起来,这就是洪灵菲组织我们社,创办《我们月刊》的初衷。《太阳月刊》的封面画的是金光四射的太阳,《我们月刊》的封面则是一只健壮的手臂高举着熊熊燃烧的火炬,"太阳"和"火炬",这也许正是太阳社和我们社在对待革命文学和自我认识上差异的形象标志吧!

其二,对待鲁迅的态度不同。我们社、太阳社和创造社在大革命失败以后的白色恐怖中倡导革命文学,比较深入地阐释了文学的阶级性、描写对象、与革命的关系及作家的世界观改造等问题,痛击了国民党的"文化围剿",积极宣传马克思主义文艺理论,自觉把文学活动同时代和作家使命感结合起来,顺应历史的潮流,将注入新质后的中国现代文学推进到一个新的发展阶段,在整个思想文化界都起到了鼓舞作用,这些历史功绩是不会被人们遗忘的。

但是,太阳社、创造社在提倡无产阶级革命文学的同时,却突如其来地发动了一场对鲁迅的批判。从1928年1月15日创造社出版的《文化批判》第1期上发表冯乃超的《艺术与社会生活》一文开始,指名道姓地嘲讽鲁迅是"常从幽暗的酒家的楼头,醉眼陶然地眺望窗外人生"的时代"落伍者"。之后,成仿吾的《从文学革命到革命文学》、李初梨的《怎样地建设革命文学?》等文接踵而至,以至1928年

《创造月刊》第2卷第1期上郭沫若化名杜荃发表的《文艺战线上的封建余孽》，批判鲁迅的声浪一浪高过一浪，给鲁迅头上扣的帽子一顶比一顶吓人，诸如"封建余孽""二重性反革命""资产阶级的代言人""不得志的法西斯蒂"等，甚至出现了人身攻击。

与此同时，太阳社也参加了这场反对鲁迅的"大合唱"。蒋光慈发表了《关于革命文学》，钱杏邨发表了《死去了的阿Q时代》等文，非难鲁迅"不是这个时代的表现者"，而"是革命文学的障碍"，"不但阿Q时代是已经死去了，《阿Q正传》的技巧也已死去了"。企图"踢开"鲁迅。

然而，我们社却不同。笔者查阅了《我们月刊》《太阳月刊》《文化批判》《海风周报》《新流月报》《拓荒者》等刊物，并未发现我们社成员直接攻击鲁迅的文章。戴平万在《光明》半月刊第1卷第10期上发表《他的精神活着》，文中评价鲁迅说："自从新文化运动以来，肩负着反帝反封建之旗，十余年如一日，不屈不挠地奋斗着。""他在新文化史上建立了不朽的写实主义的里程碑"，虽然鲁迅死去了，"但是他的艺术，他的精神仍是长留永在"。我们这样说，并不意味着我们社就是正确路线的代表，他们与当时的"左"倾思潮无缘。事实上，在《我们月刊》所发表的创造社、太阳社一些人的理论文章（如：王独清的《祝词》、石厚生的《革命文学的展望》、李初梨的《普罗列塔利亚文艺批评底标准》、钱杏邨的《朦胧以后》）中，在我们社同仁翻译的苏联文学、日本文学的译文中，以及在洪灵菲、戴平万等人的创作中，都可以看到时代给他们打上的"左"倾印痕。我们旨在说明的是，在当时的历史氛围中，我们社受到国内外"左"倾思潮的影响要比太阳社、创造社小得多。在对待鲁迅的态度上，我们社与太阳社并非"步调一致"。从目前掌握的材料来看，我们社不曾攻击鲁迅是一个不争的事实。这也是我们社与太阳社、创造社的不同。

三

我们社不仅在革命文学倡导中与太阳社、创造社一道摇旗呐喊，为无产阶级文艺理论根植现代中国作出了重要贡献，而且以不菲的创作实绩繁荣了左翼文坛，推动了普罗文学运动的深入发展。我们社在革命文学创作方面的成就要比理论上的建树令人称道。

我们社的中坚人物之一林伯修，20世纪20年代以来从事日本和苏联的马克思主义文艺理论研究和进步文学作品的译介工作。1928年至1929年上半年，他在《我们月刊》《太阳月刊》《海风周报》《新流月报》等刊物上发表的译作有：日本藏原惟人、田口宪一，苏联高根、卢那察尔斯基的论文，日本林房雄、窪川稻子，苏俄塞甫林娜、马拉修金的小说，日本藤田满雄、德国米尔顿的剧本；另外，还有他自己写的长篇评论《几个关于文艺的问题》等。这些成就确立了他作为我们社的重要理论家和翻译家的地位。

被誉为"彗星式的高产作家"[7]的洪灵菲，1927年至1930年上半年，写有长篇小说八部（现存六部，其中两部未完稿），中篇四部（现存三部，其中两部合为中篇集），短篇小说集三部（现存两部），诗集一部（已佚），翻译四部（现存三部），选编一部。还有部分短篇小说、诗歌、散文、论文及翻译散见于当时的各种报刊，总字数约200万字。他的代表作长篇小说"流亡三部曲"，大多在我们社出版。从出版顺序来看，《流亡》，于1928年4月15日在上海现代书局出版；《前线》，于1928年5月20日在上海晓山书店出版（并发表在《我们月刊》创刊号上）；《转变》，于1928年9月在上海亚东图书馆出版。但是，从作者实际人生经历、小说反映的时空纬度和历史事件的秩序来看，《流亡》——《前线》——《转变》三部曲则呈现出逆时针运动。为了更好地把握小说文本描画的历史轨迹和创作主体思想变化的流程图，我们姑且作一次逆向透视。

《转变》写的是"五四"落潮后的1920年夏到北伐战争期间。主人公李初燕从爱情失意中觉醒，积极参加学生运动。小说触及五四时期的"父子冲突"，在较为广阔的历史背景下揭示了20年代前半叶个性解放思潮在我国乡村的步履维艰。

《前线》主要描写1926年夏到1927年"四一五"大屠杀到来中国南方的历史演进过程。主人公霍之远一方面积极从事革命活动，另一方面又在情场上放浪形骸。作品中的人物虽然在自我形象上有所分裂，一直处在革命和恋爱的双重旋涡中，但他不曾在恋爱中沉沦，始终保持着对革命的热忱。

《流亡》是洪灵菲的成名作，出版时郁达夫为此书作了"热烈介绍"。小说写1927年"四一五"后中国政治形势的剧变。主人公沈之菲认为"革命和恋爱都是生命之火的燃烧材料"，"人之必需恋爱，正如必需吃饭一样。因为恋爱和吃饭这两件事，都被资本制度弄坏了，使得大家不能安心恋爱和安心吃饭，所以需要革命!"在浓重的白色恐怖中，沈之菲依然坚定不移，踏着流亡的征途，为"人类寻找永远的光明"。小说出版后轰动左翼文坛，洪灵菲的名字不胫而走。

"流亡三部曲"都是以中国革命的重大历史事件为背景，以知识青年的沉迷、挣扎、觉醒和反抗为叙事话语，努力表现觉醒者与反动势力殊死搏斗的重大主题，从"五四"落潮、"五卅"运动、北伐战争到香港大罢工、"四一五"政变，在一定程度上具有史诗的性质，是30年代中国左翼文坛的翘楚之作。

"流亡三部曲"是自传体小说，具有自我表现和自我暴露的特征，绷缊着作者浓烈的主观抒情色彩。小说中的主人公李初燕、霍之远和沈之菲，都是作家生命的投影、精神的化身，这三个人物生活片断的连缀，隐约透露出作家的人生轨迹。这一些显然是受到了郁达夫小说的影响，因为洪灵菲就是郁氏门下的高才生。但不同的是，"流亡三部曲"没有郁达夫小说中的伤感和颓废、自戕和沉沦，作品中的主人公总是在革命的召唤下崛起和抗争，人物的命运与时代的壮潮密切相连。这正是新兴的普罗文学与此前的"五四"启蒙文学不同质的显现。

"流亡三部曲"的风格一脉相承，即"革命+恋爱"的流行模式。不论是《转变》，还是《前线》《流亡》，主人公都是在爱情的旋涡中打转和在革命的浪涛中洗礼，这是初期普罗文学的幼稚和左翼作家尚未成熟的表现，也是无产阶级文学发展的历史必然。但是，我们还要看到，洪灵菲在处理革命与恋爱的矛盾时，不像其他作家那样，或者恋爱至上，因为恋爱脱离了革命；或者一心革命，因为革命抛弃了恋爱。而是坚持革命第一，恋爱第二，"不以恋爱牺牲革命"的人生原则。在他看来，惟有革命才有光明的未来。这是洪灵菲作为"新兴文学中的特出者"的耀眼之处[8]。

另一位"新进的，新写实主义的作家"[9]戴平万，在普罗作家中也占有重要的地位。仅1928年1月至7月间就在《我们月刊》和《太阳月刊》上发表六部短篇小说和两篇译作。在当时的左翼作家中，像戴平万这样的作家"只有很少数"。[10]

戴平方诞生于粤东农村，又参加过海陆丰农民运动，对农村的阶级压迫和农民的命运尤为关切，在他的小说中，描写最多最成功的就是农民形象。他最初发表的描写农民的短篇小说《激怒》，刊载于1928年5月出版的《我们月刊》创刊号上。小说写放牛娃文生被地主李大宝无理殴打，村里农民终于在被践踏的生活下激怒了。作家运用新的描写方法，对人物作了深入的剖析，"把农村土豪的横暴和农民的不屈的精神很经济地表现出来"。[11]1930年1月，戴平万又发表了短篇小说《陆阿云》。陆阿云从"像猪一样的生活"的农民，到毅然决然地参加农民武装，逐步成长为一个乐观而坚定的革命战士。作品表现了我国农民日渐觉醒和走上革命道路的曲折历程，反映了农民运动的"另一时代"，即农民觉醒后组织起来开展武装斗争。因此，这篇小说曾作为"左联"时期的优秀作品译成日文介绍到了日本。紧接着，戴平万又发表了短篇小说《农村的早晨》。作品描写农民老魏的儿子阿荣走出家庭投身革命，带领农民武装消灭反动派的故事。戴平万的这三篇小说展示了农民思想解放的"三级跳"：初步觉醒——组织起来进行武装斗争——消灭家庭观念，投身阶级解放事业。作家比较准确地把握了农村阶级斗争发展的必然趋势，为繁荣无产阶级文学创作贡献了自己的力量，从而成为新兴文艺中的"几个'花蕊'中的一个"。[12]

　　戴平万还擅长于描写儿童题材。《小丰》就是他创作得比较早也比较有成就的作品之一。小说取材于1925年6月23日发生在广州的"沙基惨案"。作品通过一个铁路工人的儿子小丰的所见所闻，表现了中国人民同仇敌忾反对帝国主义的英雄壮举，揭露了帝国主义血腥屠杀示威群众的滔天罪行。另外一篇《交给伟大的革命事业》（发表于《我们月刊》第3期）中的主人公侠姑，也是一个在革命道路上百折不挠、勇往直前的女孩子。她既不屈服于白色恐怖，也不为母亲的慈爱所软化，坚定不移地离开温暖的家庭，把自己的生命交给伟大的革命事业。在革命浪潮的洗礼中，侠姑的性格比小丰又得到了进一步的提升。在左翼文学中，描写儿童题材的作品并不多，而像戴平万笔下的这类无产阶级革命儿童的形象尤为可贵。它不仅显示出无产阶级革命运动向纵深发展，而且也说明了无产阶级革命事业后继有人。作家的敏感和睿智令人叹服！

　　在20世纪20年代末30年代初无产阶级革命文学兴起的时期，我们社作家群适时地创作出了一批革命文学作品，这些作品以前卫的意识、崭新的形式和真挚的情感而拥有"时代的价值"，为早期普罗文学的勃兴和发展推波助澜。但是，他们又程度不同地受到了当时国内外"左"倾思潮的纷扰，把无产阶级文学误读为无产阶级意识、意志在作品中的直接宣泄，过分强调文学的宣传功能，服务于阶级斗争需要的价值观，冲淡乃至取代了满足人们广泛需求的美学追求，导致了文学作品政治价值与艺术价值的离异，以至消解了文学创作的美学特质。他们大都采用"突变式"的创作方法，许多作品都有着似曾相识的雷同面貌。当作家对现实功利追求的欲望完全遮蔽了文学的本体特征时，就不可能产生像《阿Q正传》《家》《围城》那样的历久不衰的经典式精品。这是洪灵菲、戴平万等我们社同仁"馈赠"给后人的历史缺憾。

四

从当事者的眼光看来，我们社与太阳社也并非一个文学社团。在1930年3月10日出版的《拓荒者》第1卷第3期上，刊载了中国左翼作家联盟成立的报道。文章开头写道："自从创造社被封，太阳社、我们社、引擎社等文学团体自动解散①以后，酝酿了很久的左翼作家联盟的组织，因为时机的成熟，已于3月2日正式成立了。"文中我们社与创造社、太阳社、引擎社相提并论，看不到我们社隶属于太阳社的蛛丝马迹。

从国民党当局来看，也不曾把我们社与太阳社看作一个文学社团。1929年2月19日，国民党中执会秘书长致函国民党政府："查上海晓山书店发行之《我们月刊》第三号（期）选载《献给既经死了的S，T，》及《重来》新体诗两首，核其语气，完全共产口吻，其余文字均属以文字为面具实行宣传之作品。"转请国民党政府通令查禁，并令上海特别市政府及上海临时法院查封晓山书店。次日（1929年2月20日）国民党政府即发出查禁查封令，立即查禁了《我们月刊》，并同时查封了晓山书店。查禁查封令中所说的《献给既经死了的S，T，》，这是森堡（即任钧）悼念烈士的一首长诗，其中一节是：

---

① 其实是被国民党政府查封。

同志，你的死是何等的热烈而悲壮！

革命歌词哟，在临刑时还是高唱。

这正是普罗列塔利亚解放的福音呢，

反叛的旗帜在这悲壮的歌声中将到处高扬！

另一首诗《重来》，作者藏人。全诗分三章。诗人回顾了曾在武汉三镇参加革命战斗的岁月："在这革命潮流高涨的时候"，"他们开始屠杀赤忱的民众"，"那血雨，那腥风，不久就洒遍了这儿武汉的三镇"。诗人在最后一节宣称："现在我重新来到这儿武汉的三镇，我想拚尽我底心力再来唤醒被压迫的民众。"终有一天，我们的热血会将鹦鹉洲、黄鹤楼"染得通红，通红"！[13]

而《太阳月刊》由太阳社1928年1月1日创刊于上海，每月按时出版。当出至第7期（1928年7月1日出版）时被国民党查禁。但发行《太阳月刊》的春野书店继续营业。在《太阳月刊》被查禁后两个月，春野书店因出售《世界周刊》遭查禁。从我们社、太阳社在不同的时间，因不同的缘由被国民党当局分别查封的事实可以看出，这是两个各自独立的文学团体。

综上，一言以蔽之，我们社是一个独立而富有特色的文学社团。

参考文献：

［1］贾植芳主编：《中国现代文学社团流派》，江苏教育出版社1983年版，第486页。

［2］张秋华、彭克巽、雷光编选：《"拉普"资料汇编（上）》，中国社会科学出版社1981年版，第15页。

［3］刘伯青：《三十年代左翼文艺所受日本无产阶级文艺思潮的影响》，《文学评论》1981年第6期。

［4］麦克昂：《桌子的跳舞》，《创造月刊》1928年第11期。

［5］戴淑贞：《阿英与蒋光慈》，《新文学史料》1983年第2期。

［6］《洪灵菲选集》，人民文学出版社1982年版，第26页。

［7］杨义：《中国现代小说史》第二卷，人民文学出版社1988年版，第87页。

［8］蒋光慈：《异邦与故国》，现代书局1930年版，第66页。

［9］王哲甫：《中国新文学运动史》，北平杰成印书局1933年版，第242页。

［10］［12］钱杏邨：《关于〈都市之夜〉及其他》，《拓荒者》第1卷第2期，1930年2月10日。

［11］《我们月刊》创刊号《编后》，1928年5月10日。

［13］倪墨炎：《现代文坛灾祸录》，上海书店出版社1996年版，第27—29页。

（本文原载《新文学史料》2007年第1期，有改动）

我们社、太阳社比较论

杜运通　杜兴梅

孟超在1951年开明书店出版的《洪灵菲选集·序》里说："当时，光赤，阿英和我，把曾经在武汉酝酿过的文艺团体，正式组成了太阳社，创办了《太阳月刊》，灵菲、平万，还有杜国庠，组成了'我们社'，出版《我们月刊》。这两个团体，这两个刊物，虽然对外是各自独立着，其实在同一目标之下，不但步调一致，慢慢的两个组织也由二化一了。"1980年由吴泰昌记述的《阿英忆左联》一文发表于《新文学史料》第一辑，文中谈到左联七个常委的代表性时，阿英说："夏衍既可代表太阳社，又可代表创造社，冯乃超代表后期创造社，钱杏邨代表太阳社，鲁迅代表语丝社系统，田汉代表南国社，郑伯奇代表创造社元老，洪灵菲代表太阳社（特别是代表并入太阳社的我们社）。"后来易新鼎在《论太阳社》一文中又说，太阳社、我们社"他们虽然独标一社团旗号，实际上是一个组织，除出月刊外。"[1]如此看来，人们长期以来把我们社、太阳社看作"一个组织"。事实果真如此吗？我们的回答是否定的。

一、我们社始终未曾并入太阳社

1927年6月，蒋光慈、钱杏邨、冯乃超等人在武汉曾酝酿成立文学社团和创办刊物之事。不久，"七一五"反革命政变发生，他们不得不离开武汉逃亡上海，于1928年1月在上海组成了太阳社，同时创办《太阳月刊》，并筹资开设了春野书店（书店名取自白居易诗句

"野火烧不尽，春风吹又生"之意）。《太阳月刊》由春野书店发行，每月1日出版。当出至第7期（1928年7月1日出版）时被国民党查封，编辑部发表了《停刊宣言》。但发行《太阳月刊》的春野书店仍继续营业。在《太阳月刊》被查禁后2个月，春野书店因出售《世界周刊》遭当局查封。我们社则在1928年5月成立于上海。编辑出版《我们月刊》，1928年8月20日出至第3期后停刊。我们社还创办有晓山书店，由该书店发行《我们月刊》，并出版"我们社丛书"。1929年2月19日，国民党中执会秘书长致函国民政府："查上海晓山书店发行之《我们月刊》第三号选载《献给既经死了的SP》（原作是《献给既经死了的S，T，》）及《重来》新体诗两首，核其语气，完全共产口吻，其余文字均属以文字为面具实行宣传之作品。"转请国民党政府通令查禁，并令上海特别市政府及上海临时法院查封晓山书店。次日（1929年2月20日）国民党政府即发出查禁查封令，立即查禁了《我们月刊》，并同时查封了晓山书店。查禁查封令中所说的《献给既经死了的SP》，是森堡（即任钧）悼念烈士的一首长诗；另一首《重来》，作者藏人在结尾深情呼唤：终有一天，我们的热血会将鹦鹉洲、黄鹤楼"染得通红、通红"！[2]

从我们社、太阳社的成立，到不同时间、因不同缘由被国民党分别查封的事实可以看出，这是两个各自独立的文学社团。从当时的新闻媒体报道来看，我们社与太阳社也并非一个文学社团。在1930年3月10日出版的《拓荒者》第1卷第3期上，刊载了中国左翼作家联盟成立的报道。文章开头写道："自从创造社被封，太阳社、我们社、引擎社等文学团体自动解散①以后，酝酿了很久的左翼作家联盟的组织，因为时机的成熟，已于3月2日正式成立了。"文中我们社与创造社、太阳社、引擎社相提并论，看不到我们社隶属于太阳社的蛛丝马

---

① 其实是被国民党政府查封。

迹。左联成立后，太阳社成员和我们社的主要成员都加入了该组织，这是事实，但说我们社并入太阳社则于史无据。

二、我们社与太阳社人员组成不同

太阳社如同当时的其他文学社团一样，它的成员来自五湖四海。诸如太阳社的四位发起人：蒋光慈，安徽六安人；钱杏邨，安徽芜湖人；孟超，山东诸城人；杨邨人，广东潮安人。其他的主要成员：（刘）一梦，山东沂水人；（楼）建南，浙江余姚人；任钧，广东梅县人；殷夫，浙江象山人；如此等等。

我们社的人员组成则不是来自"五湖四海"，而是清一色的潮汕籍作家，他们大多数是在1927年大革命失败后由广东辗转流亡抵沪的。我们社的中坚人物有三个：洪灵菲、林伯修和戴平万。洪灵菲（1902—1934），原名洪伦修，广东省潮安县江东乡红砂村人。1926年加入中国共产党，同年毕业于广东高等师范学校（中山大学前身）西语系。国共合作时期在国民党中央海外部工作。大革命失败后被迫流亡新加坡、暹罗（今泰国）等地。归国后参加过彭湃领导的海陆丰农民运动。农运失败后赴上海，投身左翼文化运动，创办我们社，主编《我们月刊》。1930年"左联"成立时当选为七个常务委员之一。1933年2月调往北平中共中央驻北方代表处工作，7月因叛徒告密被捕，1934年被国民党秘密杀害。林伯修（1889—1961），原名杜国庠，广东澄海莲阳乡兰苑村人，我国早期的马克思主义哲学家。1907年留学日本，在京都帝国大学读书期间师从日本著名社会主义思想家河上肇研习政治经济学。1919年归国，经李大钊介绍应聘到北京大学执教。1925年后回家乡任金山中学校长等职。1928年1月辗转到上海，同年2月加入中国共产党，开始从事进步文化宣传工作，30年代任左翼社会科学家联盟党团书记。中华人民共和国成立后曾任广东省文教厅厅长、华南师范学院第一任院长、广东省社科联主席及省政协副主席等职。戴平万（1903—1945），原名戴均，曾用名戴万叶等，广东潮安县归湖乡溪口村人。戴与洪灵菲是小学、中学、大学同级学友和挚友。1926年广东高等师范学校毕业后，由国民党海外部派往暹罗陶公工作。大革命失败后同洪灵菲一道颠沛流离至上海，携手从事左翼文化运动，是"左联"筹备小组成员之一。上海"孤岛"时期一直留守"孤岛"坚持文艺斗争。1940年11月调往苏北根据地工作，曾任苏北区党校副校长兼教导主任。1945年初夏溺死于兴化县。除上述三人参加过太阳社外，我们社成员还有陈礼逊、秦孟芳、罗澜、罗克典、李春鏐（李一它）、李春秋（李伍）等，这些人均为潮汕地区的文学青年。我们社成员的这种区域特征，在现代有影响的社团流派中极为少见。

这里要提及的是，鲁迅先生在《文坛的掌故》一文涉笔"王独清领头的《我们》"。王独清是陕西西安人，他是创造社作家而非我们社成员。鲁迅之所以这样说，是因为王独清在《我们月刊》创刊号上发表了《祝词》一文，这是该刊首篇文章。王独清在《祝词》中把批判的矛头指向了以鲁迅为代表的一批"五四"新文学作家，其论调与当时的创造社其他同仁相互呼应。

我们社虽然诞生于上海，但在潮汕地区却产生了比较大的影响。直到1935年，进步青年曾定石、曾广等人还在揭西县五经富圩内创办了"我们书室"，组织青年学习革命理论。1936年中共韩江工委成立后，就在"我们书室"建立了地下"抗日义勇军五经富支部"。1937年秋党组织又把"我们书室"改组为全县性的"救亡剧社"，该剧社办有抗日救亡小报。

三、我们社与太阳社在文学论争期态度不同

在无产阶级革命文学倡导和论争中，我们社与太阳社的步调并非一致。这主要表现在两个方面。

首先，对革命文学和自我的认识不同。蒋光慈在《太阳月刊》创刊号卷头语一诗中说"太阳是我们的希望，太阳是我们的象征"，"我们也要如太阳一样，将我们的光辉照遍全宇宙"。不论是太阳社社名、《太阳月刊》刊名，还是卷头语，他们都把自己喻作"太阳"，看成"光明的象征"，仿佛只有他们才能够拯救人类，只有他们才是中华民族的希望，只有他们才能够创作出革命文学来。这实质上与"唯我独革""我是革命的儿子""我是时代的创造者"[3]，以及无限夸大革命文学的组织生活与创造生活的作用，视文艺具有"旋转乾坤的力量"的说法是一脉相承的。而《我们月刊》的编者在卷头语中则把自己的作品比作"战鼓"，这鼓声既"不悦耳"，也"不谐和"，既"没有节奏"，也"没有韵律"，但它可以"给同情我们者"以兴奋、沸热、勇气和启示，又可以"给背叛我们者"以战栗、恐怖威吓和灭亡。正如洪灵菲所说："革命运动虽然受到暂时的挫折，但我们有一支笔，就会使它从另一方面蓬勃起来。"[4]用笔作武器宣传革命，鼓舞民众，使革命运动再度蓬勃起来，这是洪灵菲组织我们社，创办《我们月刊》的初衷。《太阳月刊》的封面画的是金光四射的太阳，《我们月刊》的封面则绘着一只健壮的手臂高举熊熊燃烧的火炬，"太阳"和"火炬"，这也许正是太阳社和我们社在对待革命文学和自我认识上差异的形象标志吧！

其次，对待鲁迅的态度不同。我们社、太阳社和创造社在大革命失败以后的白色恐怖中倡导革命文学，比较深入地阐释了文学的阶级性、描写对象、与革命的关系及作家的世界观改造等问题，痛击了国民党的"文化围剿"，积极宣传马克思主义文艺理论，自觉把文学活

动同时代和作家使命感结合起来，顺应历史的潮流，将注入新质后的中国现代文学推进到一个新的发展阶段，在整个思想文化界都起到了鼓舞作用，这些历史功绩是不会被人们遗忘的。但是，由于太阳社、创造社受到了国内外"左"倾思潮的影响，尤其是苏联"拉普"派和日本"纳普"派的理论误导，在提倡无产阶级革命文学的同时，却突如其来地发动了一场对鲁迅的批判。从1928年1月15日创造社出版的《文化批判》第1期上发表冯乃超的《艺术与社会生活》一文开始，指名道姓地嘲讽鲁迅是"常从幽暗的酒家的楼头，醉眼陶然地眺望窗外人生"的时代"落伍者"。之后，成仿吾的《从文学革命到革命文学》、李初梨的《怎样地建设革命文学?》等文接踵而至，以至1928年《创造月刊》第2卷第1期上郭沫若化名杜荃发表的《文艺战线上的封建余孽》，给鲁迅头上扣的帽子一顶比一顶吓人，甚至出现了人身攻击。与此同时，太阳社也参加了这场反对鲁迅的"大合唱"。蒋光慈发表了《关于革命文学》《论新旧作家与革命文学》等文章，把以鲁迅为代表的"五四"新文学作家通通斥责为"旧作家""不革命的作家"，认为他们"已落在时代的后面""不能承担表现时代生活的责任"。甚至认为他们不可能变为"革命的作家"，因为他们有其社会的、阶级的、传习的背景，"无论如何脱离不了旧的关系"。[5]尤其是钱杏邨发表在1928年《太阳月刊》3月号和《我们月刊》创刊号上的《死去了的阿Q时代》一文，非难鲁迅的创作"没有现代的意味"，"只能代表清末以及庚子义和团暴动时代的思潮""是革命文学的障碍"。并说"不但阿Q时代是已经死去了，《阿Q正传》的技巧也已死去了"。企图"踢开"鲁迅。实事求是地说，太阳社的有些观点比创造社还要偏激。

然而，我们社却不同。笔者查阅了《我们月刊》《太阳月刊》《文化批判》《海风周报》《新流月报》《拓荒者》等刊物，并未发现我们社成员直接攻击鲁迅的文章。戴平万在《光明》半月刊第1卷第10期上发表《他的精神活着》，文中评价鲁迅说："自从新文化运动以来，肩负着反帝反封建之旗，十余年如一日，不屈不挠地奋斗着。"虽然鲁迅死去了，"但是他的艺术，他的精神仍是长留永在"。从戴平万的这篇文章中，读者可以看到我们社对待鲁迅的态度。不仅如此，2006年1月，在汕头大学举办的"中国左翼文学国际研讨会"上，我们社成员李春锋的女儿李魁庆向大会提交了《我所知道的我们社》一文。文中写道，她在整理父亲的回忆文章《杜国庠永远活在我的心中》时看到：1928年的一天，杨邨人以太阳社代表的身份来到晓山书店，我们社正在开会。杨邨人毫不客气地坐下来就说："太阳社的同志希望我们社的同志能和太阳社合作，写文章批判鲁迅。"杨邨人话音刚落，杜国庠就气愤地说："鲁迅是人民的朋友，也是我们的朋友。在这个问题上，我们不会合作。相反地，我们还要团结鲁迅，一起向国民党反动派作斗争。"接着，大家纷纷表示同意和支持杜国庠的意见。杨邨人坐着不敢说话，最后灰溜溜地走了。

以上事实说明，我们社与太阳社在提倡无产阶级革命文学、宣传马克思主义文艺理论这个大方向上是一致的，而在对革命文学的认识、对自我的评价，以及对待鲁迅的态度这些重大问题上显然步调不同。

四、我们社与太阳社在创作上的差异

蒋光慈是太阳社的主将，也是普罗文学的权威代言人。蒋光慈在现代文学史上的贡献和影响不仅在于他"是中国革命文学著作的开山祖"，"革命+恋爱"公式的始作俑者，[6] 还在于他最早描写了共产党领导下的工人运动，塑造了工人阶级的形象，并开拓了现代文学乃至整个中国文学崭新的表现领域。其小说以工人为描写对象，反映工人的生活和斗争，最有代表性的是《短裤党》《最后的微笑》和《田野的风》。蒋光慈的"工人三部曲"描写了20世纪普罗时期工人运动发展的"三级跳"。从思想内容看，城市暴动→工人反抗→工农联盟的武装斗争；从人物形象塑造看，模糊的群像→侠客式的个人英雄→成熟的革命领导者形象。这两条轨迹清楚说明，蒋光慈以阶级分析的二元对立思维模式，同情工农大众的价值判断标准，热情礼赞无产阶级革命事业的前卫眼光，用全知全能的叙事视角、线性的情节结构和粗犷直率的革命话语，建构了与"五四"启蒙文学不同质的革命文学新文本，使革命与文学、作家与时代有机地融合在一起，彰显了普罗文学的现代性、鼓动性和稚气，奠定了蒋光慈革命文学开山祖和普罗文学代言人的地位。

洪灵菲是我们社的中坚，被誉为"彗星式的高产作家"[7]。从1927年到1930年上半年，创作小说、诗歌、散文、论文及翻译作品约200万字。他的代表作长篇小说"流亡三部曲"，基本上都在我们社出版。其出版顺序为：《流亡》，于1928年4月15日在上海现代书局出版；《前线》，于1928年5月20日在上海晓山书店出版，并同时发表在《我们月刊》创刊号上；《转变》，于1928年9月在上海亚东图书馆出版。但是，从作者实际人生经历、小说反映的时空纬度和历史事件固有的时序来看，则呈现出逆时性。"流亡三部曲"都是以中国革命的重大历史事件为背景，以知识青年的沉迷、挣扎、觉醒和反抗为叙事话语，努力表现觉醒者与反动势力殊死搏斗的重大主题，从"五四"落潮、"五卅"运动、北伐战争到香港大罢工、"四一五"反革命政变，在一定程度上具有史诗的性质，是中国30年代左翼文坛的翘楚之作。"流亡三部曲"是自传体小说，具有自我表现和自我暴露的特征，蕴含着作家浓烈的主观抒情色彩。这显然是受到了郁达夫小说的影响，因为洪灵菲就是郁氏门下的高才生。但不同的是，"流亡三部曲"没有郁达夫小说中的伤感和颓废、自戕和沉沦，作品中的主人公总是在革命的召唤下崛起和抗争，人物的命运与时代的壮潮密切相连。这正是新兴的普罗文学与此前的"五四"启蒙文学不同质的显现。洪灵菲在处理革命与恋爱的矛盾时，不像其他作家那样，或者恋爱至上，因为恋爱脱离了革命；或者一心革命，因为革命抛弃了恋爱。而是坚持革命第一，恋爱第二，"不以恋爱牺牲革命"的人生原则。在他看来，惟有革命才有光明的未来。这是洪灵菲作为"新兴文学中的特出者"的耀眼之处。[8]

通过比较可以看出，蒋光慈的小说多描写工人运动和工人形象，表现工人阶级的觉醒和反抗，其文风粗犷豪放，激情喷涌，豪侠浪漫，鼓动性大于审美价值。而洪灵菲的小说则带有自叙传色彩，反映知识分子对革命与恋爱的执着追求，具有自我暴露、不事雕琢、华美凄艳、浪漫抒情、精芜俱存的个性特征。

五、造成我们社与太阳社差异的原因

在我们社、太阳社大力提倡无产阶级革命文学的1928年前后，正值国内外"左"倾文艺思潮泛滥时期。国际上，苏联"拉普"派认为，"以往时代的文学都渗透了剥削阶级的精神。它反映了王公贵族、富人——一句话，'成千上万上层人物'的习惯和感情，思想和感受。"[9]他们提倡"辩证唯物主义的创作方法"，力图创作不论在内容上，还是在形式上都与过去迥然有别的无产阶级文学。同时，他们还把小资产阶级文学统称为"同路人"文学。"拉普"派从庸俗社会学和虚无主义观点出发，否定历史上的一切文化遗产，排斥"同路人"作家，甚至连高尔基也被看成了资产阶级作家和市侩文人。在日本，受福本和夫、藏原惟人的"理论斗争""分离结合"等"左"倾思想影响的左翼文坛，派系林立，内战不已。"纳普"派认为艺术只是政治煽动的手段，"无产阶级的激情，可以最率直、最粗野地大胆表现出来"，旧的形式和技巧"从根本上威胁着经过苦难而成长起来的无产阶级艺术"。[10]因而主张对现存的一切艺术进行批判。

蒋光慈是中国共产党诞生后选派的第一批留苏学生。他在莫斯科东方大学求学期间，苏联的"拉普"派正在崛起，虽然没有确切的资料表明他与"拉普"派是否有过组织上的直接联系，但从他思维逻辑的定势和理论架构的起点来看，与"拉普"派极为相似。斯洛伐克著名汉学家玛利安·高利克曾说：蒋光慈在苏联学习期间，"能够相当熟练地阅读俄文资料。他的重要观点与《在岗位上》杂志及其续刊的撰稿人的观点有许多相似之处"①[11]。后来蒋光慈到东京看病，还亲自到藏原惟人家拜访，并从那里借到佐宁的《为普罗写实主义而战》等书。

太阳社的重要理论家钱杏邨，他倡导的"无产阶级现实主义"和"力的文学"的理论依凭，一方面来自苏联"拉普"派成员佐宁的《为了无产阶级现实主义》一书；另一方面来自藏原惟人的《到新写实主义之路》和《再论通往无产阶级现实主义之路》等文章。尤其是在和茅盾的论战中，钱杏邨是"换着藏原惟人，一段又一段的，在和茅盾扭结"。[12]

另外，蒋光慈留苏时就十分喜爱文学，与瞿秋白结为慕友。1927年"四一二"前付梓的《俄国文学概论》便是他们合作的论著（此书出版于1929年），可见他们之间的友谊非同一般。武汉形势逆转后，蒋光慈回到上海，曾就创办《太阳月刊》的意图向瞿秋白请示，"秋白同志都同意了。为了研究问题，阿英（钱杏邨）和蒋光慈也一同去找过瞿秋白，在太阳社成立那天，瞿秋白等都参加了。"[13]太阳社成员都是年轻的共产党员，在社内建有基层党组织"春野支部"，隶属上海闸北区委领导。由此可以看出，太阳社不仅受到了苏联"拉

---

① 《在岗位上》杂志为"拉普"派的重要刊物。其续刊为《在文学岗位上》。

普"派和日本"纳普"派的理论误导，也受到了党内瞿秋白"左"倾思想的直接影响。

而我们社的主要成员林伯修虽然留学日本，但在1919年时已回国。他在留日期间受惠最多的是河上肇。回国后在北京大学任经济学教授。1925年11月他在家乡出任金山中学校长是受了东征来潮汕的周恩来的指示，1927年南昌起义部队进入潮汕时，林伯修在汕头又会晤了周恩来、郭沫若（林伯修与郭沫若是东京第一高等学校预科同学，但两人性格、学术兴趣不同）。洪灵菲、戴平万加入中国共产党，并走上革命道路，主要是受了许甦魂的影响。许是中共海外部总支部书记，国共合作时期以个人名义加入了国民党，1926年国民党"二大"时当选为中央候补执行委员，任外事部秘书。1927年参加"八一"南昌起义，1930年任红七军政治部主任，1931年9月在红军"肃反运动"中被误定为反革命分子惨遭枪杀，1945年中共"七大"后平反昭雪。国内第一次大革命失败后，洪灵菲、戴平万都度过了一段颠沛流离的逃亡生活。

我们这样说，并不意味着我们社与当时的"左"倾思潮无缘。事实上，在《我们月刊》所发表的创造社、太阳社一些人的理论文章（如：王独清的《祝词》、石厚生的《革命文学的展望》、李初梨的《普罗列塔利亚文艺批评底标准》、钱杏邨的《朦胧以后》）中，在我们社同仁翻译的苏联文学、日本文学的译文中，以及在洪灵菲、戴平万等人的创作中，都可以看到时代的"左"倾印痕。我们旨在说明的是，在当时我们社比太阳社受到国内外"左"倾思潮的影响要小得多。由此，我们社与太阳社在革命文学的论争中以及在创作实践上的"同中有异"就不难找到答案了。

参考文献：

[1]贾植芳主编：《中国现代文学社团流派》，江苏教育出版社1983年版，第486页。

41

〔2〕倪墨炎：《现代文坛灾祸录》，上海书店出版社1996年版，第27—29页。

〔3〕蒋光慈：《论新旧作家与革命文学》，《太阳月刊》1928年第4期。

〔4〕《洪灵菲选集》，人民文学出版社1982年版，第26页。

〔5〕蒋光慈：《现代中国社会与社会生活》，《太阳月刊》1928年1月号。

〔6〕〔7〕杨义：《中国现代小说史》第二卷，人民文学出版社1988年版，第62、76页，第87页。

〔8〕蒋光慈：《异邦与故国》，现代书局1930年版，第66页。

〔9〕《"拉普"资料汇编（上）》，中国社会科学出版社1981年版，第15页。

〔10〕刘柏青：《三十年代左翼文艺所受日本无产阶级文艺思潮的影响》，《文学评论》1981年第6期。

〔11〕〔斯洛伐克〕玛利安·高利克著，陈圣生等译：《中国现代文学批评发生史（1917~1930）》，社会科学文献出版社1997年版，第158页。

〔12〕《鲁迅全集》第4卷，人民文学出版社1981年版，第241页。

〔13〕戴淑贞：《阿英与蒋光慈》，《新文学史料》1983年第2期。

42

（本文原载《学术研究》2007年第7期，有改动）

我们社、太阳社对待鲁迅的态度为何不同

杜运通　杜兴梅

　　长期以来，人们一直把我们社和太阳社看作同一个文学社团，说"他们虽然独标一个社团旗号，实际上是一个组织"[1]。他们"在同一目标之下，不但步调一致，慢慢的两个组织也由二化一了"[2]。其实，我们社是一个独立而富有特色的文学社团，他们是清一色的潮汕地区的文学青年，自始至终不曾并入太阳社。[3]在20世纪20年代末的革命文学论争中，我们社与太阳社（还有创造社）在倡导无产阶级文学，宣传马克思主义文艺理论这个大方向上目标是一致的，但在对待革命文学的认识，尤其是对待鲁迅的态度上步调并非一致。[4]

　　我们社、太阳社（以及创造社）在大革命失败以后的白色恐怖中张扬起普罗文学的大旗，比较深入地诠释了文学的阶级性、描写对象、与革命关系及作家世界观改造等问题，积极引入和传播马克思主义的文艺理论，自觉地把自己的文学活动同时代和作家的使命感结合起来，以新兴的文学理论和创作实践颠覆和解构了"五四"文学革命的主流话语，建构和奠定了崭新的革命文学话语的正宗地位，为中国文学注入了前所未有的无产阶级革命的新质，推动了中国文学的现代化进程，顺应了历史前进的潮流，在当时的整个文化界都起到了极大的鼓舞作用，这些历史的功绩是不会被人们遗忘的。

　　但是，太阳社同创造社一样，由于受到国内外"左"倾文艺思潮的影响，在提倡无产阶级革命文学的同时，却突如其来地发动了一场对鲁迅的批判。太阳社的主将、"中国革命文学著作的开山祖"[5]蒋光慈发表了《现代中国社会与社会生活》《关于革命文学》《论新旧

作家与革命文学》等文章，把以鲁迅为代表的新文学作家斥责为"旧作家""不革命的作家"，认为他们"已落在时代的后面"，"不能承担表现时代生活的责任"。[6]他们不能成为"革命的作家"，因为他们有其社会的、阶级的、传习的背景，"无论如何脱离不了旧的关系"。[7]甚至认为他们"一方面假惺惺地表示赞成革命文学的理论，而在事实上反对革命的作家，说什么浅薄呀，幼稚呀，鲁莽呀，粗暴呀……"这是一种"卑鄙，无耻的行为!"[8]太阳社另一发起人钱杏邨连篇累牍地发表了《死去了的阿Q时代》《死去了的鲁迅》和《朦胧以后》等系列文章，公开指名道姓地非难鲁迅是"彻头彻尾的小资产阶级者"，是"唯我史观""反我者就是反革命"，[9]并说鲁迅"是革命文学的障碍"，他的创作"是滥废的无意义的类似消遣的依附于资产阶级的滥废文学"，"不但阿Q时代是已经死去了，《阿Q正传》的技巧也已死去了"。[10]企图完全"踢开"鲁迅。实事求是地说，太阳社的有些观点比创造社还要偏激。

然而，我们社则不同。笔者广泛地查阅了《我们月刊》《太阳月刊》《文化批判》《海风周报》《新流月报》《拓荒者》《北斗》《文学月报》等左翼刊物，并未发现我们社成员攻击鲁迅的文章。戴平万在《光明》半月刊第1卷第10期上发表《他的精神活着》，文中评价鲁迅说："自从新文化运动以来，肩负着反帝反封建之旗，十余年如一日，不屈不挠地奋斗着。"鲁迅虽然死去了，"但是他的艺术，他的精神仍是长留永在"。从戴平万的这篇文章，读者可以看到我们社对待鲁迅的态度。

我们社主要成员之一李春锦（笔名李一它）在《杜国庠永远活在我的心中》写道：

> 有一天，杨邨人以太阳社代表的身份，到我们书店来……他毫不客气，坐下来就说："太阳社的同志希望我们社的同志能和太阳社合作，写文章批判鲁迅。"

杜老（杜国庠）听到这句话，十分愤慨地说："我们不写文章批判鲁迅，我们在这个问题上，不同你们合作。鲁迅是有正气的，是进步的，是正确的。他是五四运动的旗手，是教育家，是进步青年的导师……我们不批判他，相反地，我们要团结他，团结他同我们在一起，向国民党反动派作斗争。"

洪灵菲、戴平万和我等人都同意杜老的看法，表示不反对鲁迅。

杨邨人坐着不敢说话，他的脸发白，发青。最后，杜老对杨邨人说："你没有资格代表太阳社，你只能代表你自己。"

杨邨人灰溜溜的，垂头丧气地走了。[11]

这就再一次表明，在批判鲁迅的问题上，太阳社的确"拉拢"过我们社，希望他们与自己"并肩战斗"，但我们社与太阳社并没有采取"同一步调"。那么，我们社与太阳社对待鲁迅的态度为什么不同呢？

在我们社、太阳社、创造社大力倡导无产阶级革命文学的1928年前后，正值国内外"左"倾文艺思潮泛滥的洪峰期。国际上，苏联"拉普"派认为，"以往时代的文学都渗透了剥削阶级的精神。它反映了王公贵族、富人——一句话，'成千上万上层人物'的习惯和感情，思想和感受"[12]。他们提倡"辩证唯物主义的创作方法"，力图创作不论在内容上，还是在形式上都与过去迥然有别的无产阶级文学。同时，他们还把小资产阶级文学统称为"同路人"文学。"拉普"派从庸俗社会学和虚无主义观点出发，否定历史上的一切文化遗产，排斥"同路人"作家，甚至连杰出的无产阶级革命文学的奠基人高尔基也被看成资产阶级作家和市侩文人。在日本，受福本和夫、藏原惟人的"理论斗争""净化意识""分离结合"等"左"倾思想影响的左翼文坛，派系林立，内战不已。"纳普"派认为艺术只是政治煽动的手段，"无产阶级的激情，可以最率直、最粗野地大胆表现出来"，旧的形式和技巧，隐蔽在抽象的语言中再现出来，"从根本上威胁着经过苦难而成长起来的无产阶级艺术"。[13] 因而主张对现存的一切艺术进行彻底批判。正如郭沫若所说："中国文坛大半是日本留学生建筑成的……就因为这样的缘故，中国的新文艺是深受了日本的洗礼的。而日本文坛的毒害也就尽量地流到中国来了。"[14]

在国内则有瞿秋白的"左"倾思想，"八七"会议后瞿主持中央工作。他在《中国革命是什么样的革命》等文中错误地认为，1927年大革命失败不是革命的低潮，而是"革命继续高涨"，中国革命要推翻豪绅地主阶级，便不能不同时推翻资产阶级。我国已经由民主主义革命"急转直下到社会主义革命"。小资产阶级已经不是革命的力量，而是"革命的障碍"等等。党内的"左"倾路线也给当时的普罗文学运动带来了负面的影响。

蒋光慈是中国共产党诞生后选派的第一批留苏学生。他在莫斯科东方大学求学期间，苏联的"拉普"派正在崛起，虽然没有确切的史料表明他与"拉普"派是否有过组织上的直接联系，但从他思维逻辑的定势和理论架构的起点来看，与"拉普"派极为相似。斯洛伐克著名汉学家玛利安·高利克曾说：蒋光慈在苏联学习期间，"能够相当熟练地阅读俄文资料。他的重要观点与《在岗位上》杂志及其续刊的撰稿人的观点有许多相似之处"①[15]。后来蒋光慈到日本东京看病，他还亲自到藏原惟人家里拜访，并从藏原惟人那里借到佐宁的《为普罗写实主义而战》等书籍。

太阳社的首席理论家钱杏邨，他倡导的"无产阶级现实主义"和"力的文学"的理论依凭，一方面来自苏联"拉普"派成员佐宁的《为了无产阶级现实主义》一书；另一方面来自日本藏原惟人的《到新写实主义之路》和《再论通往无产阶级现实主义之路》等文章。他在和茅盾的论战中，用鲁迅先生的话说，钱杏邨是"挦着藏原惟人，

---

① 《在岗位上》杂志为"拉普"派的重要刊物。其续刊为《在文学岗位上》。

一段又一段的，在和茅盾扭结"。[16]

同时，蒋光慈留苏时就十分喜好文学，与瞿秋白相识并结为慕友。1927年"四一二"前付梓的《俄国文学概论》便是他们两人合作的论著（此书出版于1929年），可见他们之间的友谊非同一般。武汉形势逆转后，蒋光慈回到了上海，曾就创办《太阳月刊》的意图向瞿秋白请示，"秋白同志都同意了。为了研究问题，阿英（钱杏邨）和蒋光慈也一同去找过瞿秋白，在太阳社成立那天，瞿秋白等都参加了。"[17]太阳社成员都是年轻的共产党员，在社内建有基层党组织"春野支部"，隶属上海闸北区委领导。由此可以看出，太阳社不仅受到了苏联"拉普"派和日本"纳普"派的理论误导，也受到了党内瞿秋白"左"倾思想的直接影响。国内外"左"倾思潮胶结在一起，太阳社攻击五四新文学的旗手和领军人物鲁迅也就不难理解了。

我们社则不然。我们社的主要理论家杜国庠，1907年赴日留学。先后进入早稻田大学普通科、东京第一高等学校预科和京都帝国大学政治经济科求学。他受惠最多的是日本著名社会主义者河上肇博士讲授的马克思主义政治经济学说，以至确立了从事中国革命运动和研究、宣传马克思主义的人生道路。在日本，他还认识了鲁迅、李大钊、周恩来、彭湃和郭沫若等人。1913年袁世凯复辟帝制，杜国庠与李大钊等人在东京组织丙辰学社，进行反袁斗争。1919年7月，杜国庠从京都帝国大学毕业回国，经李大钊介绍，执教于北京大学，讲授马克思主义政治经济学说、政党论和社会政策等课程，并在中国大学、平民大学等校兼课。1924年春列宁逝世，他参加在北大法学院举行的追悼大会。会后，他和李春涛、邝摩汉等编辑出版了纪念列宁专辑《社会问题》杂志。他在该刊发表题为《列宁与第三国际》的文章，热情讴歌列宁和他建立的第三国际的丰功伟绩。

1925年春，北洋军阀政府操纵和把持着北大，教育部又擅自扣发学校教育经费，经常拖欠教师工资。杜国庠感到北大"非久留之地"，遂乘奔母丧之机，辞去北大及校外的一切职务，回到了阔别多年的家乡广东澄海县。同年9月出任澄海县立中学校长，开创男女同校的新风，并带领高年级学生到海丰县参加农民运动。

1925年11月，国民革命军第二次东征进抵潮汕，东征军总政治部主任周恩来出任东江行政公署专员，主管潮汕、梅县、惠阳三地区二十多县的政务。杜奉周恩来之命，改组了国民党澄海县党部，并当选为该县执委会主席。1926年12月他又奉周恩来之命，接任金山中学校长，整饬校政，培养革命人才。1927年4月14日，国民党反动派大肆捕杀共产党员和革命人士，他幸得一位工友通风报信，藏匿乡间才免遭荼毒。同年9月，南昌起义军进驻潮汕，杜国庠又赶赴汕头会晤周恩来和郭沫若。不久形势逆转，他辗转到海丰县，农民用小船把他送往香港。1928年1月由香港抵达上海，开始了文学活动和政治斗争。2月加入了中国共产党。杜国庠在学识上受惠于河上肇，在政治上得益于周恩来。他和周恩来几度交往，彼此间建立了深厚的情谊。

我们社的另外两个中坚人物洪灵菲和戴平万，都是广东省潮安县人，从小学、中学到大学，二人皆为同窗挚友。1922年秋，洪灵菲与戴平万一起考取国立广东高等师范学校（后改为广东大学、中山大学）西语系。1923年8月家乡潮汕成立了火焰文学社，洪、戴二人均是该社活跃的成员之一，并在《火焰周刊》发表文章。1926年3月，郁达夫和郭沫若应广东大学（即中山大学前身）经亨颐之邀分别就任英文系主任和文学院院长，郁达夫还兼任中山大学出版部主任之职。洪灵菲和戴平万都是郁达夫的学生。尤其是洪灵菲，他是郁氏门下的高才生。洪灵菲的代表作"流亡三部曲"均为自传体小说，具有鲜明的自我表现和自我暴露的特征，蕴涵着浓烈的浪漫抒情色彩，这显然是受了郁达夫小说的影响。洪灵菲的成名作长篇小说《流亡》，1928年4月15日由上海现代书局出版时，郁达夫曾为此书作了"热烈介绍"。郁达夫是创造社元老中唯一与鲁迅关系密切的一个，正如有人所说，在同时代作家中，鲁迅也是最了解郁达夫性格的人之一。爱屋及乌，洪灵菲、戴平万对鲁迅的景仰就在情理之中了。

此外，洪灵菲、戴平万加入中国共产党，并走上了革命道路，主要是受了许甦魂的影响。许原名许统绪，广东潮安人，与洪、戴是同乡。中共党员，时任中共海外部总支部书记。国共合作时期，他以个人名义加入国民党，1926年国民党"二大"时当选为中央候补执行委员，任外事部秘书。1927年参加"八一"南昌起义，1930年任红七军政治部主任，1931年9月在红军"肃反运动"中被误定为反革命分子惨遭枪杀，1945年中共"七大"后平反昭雪。国内第一次大革命失败后，洪灵菲、戴平万都度过了一段颠沛流离的逃亡生活，1927年到达上海，既参加地下党领导的文化宣传工作，也从事文学创作活动。

戴平万在1933年亚东图书馆出版的《俄罗斯文学》的编著中曾说："拉普"派"自信为纯共产主义的唯一说明者，他们更诋毁过去，轻视那些不肯拥戴他们执文坛牛耳的现代作家，若果他们的作品能够出色，也许可以实现着他们的这种过奢的希望。但是，事实上却不是这样，他们的作品竟远逊于那一班在他们的想象中以为敌人而痛加排斥的'同路人'所做的……这使得青年的作家从噩梦中觉醒过来，渐渐地知道新的文学创造，并非一朝一夕之功，写得多并不一定就写得好；他们并且渐知欣赏那旧日名作家，俄国的伟大的文学典型，而师法着他们的长处"。这段论述，基本上反映了我们社对"拉普"派的基本认识，也是他们努力于普罗文学创作实践而不攻击鲁迅的思想基础之一。

由此可见，我们社受到的国内外"左"倾思潮的影响要比太阳社、创造社小得多，他们对鲁迅的态度自然要比太阳社、创造社客观、公正得多。

在对待鲁迅的态度上，对我们社产生较大影响的还有一个人，那就是李春涛。李是我们社主要成员之一的李春鏸的大哥，是杜国庠的同门师弟，他们二人曾先后师从"澄海三才子"之首的吴贯因（吴为

49

同盟会会员，是梁启超的挚友），因此，情深意笃。李春涛1917年赴日留学，1918年进入东京早稻田大学读书，与杜国庠、林伯渠一道从事马克思主义学习和研究，与彭湃是同窗好友。1921年2月回国后任家乡金山中学校长，1922年8月底晋京，在中国大学、平民大学、法政大学和女师大任教。他和杜国庠一起住地安门内慈慧殿南月牙胡同13号的四合院内，因两人都信仰马克思主义，憧憬"红色"，所以把自己的寓所取名"赭庐"。国会议员胡锷公，北大政治系主任周鲠生，早期共产党人谭平山、彭湃等都是"赭庐"的常客。因为李春涛和杜国庠像唐代的李白、杜甫那样忧国忧民，因此有"潮州的李杜"之称；因为李春涛和彭湃是莫逆之交，因此又有"澎（彭）湃的春涛"之说。

李春涛在女师大授课时，许广平正在女师大读书，许广平是李春涛的学生，再加上两人都是广东人（许广平祖籍福建，出生在广东番禺），交谊甚笃。李春涛住在"赭庐"时，许广平曾去看过他，但没有见到人。1925年4月5日，两人在东安市场的森隆相见，李给了许广平很多鼓励，希望她毕业后回广东工作，并送给她一本书，里页上写着："广平先生惠存，春涛敬赠。"

1925年4月，李春涛辞去北京教职，返回广东。同年10月，国民革命军第二次东征时，李春涛任职于东征军指挥部总政治部，是周恩来同志的得力助手。此间写有《东征纪略》一文，这是至今反映东征军最真实最详细的历史文献。12月，他与毛泽东同志共事于《政治周报》。《政治周报》由国民党宣传部主办，当时毛泽东代理国民党中央宣传部部长，任主编，宣传部秘书沈雁冰，干事邓中夏、张秋人、李春涛参与编务。第二次东征胜利后，周恩来以东征军总政治部主任和东江行政公署专员的身份委派李春涛为《岭东民国日报》社社长，该报于1926年1月20日正式出版。应李春涛的请求，周恩来为该报副刊亲笔题写"革命"二字。《岭东民国日报》名义上是国民党的党报，实际上是由周恩来领导的、反映中国共产党政治主张的舆论阵地，对指导粤东地区的革命斗争发挥了很大作用，并发表了五四新文学作家郭沫若、沈雁冰、郁达夫、谢冰心等人的作品。

1926年12月，国民党广东省党部召开广东省第二次党员代表大会，李春涛被选为国民党广东省党部执行委员。在广州，李春涛再次见到已在广东女子师范学校教书的许广平，他邀请许广平去汕头工作，许也有此打算。后来，因为鲁迅要到中山大学任教，许广平才搁置了赴汕头工作的计划。1927年"四一二"后风云突变，蒋介石电令汕头国民党右派，于4月14日诱捕了李春涛等人。4月27日，反动军警将李春涛和共产党员廖伯鸿强行装进麻袋，用船运到汕头石炮台外海，先是用刺刀在麻袋上乱戳，然后将尸体抛入海中。李春涛牺牲时年仅30岁。许广平听说李春涛壮烈牺牲后，感慨唏嘘，不能自已。许广平与李春涛的情谊在许广平的《鲁迅回忆录》中都有记载。周恩来曾赞誉李春涛是国民党左派，"党外的布尔什维克"。李春涛虽然牺牲了，但李春涛在我们社中的影响依然存在。

1985年4月5日，家乡人民为纪念李春涛的革命精神，在潮州市西湖公园建起了"春涛亭"，在烈士早年求学和出任校长的金山中学建起了"春涛园"，时任全国政协主席的邓颖超同志挥毫题词："李春涛烈士永垂不朽！"

由以上史料可以看出，我们社的几个主要成员受马克思主义教育较多，受周恩来、郁达夫影响较大，受国内外"左"倾思潮误导较小，再加上与许广平或师生或同乡的关系（当然，他们也受到鲁迅思想和作品的影响），他们不攻击鲁迅就理所当然了。

参考文献：

［1］贾植芳主编：《中国现代文学社团流派》，江苏教育出版社1983年版，第486页。

［2］孟超：《洪灵菲选集·序》，开明书店1951年版。

［3］杜运通、杜兴梅：《我们社：一个独立而富有特色的文学社团》，《新文学史料》2007年第1期。

［4］杜运通、杜兴梅：《我们社与太阳社比较论》，《学术研究》2007年第7期。

［5］杨义：《中国现代小说史》第二卷，人民文学出版社1988年版，第62页。

［6］蒋光慈：《论新旧作家与革命文学》，《太阳月刊》1928年第4期。

［7］蒋光慈：《现代中国社会与社会生活》，《太阳月刊》1928年第11期。

［8］蒋光慈：《关于文学革命》，《太阳月刊》1928年第2期。

［9］钱杏邨：《朦胧以后·三论鲁迅》，《太阳月刊》1928年第1期。

［10］钱杏邨：《死去了的阿Q时代》，《太阳月刊》1928年第2期。

［11］李春锋：《杜国庠永远活在我的心中》，中共市委党史办公室等编：《杜国庠同志诞辰一百周年纪念专辑》，1989年4月印，第21页。

［12］《"拉普"资料汇编（上）》，中国社会科学出版社1981年版，第15页。

［13］刘柏青：《三十年代左翼文艺所受日本无产阶级文艺思潮的影响》，《文学评论》1981年第6期。

［14］麦克昂：《桌子的跳舞》，《创造月刊》1928年第11期。

［15］〔斯洛伐克〕玛利安·高利克著，陈圣生等译：《中国现代文学批评发生史》，社会科学文献出版社1997年版，第158页。

［16］《鲁迅全集》第4卷，人民文学出版社1981年版，第241页。

［17］戴淑贞：《阿英与蒋光慈》，《新文学史料》1983年第2期。

（本文原载《鲁迅研究月刊》2010年第1期，有改动）

《我们月刊》研究

杜运通　杜兴梅

长期以来人们一直把我们社看作太阳社的一部分，因而《我们月刊》也成了被人遗忘的角落，几乎无人问津。然而，在当时因"完全共产口吻""以文字为面具实行反动宣传"[1]而遭到国民党政府查禁的《我们月刊》，在我国左翼文学发展史上却有着不容漠视的地位和价值。它宛如天上的流星，虽转瞬即逝，但却辉煌耀眼。

一、《我们月刊》概述

《我们月刊》是我们社创办的唯一刊物，也是无产阶级革命文学倡导者重要的宣传阵地之一。

大革命失败后，洪灵菲、林伯修（杜国庠）、戴平万、李一它（李春鐏）等一批潮汕进步文学青年荟萃上海，于1928年5月组织成立了文学社团我们社，编辑出版《我们月刊》。该社由林伯修、郁达夫任顾问，洪灵菲为社长兼编辑主任，戴平万为副编辑，李一它负责出版印刷工作。[2]《我们月刊》共出3期。创刊号于1928年5月20日出版，第2期于1928年6月20日出版，第3期于1928年8月20日出版，32开本，横排，由晓山书店发行，书店设在上海北四川路西海宁路357号。李伍（李春秋）负责售书和看守书店。该社还出版"我们社丛书"。1929年2月20日我们社和晓山书店同时被国民党政府查封。

《我们月刊》除发表本社成员的文章和作品外，还发表了创造社、太阳社一些成员的文章和作品。同时还刊载了苏俄、日本等国进步作家的理论文章和创作。据统计，《我们月刊》先后发表小说18篇（其中翻译小说5篇），诗歌19首（其中译诗1首），散文（杂记）1篇，戏剧2篇（其中译剧1篇），论文6篇（其中译文1篇），祝词1篇，《编后》3篇，共计50篇（首）。另有插画2幅：迅雷的《新时代的开幕》和高尔基像。《我们月刊》的作者有：洪灵菲、戴万叶（戴平万）、林伯修、王独清、石厚生（成仿吾）、钱杏邨、李初梨、蒋光慈、孟超、森堡（任钧）、黄药眠、藏人、任夫（殷夫）、冯宪章、李一它、罗澜、罗克典、陈礼逊、林少吾、迅雷等20余人，并有外国作家高尔基、加式金、林房雄、藤田满雄、田口宪一、Jack London等。《我们月刊》对倡导无产阶级革命文学，培养文学新人，推动普罗文学运动的兴起和发展都做出了积极的贡献。

二、《我们月刊》的现代意蕴

洪灵菲曾说："革命运动虽然受到暂时的挫折，但我们有一支笔，就会使它从另一方面蓬勃起来的！"[3] 由此可见，用笔作武器宣传革命，发动民众，激励民众，使无产阶级革命从低谷中再度勃兴起来，即"为革命而文学"，这是洪灵菲组织我们社的原委，也是洪灵菲创办《我们月刊》的初衷。《我们月刊》正是遵循这一宗旨实践着自己的历史使命。

（一）为无产阶级革命文学话语的构建筚路蓝缕

理论即话语，话语即权力。谁拥有了阐释时代的主流话语，谁就掌控了执文坛牛耳的权力。我们社同太阳社的同仁们一样，当他们一踏上文坛的时候，就全力以赴地构建属于自己的新型的革命文学话语体系。在《我们月刊》创刊号的显著位置，发表了石厚生的《革命文学的展望》一文。作者明确指出，在中国普罗列塔利亚文学一定要兴起。其原因有二：一是帝国主义的压迫和军阀官僚的摧残，阶级对立的尖锐化必然急剧地催促"五四"文学再向前跨出一步；二是普罗列塔利亚国家在地平线上的出现，它必然促进全世界先进国家普罗列塔利亚文学的产生，因为它预约给人们的"黄金世界"比先前人类史上任何阶级、任何社会制度要光辉灿烂得多，它必然更加吸引中国知识分子和劳苦大众。作者还进一步分析了普罗列塔利亚文学兴起的"必要条件"——"必须得到民众理解与欢爱"。正因为这样的原故，创作主体作家就要高扬普罗列塔利亚意识，要紧密结合大众的思想、感情与意志，要无限地接近大众的用语。

紧接着，李初梨的《普罗列塔利亚文艺批评底标准》又发表在《我们月刊》第二期的首篇。文章肇始便当头"棒喝"："在中国过去的文坛上，除了'骂人'或'捧场'而外，从来无所谓批评。"作者在"棒杀"了中国文坛上的所有文艺批评后，又"斩钉截铁"地指出，"普罗列塔利亚的文艺批评，也只有从这个——而且唯一的这个观点出发"——"艺术是阶级对立的强有力的武器"。围绕这个中心观点，李初梨提出了普罗列塔利亚文艺批评的四条标准：第一，"先分析这个作品反映着何种的（阶级）意识"；第二，"它在那个时代所以能发生的社会依据"；第三，它"所演的是什么一种脚色，担当的是什么一种任务"；第四，"再去检讨它是怎样地表现着"，即"技巧的批评"。这些文章的发表，与创造社、太阳社的普罗派们摒弃五四传统、变革文学话语方式取同一步调。

就是在他们的共同努力下，无产阶级革命文学话语取代了五四文学话语，把五四文学中追求个性解放和人格自由的呐喊升华到寻求民族、国家和阶级解放的高度上来。如果说五四文学是发现"人"，努力把"人"从传统封建礼教桎梏中解放出来，那么无产阶级革命文学则注重于民族的觉醒和阶级的解放，是一种与统治阶级的文学相颉颃的文学，它把中国文学的现代目标又向前推动了一大步。

55

（二）发表革命文学作品，彰显普罗文学创作的实绩

一种主流话语的建立不仅需要一整套独具特色的理论体系，而且还需要在这种理论体系指引下创作大量文学作品的确证。我们社与创造社、太阳社有所不同，他们在20世纪20年代末那场轰轰烈烈的"革命文学论争"中，不屑于理论上的争辩，而是把主要精力倾注到普罗文学的创作上，用创作实绩彰显革命文学的生命力。因此，我们社在创作实践上的成就要比理论上的建树令人心仪。具体来讲：

1. 反映民不聊生的社会现实，揭示半封建半殖民地社会的基本矛盾。

罗克典的短篇小说《立契之后》，写佃农吉长光因天旱晚交租谷，于是就遭到了田主的毒打。田主以欠债为借口，强逼吉长光以40元的廉价将自己仅有的一间瓦房"卖"给他，并立下契据，然后再反过来以每年16元的高额房租租住。阶级的压迫使一无所有的吉长光痛苦地挣扎在人生的道路上。李一它的短篇小说《穷孩子》，写一个孩子的父亲因帮助穷人说话而被官兵抓去用乱棍活活打死，身患重病的母亲饿死在潮湿、破旧的草屋里。而这个孩子，也"奇怪"地在母亲去世的同一天冻死在市口大路上的雪地里。小说成功地运用对比手法，透过这个孩子的眼睛，看到了富人家的孩子们穿着各式各样的华丽衣服，快乐地吃着面包和水果，尽情地玩着各种游戏。这就是旧中国的本来面目——造在地狱上的天堂。尤其是罗澜的小说《血之潜流》，叙写"我"和朱同志以卖报为生的窘困生活。为了筹措到F城的路费和房租，每人每天只能吃到一磅面包，饥饿像怨鬼一样折磨着他们。作品这样写道：

我走动着，只觉得全身空虚，轻飘飘的，有时若不倚着东西，就怕会向前扑下去。遇到这样的情形时，我就倚着电杆，暂时不动，等好了一点才走。这种感觉起先只是在近午时才有，后来就时时有了，甚至于倚着电杆，亦觉得身在半空似的，四下的土地都在移动颠簸

着。我只想在随便的什么地方倒下去躺一躺。我的眼皮老是抬不起，就像上面有着千斤的重压似的。

这段对饥饿的描写何等真实，何等深刻！没有受过饥饿困扰的人很难写出这样的文字来。读着这些描写，旧社会那种饥寒交迫、饿殍载途的悲惨情景便浮现在读者面前。

我们社作家发表的这些反映旧社会下层劳动者生活的作品，就个案来说，或者是山村的一隅，或者是稻乡的一角，或者是官府前的一幕，或者是马路边的一瞥，但合起来，就是一幅完整的农村破产、工商凋敝、贫富悬殊、民不聊生的悲惨图画。这些作品没有滞留在怜悯的表面，而是进一步发掘人物悲剧的深层根源，从根本上接触到反帝反封建的时代主题，从中揭示出人民不得不革命的真正原因。

2. 歌颂工农的觉醒与反抗，为中国文学的现代化注入新质。

林伯修在《1929年急待解决的几个关于文艺的问题》中说：普罗文学"不仅要'描写他们的各种苦痛'，来'为他们诉苦'，紧要的是要明显地或暗示地写出他们这些苦痛的由来，他们在历史进展过程当中的运命和其所负的使命，指示给他们以出路，鼓舞着他们的革命的热情和勇气，使他们走上历史所指示的革命底光明大道上去"[4]。

我们社作家正是如此。他们用明确的阶级观点，无产阶级的"前卫"眼光来观察现实世界，走出个人情感的狭小天地，注重摄取对社会对民族关切的重大题材，有意识地反映社会的基本矛盾，最早地把工农的觉醒和反抗引进现代文学的创作领域，增添了新的人物和题材，无疑具有拓荒性和里程碑式的史学意义。戴平万的小说《激怒》描写12岁的放牛孩子文生被土豪劣绅李老虎（李大宝）用"如意棒"活活打死，激起了群众的愤怒的故事。桂叔的讲演使大家认识到土豪劣绅和官吏互相勾结，狼狈为奸，压迫民众，鱼肉百姓，只有大家组织起来进行反抗才有出路。于是，一群愤怒的群众高喊着"我们组织起来吧！"拥向

"公厅"开会去了。他的另一篇小说《树胶园》，写的是一群被叫做"猪仔"的中国割胶工人在南洋的非人生活。小说重墨浓彩地描写了马来人阿宝的悲惨人生。阿宝是一名割胶工，他的妻子被红毛鬼（园主）强奸，他报仇不成，反而被红毛鬼吊在树上毒打，从而引起了工人们的罢工。但罢工结束后阿宝被园主开除，他到处流浪，最后被火车轧死。阿宝的人生惨剧点燃了工人们心中的怒火："我们要从他们的手里，夺回我们自己命运呀！"一位青年工人怒吼着。这篇小说在反映工人从凌辱中觉醒的同时，还透露出这样一个信息：全世界被压迫者有着同样的命运。林少吾的《降贼》是《我们月刊》发表的惟一的独幕四场话剧。故事写县署与地主劣绅蔡三爷沆瀣一气，不但不惩办打死人的凶手，反而开枪镇压告状的农民。走投无路的农民在革命者的启发下，大家决心一道做"贼"去（参加革命队伍）。这些作品与五四时期的作品相比，有着不同质的现代意识，即作品中被压迫者由麻木到觉醒，由忍辱到反抗，由孤身奋斗到集体抗争，在时代的召唤下，走上了历史所指示的争取自身阶级解放的正确道路。

3. 成功地塑造了"革命的薄海民"形象，丰富了现代文学人物形象的画廊。

瞿秋白在《〈鲁迅杂感选集〉序言》中指出：五四到五卅之间中国城市迅速地积累着各种"薄海民"（Bohemian）——小资产阶级的流浪人的知识青年。这种知识阶层是中国封建宗法社会崩溃的结果，是被中国畸形的资本主义关系的发展过程所"挤出轨道"的孤儿。这种新起的知识分子，因为他们的"热度"关系，往往首先卷进革命的怒潮，但是，也会首先"落荒"，或者"颓废"，甚至"叛变"——如果不坚决地克服自己的浪漫谛克主义[5]。瞿秋白的精辟论断由茅盾的《蚀》三部曲所佐证。而我们社作家则有所不同。有人说，普罗文学是激情文学，此话不无道理。我们社创作的年代正是我国现代史上最黑暗、最恐怖的年代。这批从革命浪潮中涌现出的"弄潮儿"，在他们的作品中却极少笼罩着苦闷感伤的色彩，而是以热情、乐观、明快的基调，以愤慨、恣肆、犀利的笔力，对黑暗社会、反动势力，以及刽子手们的疯狂压迫与虐杀加以无情的暴露，并进一步指出革命才是唯一的出路，从而博得了对现实不满、渴望新生活的广大知识青年的强烈共鸣，赞誉他们为"革命时代的前茅"[6]。

洪灵菲的长篇小说《前线》，主要描写了1926年夏到1927年"四一五"大屠杀时期中国南方的历史演进过程。主人公霍之远是中央党部的重要职员，又是共产党员。他一方面积极从事革命活动，另一方面又在"哥哥妹妹"的男女情感的纠葛中徜徉。他有老婆和孩子在乡间，却与同学的妹妹林病卿相好，又和置家妹张金娇寻欢作乐。后来他爱上了已有恋人并已同居的林妙蝉（林的恋人病故），但在工作上却与另外两位女性褚珉秋、谭秋英柔情蜜意。在霍之远看来："革命的意义在谋人类的解放，恋爱的意义在求两性的和谐，两者都一样有不死的真价！"当反动派向革命者举起屠刀时，他清醒地认识到："工农阶级如果不从速武装起来，便永远没有夺取政权的机会！"特别是小说的结尾，霍之远、褚珉秋、林妙蝉等人被荷枪实弹的反动士兵逮捕时镇定自若，霍之远冷笑着说："我们都完了！可是真正的普罗列塔利亚革命却正从此开始呢！"作品中的主人公虽然在自我形象上有所分裂，一直处在革命、恋爱的旋涡中，但不曾在恋爱中沉沦，始终保持着对革命的热忱。戴平万的《交给伟大的革命事业》，写革命者侠姑不愿顺从母亲对自己人生道路的安排去嫁给一个大学生，而情愿把自己的生命"交给伟大的革命事业"。这篇小说的写法很新颖，表面上写"我"在向知心朋友谈自己和侠姑的爱情经历，实际上表现革命者侠姑百折不挠的毅力和勇往直前的精神。通篇没有一处轻歌曼舞的描写，更没有卿卿我我的浪漫举止。罗澜的《去家》，叙写的是二哥领导五六万名工人在C城大暴动，遭到敌人通缉，悄悄回到家里。父亲劝说儿子留在家里。二哥说："父亲，不过与其说我是你的儿子，无如说我是时代的儿子罢。""我"还有"比住在家里更重要的事情"。二哥迈开大步，头也不回地走出家门。小说表现了二哥已经从家庭的小圈子里跳出来，把自我融入无产阶级革命事业中的博大胸怀。再如罗澜的诗歌《暴风雨之夜》，写一个暴风雨之夜，反动派将革命者塞入布袋内，两脚踏住布袋，从腰间抽出一尺来长的尖刀，对着布袋"拼命的截戳"，袋内迸出凄厉的呼号，然后将革命者的尸首抛入"狂涛的海中"。这首诗完全采用写实手法，是对真人真事的叙描。1927年大革命失败后，广东《岭东民国日报》的主编李春涛等人就是这样被敌人残害的。这首诗在怒斥反动派惨无人道的同时，也表现了革命者宁死不屈的无产阶级大无畏精神。

我们社作家描写"薄海民"形象系列的作品，大多数传递着"革命＋恋爱"的流行模式，形成了一个错综复杂的叙事网络，主人公往往承受着革命与恋爱两种情感纠葛的磨难，因此被后人诟病为普罗文学的幼稚和时代病色彩的表征。但是，我们不难看到，这种叙事法则有助于作家捕捉政治与个人之间那股诡谲的驱动力，把个人的情感生活与政治诉求合二为一，使革命与爱情产生了相辅相成的互动关系，这是浪漫情愫和现代革命诗学的辩证统一。另外，我们还要看到，我们社作家在处理恋爱与革命的矛盾时，不像其他作家那样，或者恋爱至上，或者因为革命而抛弃了恋爱，而是坚持革命第一，恋爱第二，"为革命而恋爱，不以恋爱牺牲革命"[7]的人生原则。在他们看来，唯有革命才有光明的未来。这是我们社作家作为"新兴文学中的特出者"的耀眼之处[8]。也正因为如此，我们在"薄海民"形象前才冠以"革命"二字，以昭示其质的飞跃。

4. 批判有产者在革命风暴到来时的犹豫不决和礼赞革命者临危不惧的乐观精神。

革命是试金石，革命也是透视镜。在轰轰烈烈的大革命面前，一个人的伟大与渺小、崇高与卑下、勇敢与怯弱、坚定与犹豫，以及美与丑、善与恶都充分地显现出来，经受着革命的检验与考量。克典的小说《决心》，写有产者烈人在烧毁自己的家产，投入革命的洪流，还是保住自己的财产和荣华、尊严之间犹豫不决，忽左忽右，完全丧失了判断能力，最后在全城笼罩着伟大的革命声浪中昏倒在地上。小说活画出一个意志薄弱的有产者的动摇心理，折射出有产者要舍弃自身利益而走上革命道路的艰难曲折，同时也表现出革命者的高瞻远瞩和革命暴动爆发的必然性。罗澜的《丁雄》，描写主人公要完成一次炸死敌人长官的艰巨任务，面临着死亡，他慷慨、豪爽，不怕牺牲。小说用极其简洁的笔墨，使读者看到了一个革命党人的音容笑貌和视死如归的高尚情操。故事结尾有点浪漫谛克，写丁雄在跨出屋门时，女同志惠琪却要求和他接吻一下，大有"霸王别姬"的味道。小说虽有点幼稚，但爱憎毕现，褒贬分明。

另外，在诗歌方面，如洪灵菲的《躺在黄浦滩头》、陈礼逊的《血花》、森堡的《献给既经死了的S，T，》、藏人的《重来》和任夫的《呵，我们踯躅于黑暗的丛林里！》等等，都热情礼赞革命者不怕砍头洒血、粉身碎骨，也要把恶贯满盈的旧社会彻底摧毁，让红彤彤的太阳普照全球的豪迈气概，与小说《丁雄》有着异曲同工之妙。

5. 鞭挞帝国主义的侵略政策，勾画殖民地中国的屈辱面貌。

20世纪20年代，正是我国外患日逼、内乱频仍的时代。一方面，反动军阀穷兵黩武，尸横遍野；另一方面，帝国主义在加紧对我国实行经济侵略的同时，又虎视眈眈地觊觎我国的大好河山，企图实行军事侵略，中国一天天地沦入殖民地化。《我们月刊》也发表了这类作品。在这些作品中，最有代表性的是孟超的杂记《樱花前后》。这篇文章叙写作者回归故乡，往返两次路过自己最依恋的青岛，那时正是樱花媚人的三月天气，作者渴盼在青岛领略异国樱花的旖旎神韵。但眼前看到的却是："欢迎，欢迎，欢迎××舰队来华！"沿岸停泊着×国船只，飘扬着×国国旗，长堤站满了×国人士。到了傍晚，不远处又传来了大和琴声。"我"仿佛置身于东瀛岛国，竟然忘却了这是中国的国境。作者两次来青岛都没有看到樱花的靓容丽姿，但在花团锦簇的淡红色梦境中，却看到了一个"殖民地的中国"。文章篇幅不长，用笔简练雅趣，读者透过作者的樱花梦，看到了一幅令人感叹不已的殖民地中国画。

（三）翻译、介绍苏俄、日本等国的革命理论和创作

鲁迅在《拿来主义》一文中说："中国一向是所谓'闭关主义'，自己不去，别人也不许来。自从给枪炮打破了大门之后，又碰了一串钉子，到现在，成了什么都是'送去主义'了。""我只想鼓吹我们再吝啬一点，'送去'之外，还得'拿来'，是为'拿来主义'。""没有拿来的，人不能自成为新人，没有拿来的，文艺不能自成为新文艺。"[9]要建设新文艺，就必须实行"拿来主义"。《我们月刊》从一开始就注意到了这一点。林伯修、洪灵菲、戴平万、蒋光慈、黄药眠都在该刊发表自己的译作。尤其是我们社的理论家林伯修（杜国庠），他翻译了田口宪一著的《日本艺术运动的指导理论底发展》一文，该文长达33页。编者在《最后的一页》中说："伯修君的译文，译自日本田口宪一近著马克思主义与艺术运动一书，是一幅日本新兴艺术运动的理论史的鸟瞰图，很值得要学好新兴艺术理论的人们的注意。"他翻译的另一部剧作《波支翁金·搭布利车斯基》是日本戏剧家藤田满雄的力作。剧本写1905年夏，在俄罗斯"波支翁金·搭布利车斯基"的战舰上，以舰长哥利可夫为代表的长官们残酷虐待、毒打、杀害舰上的水兵，水兵们在奥迪沙罢工工人的影响下，觉悟到自己不是猪，也不是机器，应该享有自由的权利，过人的生活。于是他们进行武装反抗，打死和驱逐了压迫他们的长官，掌握了战舰和自己的命运。作品对于舰上反动军官随意打死伤兵，抛尸海里，并硬逼着水兵吃生蛆肉的残暴行为的描写，对于水兵

觉醒和反抗精神的刻画都惟妙惟肖，栩栩如生，在当时我国普罗文学中实属罕见。此外，像洪灵菲翻译的《沉郁》（高尔基著），黄药眠翻译的《月样般圆的脸》（Jack London著）、戴平万翻译的《如飞的奥式》（加式金著），以及蒋光慈翻译的长诗《在火中》（亚历山大·洛夫斯基著）等都是外国文学中的经典之作，对于我国的作家和读者来说是不可多得的精神补养品。《我们月刊》坚持"拿来主义"，为中西文化的交融搭建了互相对话的平台，对普罗文学的发展起到了借鉴作用。

三、《我们月刊》受到的国内外"左"倾思潮的影响

我们社与太阳社、创造社倡导无产阶级革命文学的20年代后期，正值国内外"左"倾文艺思潮泛滥的洪峰期。国际上，苏联"拉普"派从庸俗社会学和虚无主义观点出发，否定历史上的一切文化遗产，排斥所有的"同路人作家"，推行"辩证唯物主义的创作方法"，力图创作与过去迥然不同的无产阶级文学。在日本，"纳普"派受日共总书记福本和夫的"理论斗争"和"分离结合"等"左"倾思想的影响，错误地认为艺术只是政治上煽动的手段，"无产阶级的激情，可以最率直、最粗野地大胆表现出来"，旧的形式和技巧"威胁"着无产阶级艺术。[10] 国内则有瞿秋白的"左"倾思想，而瞿当时主持中央工作。他在《中国革命是什么样的革命》等文中认为，1927年大革命的失败不是革命的低潮，而是"继续高涨"。我国革命已经"急转直下到社会主义革命"，小资产阶级已成为"革命的障碍"。国内外的"左"倾思潮奇妙地胶结在一起，我们社不可能不受到这种历史氛围的负面影响。

在《我们月刊》的创刊号上，发表了创造社成员王独清的《祝词》，王在《祝词》中说："一派是自尊狂的人物和代表无聊的知识阶级的文人底联和（合——作者注）。他们有时虽然也穿一穿时代的

衣裳，可是终觉是虚无的劣种。""这些，都是我们底敌人！我们现在的工程就是要把这些敌人打倒！"很显然，王独清把批判的矛头指向了以鲁迅为代表的一大批五四新文学作家，视他们为普罗文学的敌人，要把他们统统打倒。同期还发表了太阳社首席理论批评家钱杏邨的《朦胧以后》。这篇文章是作者在发表《死去了的阿Q时代》和《死去了的鲁迅》之后的第三篇批判鲁迅的文章。钱氏认为，鲁迅是"忘不了阶级背景及其特性的一个彻头彻尾的小资产阶级者"。钱氏的人生观就是"唯我史观""反我者就是反革命"。鲁迅"不仅朦胧，而且糊涂"。因此，革命者对于鲁迅"真个要绝望了"。从钱杏邨的这篇文章来看，他所受到的"左"倾文艺思潮的影响不言而喻。文中攻击鲁迅言词的辛辣可以说是"杜荃第二"。就是我们前面提到的石厚生的《革命文学的展望》和李初梨的《普罗列塔利亚文艺批评底标准》两文，片面强调普罗列塔利亚意识，漠视文学的审美特征，否定五四作家和五四新文学的偏颇也溢于言表。

这里需要说明的是，在《我们月刊》上发表的直接否定鲁迅、攻击鲁迅的文章，其作者都是创造社和太阳社成员。笔者查阅了20世纪20年代末30年代初的大量左翼刊物，不曾发现一篇我们社成员否定和攻击鲁迅的文章，但这绝不意味着我们社与当时的"左"倾思潮无缘。事实上，在我们社同仁翻译的苏联、日本的文艺理论文章和文学作品里，以及洪灵菲、戴平万、李一它、罗澜等人的创作中，都可以看到时代给他们打上的"左"倾烙印。不过，我们社在当时受到的国内外"左"倾思潮的影响要比创造社、太阳社小得多，这也是不争的事实。

四、《我们月刊》的历史贡献与时代局限

通过以上走马观花式的巡礼，这就给我们提出了一个不容回避的问题，究竟应该怎样评价《我们月刊》？

《我们月刊》是普罗文学拓荒者的足迹,是从文学革命到革命文学转型期的津梁。五四时期,以胡适、鲁迅为代表的文化先驱者依据"文学者,随时代而变迁者也"[11]的进化论观点,提出了反帝反封建的战斗口号,建立了高扬个性解放,实行人格独立的"五四"文学革命的启蒙话语。而我们社等普罗派作家们则超越了"一时代有一时代之文学"[12]的进化论观点,力图运用马克思主义关于经济基础决定上层建筑的基本原理(当然这种运用还存在着不少偏颇,甚至还显得幼稚)来阐明无产阶级革命文学运动的必然性和合法性。他们对文学的定义、社会功能、内容形式、语言媒质、文学批评标准以及作家世界观与作品的关系等一系列根本问题都给予了重新的阐释和界定,用文学的阶级意识和宣传功能向"五四"启蒙文学话语发起了强有力的挑战,他们公然宣称:"革命文学,不要谁的主张,更不是谁的独断,由历史的内在的发展——连络,它应当而且必然地是无产阶级的文学。"[13]革命文学声音的不断放大与复制,于是就形成了一股不可抗拒的时代潮流,它不仅促成了当时众多作家的集体转向,而且也赢得了一般读者和广大民众的认同,解构和颠覆了"五四"文学革命话语的主流合法地位,逐渐建构了自己稳居权力话语中心的正宗位置,一种全新的革命文学观念体系已经形成,"革命文学话语"最终替代了"文学革命话语",促使现代文学进入了新的转型期。在这个转型的过程中,《我们月刊》的拓荒和津梁作用功不可没。

《我们月刊》是觉醒者的战斗呐喊,是中国左翼文学走向成熟的奠基石。我们社作家笔下的革命文学作品,跟五四时期同类题材的作品相参照就不难发现,五四时期的作家着力剖析的是中国封建制度和封建文化对于劳动者精神的戕害,以及由此而形成的人物思想性格上的弱点,如愚昧、迷信、麻木、自私、落后、怯懦等。虽然作家对自己笔下的人物也寄予了真挚的同情,但他们往往是备尝苦难而终不觉醒。由于时代和思想的局限,作家尚未也不可能给被压迫者指出一条自我解放的道路。作家要表现的是，劳动者不能不革命的生活地位和他们主观上还缺乏觉悟这二者之间的矛盾。作家对他们的基本态度可以用一句话来概括，那就是哀其不幸，怒其不争。而我们社作家不同，他们在替被压迫者申冤诉苦的同时，努力发掘被压迫者身上所潜在的革命特质，注重探索被压迫者受奴役遭荼毒的社会原因及解决问题的根本途径，给被压迫者指示一条光明的出路。其作品中主人公的性格是发展变化的，在阶级斗争和民族斗争的疾风暴雨中由麻木到觉醒，由安于现状到反抗斗争。他们不只是旧社会的牺牲品，更是创造新生活的主力军。我们社作家破天荒地把觉醒了的工农形象引入普罗文学，为中国现代文学注入了前所未有的新质，为30年代左翼文学走向成熟奠定了基础。

在20世纪20年代末刀光剑影的白色恐怖中，我们社作家关注民生，投笔现实的政治革命，适时地在《我们月刊》上发表了一批革命文学作品，为普罗文学的兴起和发展推波助澜。这批作品以前卫的意识、崭新的形式、真挚的情感和热情洋溢的笔调而拥有时代拓荒的价值。但是，不可否认，我们社作家又程度不同地受到了当时国内外"左"倾文艺思潮的纷扰，把无产阶级革命文学误读为无产阶级意识在作品中的直接宣泄，过分强化文学的宣传功能，要求文学赤裸裸地站出来为无产阶级的政治斗争大喊大叫，服务于现实斗争需要的价值观冲淡乃至取代了美学追求，导致了文学作品政治价值与艺术价值的离异，以至弱化甚至消解了文学作品的美学特质，将文学与革命融为一体，使文学蜕变为无产阶级政党和阶级变革现实社会的一种文化武器。因而蹈入重功利而轻审美、扬理念而抑性情、尊群体而斥个性[14]的思想误区。我们社作家同其他普罗派作家一样，大都采用"突变式"的创作方法，力图通过讲故事来说明一个先验的观念，用标语口号式的煽情来教化读者。文学的形象化、个性化和艺术化的审美特征已经萎缩，许多作品都有着似曾相识的雷同面貌。当作家对现实功利的追求完全遮蔽了对精神审美的追求时，就不可能产生历久不衰的经典式精品。如果说"五四"文学是人的文学和启蒙文学，那么普罗文学则是阶级文学和政治化的文学。审美意识的弱化和政治话语的强行介入，使文学作品变成了粗糙而苦涩的图表画册，这是普罗派同仁们"馈赠"给后人的历史缺憾。

不过，我们还应该看到，我们社作家的作品虽然有点朴拙而稚嫩、粗犷而羸弱，但它毕竟是作者蘸着自己的鲜血和泪水书写的，"是醒过来的人的真声音"[15]，是他们为理想而奋斗、为事业而献身的牺牲精神的真实记录。我们是不应该忘记的!

参考文献：

[1]倪墨炎：《现代文坛灾祸录》，上海书店出版社1996年版，第27页。

[2]李魁庆：《我所知道的我们社》，汕头大学文学院、新国学研究中心：《中国左翼文学国际学术研讨会论文集》，汕头大学出版社2006年版，第551页。

[3]洪灵菲：《洪灵菲选集》，人民文学出版社1982年版，第26页。

[4]林伯修：《1929年急待解决的几个关于文艺的问题》，《海风周报》1929年第十二号。

[5]《中国新文学大系（1927—1937）》第1集，上海文艺出版社1987年版，第714页。

[6]沈栖：《论太阳社创作的历史价值》，《上海师范大学学报》1988年第4期。

[7]洪灵菲：《洪灵菲小说精品》，中国文联出版公司1997年版，第52页。

[8]蒋光慈：《异邦与故国》，现代书局1930年版。

［9］鲁迅：《鲁迅全集》（第3卷），人民文学出版社1981年版，第38—40页。

［10］刘柏青：《三十年代左翼文学所受日本无产阶级文艺思潮的影响》，《文学评论》1981年第6期。

［11］胡适：《文学改良刍议》，北京大学等主编：《文学运动史料选》（第一册），上海教育出版社1979年版，第13页。

［12］［13］李初梨：《怎样地建设革命文学》，北京大学等主编：《文学运动史料选》（第二册），上海教育出版社1979年版，第39页。

［14］杨匡汉、孟繁华：《共和国文学50年》，中国社会科学出版社1999年版，第513页。

［15］鲁迅：《鲁迅全集》（第1卷），人民文学出版社1981年版，第322页。

（本文原载《汕头大学学报》2008年第5期，有改动）

论洪灵菲的创作转向

黄景忠

　　洪灵菲是中国左翼作家联盟一位具有较大影响力的作家。他的文学创作是从1927年下半年开始的，到1933年10月被国民党秘密杀害，六年间一共创作近二百万字的小说。对洪灵菲的小说创作，学术界更多关注的是他早期的长篇小说"流亡三部曲"——正是这系列长篇小说奠定了他在文坛上的地位。他参加左联前后的小说创作的转向，虽然也被许多研究者所注意，但是，多数论者只是在论述他前期的小说创作之后捎带提及，至于这种创作转向是如何发生的？我们又该如何评价他后期的小说创作？尚未有比较具体的研究。这也正是本文所要重点探讨的。

一

　　1927年秋洪灵菲和戴平万在海陆丰农民运动失败后经香港抵达上海，开始文学创作。至1928年底，洪灵菲先后创作了《流亡》《前线》《转变》《明朝》等长篇小说以及一些短篇小说。这是洪灵菲文学创作的第一个时期，这个时期的创作自然是以"流亡三部曲"为代表。

　　洪灵菲的这一长篇三部曲，以他本人的生活际遇和真实感受为题材，反映了从"五四"落潮到"四一二"反革命政变这大变动时代小资产阶级知识分子的思想转变历程。洪灵菲在大学读书期间，正是第一次国共两党合作时期，广州的革命高潮十分高涨，他开始参加学生运动，并于1926年在共产党人许甦魂的引导下参加了共产党。其间被迫遵从父母之命与一位农家姑娘结婚，这种没有爱情基础的包办婚姻，让他深感人生绝望和痛苦。后来，他在广州找到了自己心目中理想的革命伴侣秦静。毕业后，他成了职业革命者，以共产党员的身份，在国民党海外事务部门工作。广州"四一五"反革命政变发生，国民党清党，洪灵菲也在通缉之列。在数个月内，洪灵菲流亡于中国香港、新加坡、暹罗（今泰国）等地，后来，获悉南昌起义的部队转战潮汕，他和同样流亡南洋的戴平万乘船回到家乡，并参加了海陆丰的农民起义。

"流亡三部曲"中主人公的爱情和革命的经历，都有作者的影子。尤其是《流亡》，我们可以视之为作家的自传体小说。主人公沈之菲的爱情追求与流亡历程，与洪灵菲几乎是重叠的：在国民党海外部工作的共产党人沈之菲受国民党通缉，他先是和恋人曼曼逃往到香港，后又独自逃亡到新加坡、暹罗等地。革命的失败，国民党如影随形的追捕，包办婚姻的压力，这一切让他内心充满苦闷、绝望的。在海外目睹资本主义制度的弊端，让他坚信当初的革命选择是正确的。当广州起义的消息传到暹罗后，他毅然选择回国参加革命。稍后创作的《前线》和《转变》，尽管虚构的成分比较多，但是，两部小说主人公的精神困境和心路历程与洪灵菲是相仿的：霍之远和李初燕都是受"五四"新文化运动影响的知识青年，都信奉个性解放。在社会与家庭的双重压迫下，他们既不能自由选择爱情，又看不到未来和出路，常常陷入困顿和绝望之中。后来，他们都认识到造成他们人生困境的根源在于不合理的社会制度，要摆脱苦闷和绝望，就必须走向社会革命，推翻这个不合理的社会。可以说，"流亡三部曲"表现的是同一个主题：反映了一代知识分子在大革命前后苦闷、绝望、挣扎而后寻找到革命道路的心路历程。

"流亡三部曲"出版后，在当时文坛引起不小的轰动，甚至风行东南亚。一方面，小说所反映的革命低潮时期知识青年的心路历程引发了许多知识分子的共鸣；另一方面，小说采用了当时风靡文坛的"革命+恋爱"叙事模式。"革命"和"恋爱"的元素在当时的知识青年中无疑是最受欢迎的。后来的许多研究者，他们对洪灵菲这部系列小说的探究，主要也是在"革命+恋爱"的叙事模式和小资产阶级的人生观和世界观上做文章。而在笔者看来，这部系列小说最为值得研究的地方在于，它是从"五四"启蒙文学到无产阶级革命文学的过渡时期的典型文本，启蒙的话语和革命的话语、人的主题和革命的主题同时交织着存在于作家的叙述中。我们可以以《流亡》为例稍做分析。

先谈《流亡》中的家庭描写。在这部小说中，家是对沈之菲人生构成压制和束缚的所在。沈之菲的父亲沈尊圣，"他的眉目间有一股傲兀威猛之气，当他发怒时，紧蹙着双眉，圆睁着两眼，没有人不害怕他的"。威严的老父亲对沈之菲，"好像对待一个异教徒一样"，常常责骂他"作诗入邪道，做文章入邪道，说话入邪道"。而沈之菲觉得自己"身上没有一片骨、一滴血，不是他父亲憎恶的材料"。[1]他很惧怕自己的父亲。父亲不仅包办他的婚姻，还要规划他的人生。他不允许儿子参与革命，在儿子被遣送回家乡之后，他逼儿子找已经当上县长、市长的朋友谋一官半职。

其实，不只是《流亡》，在《前线》《转变》中，家庭也是专制和压抑的所在。而把"家"视为专制和压抑的所在，这属于启蒙话语。启蒙是什么？启蒙就是自我觉醒，让个体从自然共同体中分离出来；启蒙就是打破伦理教化的精神桎梏，让个体从人身依附的状态中解放出来。所以，在"五四"启蒙文学中，"家"是需要批判与背叛的所在。

在沈之菲们看来，他们的人生悲剧不仅是社会制度造成的，也是家庭礼教压制的结果，所以，革命不仅要革社会的命，也要革家庭的命。

再来看作家对民众的描写。《流亡》中写到沈之菲逃亡到H港，有一天他在海滨看到街道上形形色色的人物，突然大发感慨：

> 岸上陈列着些来往不断的两足动物。这些动物除一部分劫掠和统治者外，余者都是冥顽不灵的奴隶！黑的巡捕，黄的手车夫，小贩，大老板，行街者，小情人，大学生……满街都是俘虏！都是罪人！都是弱者！他们永远不希望光明！永远不渴求光明！他们在监狱住惯了，他们厌恶光明！他们永不活动，永不努力，永不要自由！他们被束缚惯了，他们厌恶自由！他们是古井之水，是池塘之水，是死的！是死的！他们习惯死的生活，他们厌恶生！[2]

在后来的无产阶级革命文学中，民众往往是以社会变革的主体力量出现。但是在"流亡三部曲"中，作家对民众是俯视的。在作家眼里，民众是一群不觉悟的存在，是需要启蒙和唤醒的对象，这显然属于启蒙文学的叙述套路。

我们还可以看看作者如何描写革命。在《流亡》中，沈之菲们勃发革命豪情，不外乎两种情况：一是受统治者的压榨；二是一个非常重要的原因，就是爱情追求受阻。在他们看来，爱情和革命是联结在一起的。当黄曼曼向沈之菲哭诉不知道如何处理他们不被家庭和现实承认的感情关系时，沈之菲是这样回应的：

> 最后我们的办法，只有用我们的心力去打破一切！对于旧社会的一切，我们丝毫也是不能妥协的！我们要从奋斗中得到我们的生命！要从旧礼教中冲锋突围而出，去建筑我们的新乐土！我们不能退却！退却了，便不是一个革命家的行为！[3]

也就是说，在沈之菲这里，革命不仅能够解决阶级压迫的问题，也能够而且应该解决个体自由选择的问题，革命和个性解放就是二而一的东西。所以，在洪灵菲的叙事中，启蒙的话语和革命的话语是并行不悖地交织在一起的。

当然，到了《前线》《转变》，我们可以发现作家对个性解放的表达态度已经发生了一些转变。在《流亡》中，沈之菲的爱情追求，与他的革命事业是同向同行的，爱情是走向革命的动力。而在《前线》中，霍之远的爱情有点病态，他不满包办的婚姻，不满现实，在精神格外苦闷的时候，他与林病卿卿卿我我，和妓女张金娇厮混。他将这种病态的恋爱当做排解苦闷的一剂良药。《转变》中李初燕的恋爱也是病态的，回乡复习功课，却与独守空房的二嫂秦雪卿热恋；被父母所逼和一个素不相识的村姑结婚，到城里读书，客居同学之家时又与同学的妹妹张丽云恋爱。这种病态的爱情描写，意味着作家对于知识分子的个性解放开始反思了。也就是说，到了《前线》和《转变》，虽然启蒙的话语和革命的话语同时存在着，但是，革命的话语开始悄悄占据主导的地位了。

在创作方法上，正如许多研究者指出的，"流亡三部曲"具有浓烈的浪漫主义色彩。洪灵菲选择浪漫主义与他的个性和经历也有很大的关系。孟超曾经评价洪灵菲"具有纯厚的，不加雕琢的农民的性格，同时，也具有放浪形骸的诗人士大夫的性格"[4]。洪灵菲到广东高等师范学校（中山大学前身）学习，先是选择西语系，后来又转到英吉利语言文学系，他非常喜欢拜伦、雪莱的诗。郁达夫1926年到中山大学任教，他追随郁达夫，受郁达夫的影响颇深。所以，他选择浪漫主义的创作路径就不奇怪了。在叙事中，他不太重视故事情节构造，情节比较松散，基本是以"人物经历+独白"构成小说基本框架。在叙述上，不是描写，而是常常借人物之口或者直接跳出来，宣泄对现实的不满、仇恨，表达对革命与未来的向往和寻求，直抒胸臆，爱憎分明，感情表现强烈。其次，他擅长心理描写。他喜欢通过书信，通过大段大段的内心独白来呈现人物的内心世界。他写自然风景，少有写实性的描摹，而是将心理活动热烈地投射到景观中。与其说是写风景，不如说是在写心境。

从艺术上说，"流亡三部曲"是成功的。尽管他在情节构建上太过粗疏，作家常常直接介入文本以主观议论代替情节的发展；尽管他的人物描写稍显粗糙，在表现人物的思想转变的时候，描写失之简单，缺乏足够的说服力，但是，这并不妨碍他的作品在当时深受读者欢迎。主人公传奇的经历，带着神经质的内心独白和呐喊，饱含感情汁液的浓烈的文字叙述，这一切都让他的小说具有较强的艺术感染力。阿英在评论《流亡》时就指出过："洪灵菲有一种力量，就是只要你把他的书读下去一章两章，那你就要非一气读完不可。"并认为他"在现代文坛上，是不可多得的"。[5]

二

洪灵菲的创作转向出现在1929年。当时的左翼文学阵营已经意识到，此前的革命罗曼蒂克文学已经不适合去表达那个时代了，应该寻求新的表达模式。这个时候，日本左翼文艺理论家藏原惟人所提出的新写实主义进入了人们的视野。藏原惟人认为，从观念出发的理想主义是没落阶级的艺术态度，写实主义才是新兴阶级的艺术态度，而对一个普罗作家来说，"不可不首先获得明确的阶级观点。所谓获得明确的阶级的观点者，毕竟不外是站在战斗的普罗列塔利亚立场"。同时，"我们从过去的写实主义继承着它对于现实的客观的态度。这里所谓客观的态度，决不是谓对于现实——生活的无差别的冷淡的态度，那也不是谓力持超阶级的态度，那是把现实作为现实，没有什么主观的构成地，主观的粉饰地去描写的态度"。[6]借革命想象去表达现实是早期左翼文学的通病，而藏原惟人所提倡的新写实主义，尤其是强调作家客观描写现实的态度，刚好是治疗早期革命这种弊病的良药。1928年，洪灵菲在太阳社的同仁，左翼文学阵营中重要的文艺理论家钱杏邨在《太阳月刊》1928年7月号发表的书评《动摇》中，第一次提出了新写实主义的口号。之后，另一位具有影响力的理论家林伯修在《1929年急待解决的几个关于文艺的问题》中明确指出："普罗文学，从它的内在的要求，是不能不走着这一条路——普罗列塔利亚写实主义之路。"[7]这样，左翼文学阵营开始高举新写实主义的旗帜。

洪灵菲显然是接受了这种新写实主义的创作方法的。在1929年后出版的小说，如短集小说集《归家》、中篇小说《家信》和《大海》等，从主题到叙事模式都发生了很大的改变。前期的小说是自我表现，而这个时期小说的主人公已从小资产阶级知识分子转换成为工人、农民。更重要的是，作家不再是以启蒙的视角表现工农的不觉悟，他开始"站在战斗的无产阶级立场"正面反映他们的革命斗争。《路上》是最能够反映这种创作立场的转变的一篇短篇小说。小说的主角是北伐战争中一群女战士。这群女战士身份复杂，有意思的是，在残酷的战争环境中，农民出身的"我"和其他战士信念坚定、果敢无畏，而作为小资产阶级知识分子的楚兰却意志薄弱，讲求享受，形成鲜明的对比。这是一次非常有意思的身份转换。再比如短篇小说《在洪流中》，小说的主人公阿进参加农民运动，大革命失败后逃回家里。恰逢村里发生水灾，担惊受怕的母亲因为洪水阻隔了"围剿"的官兵终于松了一口气，她苦口婆心地劝说儿子不要再冒险出去革命了，要他在家中老老实实种田过日子。阿进开导母亲，"穷人唯一的生路只是向前，那回事是穷人们唯一的希望"。他还告诉母亲，坐在家里就是坐以待毙，比上战场更危险。"听了这些话以后，阿进的母亲始而啼喊着，继而镇定起来"，[8]她终于支持儿子参加革命。这篇小说细节描写生动，人物转变自然，生活气息浓厚，后来被蒋光慈编入《中国新兴文学短篇创作选》。

在《在洪流中》，我们可以发现革命者与家庭的矛盾缓和了，家不再是束缚和压抑的所在了。这一点在书信体中篇小说《家信》中体现得更为充分。小说的开头，母亲给儿子去信，责骂儿子不讲"天理人情"，两个哥哥辛苦赚钱供他读大学，现在两个哥哥去世，不但不回家照顾两位寡嫂和妻儿，反而劝说两位嫂嫂改嫁，还口口声声说要参加革命。她告诉儿子，革命不仅会革去自己的命，也会牵累家庭，要儿子及早回家。儿子长英回信耐心开导母亲，"母亲，本来在我们的家庭状况已经是这样支离破碎当，我似乎不应该参加革命，似乎只应该切切实实地做着家庭里面的一个良好的儿子。但当我进一步地想我们的家庭为什么这样支离破碎，我的父母为什么磨折了这几十年还不能得到好好的安息，我的两位哥哥为什么会因为工作过度而致死……这一切都证明旧制度的罪恶，旧社会的残忍。倘若不是把这旧制度、旧社会根本地推翻，根本地打碎，个人的独善其身绝对是做不到的。"[9]后来，母亲虽然没有完全理解儿子，但思想已经有所转变，不再像以前那样阻碍儿子，只是劝说儿子"应该珍重生命"。非常值得注意的是，正如上面所说，作家在处理革命者与家庭的矛盾的时候有着新的变化，在"流亡三部曲"中，革命者与家庭的矛盾是紧张的、僵硬的，而在后期的小说中，革命者与家庭开始在矛盾中走向沟通和相互的理解。这一变化传递的信息是，知识分子出身的革命者开始敞开怀抱接纳民众之中的保守者，在保守者之中发现并培育革命的种子了。

中篇小说《大海》是洪灵菲后期小说的代表作，描写了广东潮汕地区20年代的农民运动。小说分为上下两部，主人公是三个农民锦成叔、裕喜叔和鸡卵兄。他们性格各异，也各有种田和谋生的好活，但日子却越来越难，于是，酗酒、打老婆，企图从中排遣生活的苦恼。终于，他们不能忍受乡绅的盘剥，愤而反抗，烧毁了乡绅的屋舍，然后逃往南洋。这是小说的上部。小说的下部写农民运动兴起，新成立的苏维埃政权组织农民打土豪、分田地。三个农民听到消息从南洋回来，他们从最初不了解革命逐渐转变到拥护新的政权。锦成叔和裕喜叔都感受到这是一个新的时代，"到处有一种新的力量催促人们前进"，他们可以过上主人翁的生活了。而鸡卵兄甚至公开而果敢提倡"波尔塞维克"了。

这部小说分为上下两部，其实是通过对比讲述一个道理：锦成叔们的自发反抗是走不通的，只有有组织的斗争，才是工农阶级的唯一出路。小说还着力描写了农村涌现的新的人物。如锦成叔的儿子阿九，那个小时候鼻孔下永远挂着两条青色鼻涕的年轻人，在革命中已经逐步成长为一个老练的指导者，能够指挥若定地"组织群众、动员群众和配置着旁的一切工作"。过去经常挨丈夫打的锦成叔的老婆，在对敌斗争中也成长为村妇委会委员，她向丈夫展示在战场上得来的伤疤，宣告自己是工农政权的建设者，和丈夫是平等的关系了。这是农村中出现的新型妇女。作品通过这些人物的描写，形象地说明了，属于农村的崭新生活已经形成。

如果说，洪灵菲前期的小说是在表现知识分子如何在沉沦中走向革命，那么他1929年以后的创作表现的是农民如何在对革命的不觉悟中走向觉悟。农民革命的合法性和可能性，是洪灵菲后期小说的基本主题。而总结他后期小说创作在艺术上的特点，大约有如下几个方面：

其一，尽可能客观地描摹现实，小说富于生活实感。洪灵菲前期的小说侧重于自我表现，后期的小说注重生活描写，而且像藏原惟人所说的尽可能以"客观的态度"描写现实。洪灵菲是在农村长大的，他往往能够通过鲜活的生活细节和经验，构建一个生活气息浓厚的乡村世界。比如《大海》中的鸡卵兄、《归家》中的石禄叔和老婆打架的场景，在乡村中是经常可以看到的。潮安江东的洪砂乡，是洪灵菲的家乡，也是他农村小说创作的一个原型，他的许多小说都有洪砂乡的影子，比如在《在洪流中》有一段洪水的描写：

这是六月的时候，白天间太阳光照射在一望无涯的洪水上面淡淡地腾上了一些清烟。村里的居民都住在楼上，有的因为楼上也淹没了，甚至于住在屋脊上面。……在各家的屋脊上走来走去的人物特别来得多。在彼此距离不远的这屋脊和那间屋脊间总是架上一些木板，借着这种交通方法，各户的人家可以自由来往。此外，还有一些木排和竹排或近或远地荡动着。年轻一点的农民，总喜欢坐着这些木排和竹排在传递东西，或者到野外采取一些果实，捞取一些木薪，表情大都是很活泼而且充满着游戏的神气的。……在他们的眼里看来，做"大水"诚然是苦的，但是没有做"大水"，他们也没有更好的生活呀。[10]

洪砂乡就在韩江边，韩江几乎年年做"大水"，这些是原生态的生活场景。

1927年，洪灵菲和戴平万赴海陆丰参加农民革命，革命失败后才转到上海，所以与一些作家只是出于革命理念与革命想象表现农民革命不同，他对农民革命的描写有许多真实事件和生活细节支撑，有真实的斗争体验融入其中，这是当时的许多普罗作家所没有的优势。比如，《大海》中写到农村组建保卫政权的自卫队、开办合作社、妇女解放、实行八小时工作制度等，这些都是洪灵菲参加海陆丰农民革命建立苏维埃政权后所推动的工作，是有着生活原型的。

可以说，洪灵菲的普罗文学是扎根于生活的，是富于生活实感的。

其二，注重人物性格的刻画。洪灵菲前期的小说，很善于表现人物心理，而后期的小说，则注意刻画人物性格，特别是比较成熟的作品，往往人物性格鲜明。比如他的《大海》，小说塑造了性格各异的三位农民锦成叔、裕喜叔和鸡卵兄。锦成叔身躯高大，皮肤是赤褐色的，长着非常有杀气的一双大眼睛，"吃着大块的肉，喝着大碗的酒"是他的生活常态。他很有办法赚钱，"他主张，做强盗也好，乘其不意把资本家活埋也好，只要把钱抢过手便算了"。[11]这是一个讲义气的同时又带着匪气的性格强悍的农民。裕喜叔是一个有些傻气又懦弱的人，他原本有力气，他想着凭力气发家，但是，生了几个儿子，生活越来越困顿，后来只好靠卖儿过活。他很痛苦，但是又不懂得如何摆脱困境，所以只好天天借酒消愁。喝了酒，便四处找人家要田地种作。鸡卵兄是另一种性格。他聪明机巧，小的时候在私塾读书时教书先生便称赞他是"状元才"，但是，出身贫困的家庭再聪明也没有用武之地。在他实在难以生存下去的时候，他不是像裕喜叔卖儿，而是偷渡到南洋打工。但是，在资本家的手下同样赚不到钱，只好灰溜溜地回到家，最后也只能像裕喜叔那样借酒消愁。应该说，这部小说在人物塑造上是成功的，几个人物形象虽然不够饱满厚实，但是个性鲜明。值得注意的是，洪灵菲这个时期特别注意人物群像的塑造，《大海》是这样，《路上》《在俱乐部里》也是这样。这和洪灵菲对革命的理解有关，他在《普罗列塔利亚小说论》中认为无产阶级的一个特性是它的集团的力量，所以主张在文学作品中应主要写群像。当然，也正是因为着力于写群像，笔力分散了，也就很难每一部小说的人物都塑造得饱满、生动。

　　洪灵菲从革命的罗曼蒂克到新写实主义的转变，应该是成功的。他前期小说的那种富于力度的美保留下来了——只不过，在前期，这种"力"源于强大的、放荡不羁的自我，而后期，则源于觉醒了的民众的力量。另外，前期那种感情有余、形象不足的毛病，那种因为过于侧重自我表现而导致随意和松散的结构，在后期小说中都得到不同程度的克服。但是，我们不能因此说他1929年以后的小说在艺术上超越了"流亡三部曲"。一方面，即使他后期的小说尽量客观地去反映现实，尽量让人物自己去表演，但是，很多时候，他还是会忍不住跳出来，直接表达对现实的评判和议论，而这对于现实主义文学来说恰恰是避忌的，会破坏作家苦心经营的生活世界的圆融感；另一方面，对于洪灵菲来说，他本质上是一个诗人，而对一个诗人来说，表达自我远胜于描摹生活。我们固然在洪灵菲后期的小说中可以看到他所提供的富于实感的生活世界，固然看到他克服了前期小说一些概念化的毛病，但是前期小说那种融入了作者浓烈的感情的文字叙述，那种有点神经质的宣泄和呐喊，那种放荡不羁的精神气质，显然消失了，而在笔者看来，这是属于洪灵菲的文学世界最为独特的精神印记。笔者以为，洪灵菲选择新写实主义，更多不是考虑艺术的因素，而是政治的因素。他说过：无产阶级的文学，"它的特性是唯物的、集团的、战斗的、大众的，其次，它是观念形态的艺术，在普罗列塔利亚的解放运动中，它发挥了很重大的战斗和教养的作用"[12]。所以，在他当时看来，普罗文学无疑应该选择新写实主义。但是，对于"具有放浪形骸的诗人士大夫的性格"的洪灵菲来说，我们又不能不承认浪漫主义是最适合他的。这也是"流亡三部曲"最能够代表洪灵菲的创作水平和创作风格的根本原因。

洪灵菲是一位富于文学才华的作家。在他的创作期，革命文学运动的方向和创作方法都没有获得透彻的解决，还只是在摸索、讨论和初步实践的阶级，洪灵菲的创作产生在这样一个时期，也就具有先行者的重要意义。与此同时，他在现在看来并不太契合的文学选择，他创作存在的一些问题，也是可以理解的。我们有理由相信，如果他不是过早牺牲在敌人的屠刀下，以他的文学才华，一定可以创作出更厚重、更成熟、更有艺术魅力的作品来。

参考文献：

［1］［2］［3］洪灵菲：《流亡》，见洪灵菲著，黄景忠、林洁伟编：《在洪流中：洪灵菲作品及研究》，花城出版社2019年版，第80页、第36页、第31页。

［4］孟超：《我所知道的灵菲》，见杜运通、杜兴梅、黄景忠编著：《我们社研究及精品选读》，花城出版社2008年版，第83页。

［5］阿英（钱杏邨）：《"流亡"批评》，《我们月刊》第三期，1928年8月。

〔6〕〔日〕藏原惟人著，林伯修译：《到新写实主义之路》，《太阳月刊》1928年7月停刊号。

〔7〕林伯修：《1929年急待解决的几个关于文艺的问题》，《海风周报》1929年第十二号。

〔8〕〔10〕洪灵菲：《在洪流中》，见洪灵菲著，黄景忠、林洁伟编：《在洪流中：洪灵菲作品及研究》，花城出版社2019年版，第262页、第253页。

〔9〕洪灵菲：《家信》，见洪灵菲著，黄景忠、林洁伟编：《在洪流中：洪灵菲作品及研究》，花城出版社2019年版，第168页。

〔11〕洪灵菲：《大海》，见洪灵菲著，黄景忠、林洁伟编：《在洪流中：洪灵菲作品及研究》，花城出版社2019年版，第210页。

〔12〕洪灵菲：《普罗列塔利亚小说论》，见吴福辉编：《二十世纪中国小说理论资料》（第三卷），北京大学出版社1997年版，第102页。

（本文原载《粤港澳大湾区文学评论》2021年第3期，有改动）

新写实主义背景下戴平万的小说创作

黄景忠

戴平万的小说创作，主要集中在20年代末期至抗战爆发时期，也就是说，恰好是在中国左翼文学的"黄金十年"。这期间，他创作中短篇小说30多篇，其中，《陆阿六》《村中的早晨》等被认为是左翼时期的优秀作品。左翼的文艺理论家钱杏邨曾经这样评价戴平万，"如果说，我们的新兴文艺已经产生了几朵'花'，那么，我就觉得，不如说我们已经有了几个'花蕊'"，而戴平万，"就是我们已经有了的几个'花蕊'中的一个"。[1]也就是说，在左翼早期的文学创作中，戴平万是一个重要的作家。但是，新中国成立后对戴平万的研究文字并不多见，主要有如下几篇：2000年，饶芃子、黄仲文出版专著《戴平万研究》，其中《戴平万的生平与创作》[2]记述了戴的生平与创作历程，它的价值是史料的搜集、整理和鉴别；2009年，杜运通、杜兴梅发表《戴平万小说创作论》，从戴塑造的农民、妇女、儿童等形象入手，指出戴的创作塑造了一批不同于"五四"时期的"觉醒了的农工大众"的形象，"唱出时代的最强音"，并由此认为戴平万"是中国左翼文学走向成熟的开拓者"。[3]笔者认同这篇论文对戴平万在文学史地位的界定，但是，不同于杜文从人物形象及思想内涵入手，本文拟从叙事模式入手，揭示戴平万小说在推动左翼文学创作上的贡献。

一

在左翼文学思潮史上，《太阳月刊》1928年7月号也即停刊号是有着里程碑意义的一期，这一期有几篇重要的文章。一篇是蒋光慈执笔的《停刊宣言》。这篇宣言，明确提出"现在的无产阶级文学，是仅止有了这一种倾向，是很幼稚的"，"太阳社的第二个阶段的创作，我们是要注意于无产阶级意识的把握及技巧的完成了"。应该说，这不只是蒋光慈的观点，当时的左翼文学阵营已经意识到，此前"革命+恋爱"的革命罗曼蒂克文学在本质上是属于个性解放范畴的，而随着国内政治形势的发展，作家的眼光应该从知识分子的身上转向农工大众的苦难以及他们的奋起反抗，应该寻求适合表达这种现实的新的表达模式。那么，新的创作路径应该是什么？就在同一期的《太阳月刊》，刊登了戴平万的潮汕老乡林伯修翻译的藏原惟人的《到新写实主义之路》，藏原惟人认为，从观念出发的理想主义是没落阶级的艺术态度，写实主义才是新兴阶级的艺术态度，而对一个普罗作家来说，"不可不首先获得明确的阶级观点。所谓获得明确的阶级的观点者，毕竟不外是站在战斗的普罗列塔利亚立场"。同时，"我们从过去的写实主义继承着它对于现实的客观的态度。这里所谓客观的态度，决不是谓对于现实——生活的无差别的冷淡的态度，那也不是谓力持超阶级的态度，那是把现实作为现实，没有什么主观的构成地，主观的粉饰地去描写的态度"。藏原惟人所提倡的新写实主义，尤其是强调作家客观描写现实的态度，刚好是治疗早期革命文学公式化、概念化毛病的良药。所以，钱杏邨在同一期发表的书评《动摇》中，第一次提出了新写实主义的口号。之后，林伯修在《1929年急待解决的几个关于文艺的问题》这一篇对左翼文艺理论建设具有重要意义的论文中指出："普罗文学，从它的内在的要求，是不能不走着这一条路——普罗列塔利亚写实主义之路。"[4] 从此，新写实主义成为左翼文学创作的旗帜。

那么，哪一位普罗作家在新写实主义道路上拔得头筹呢？有一种观点是丁玲。1931年丁玲发表中篇小说《水》，小说以南方水灾为

83

背景，表现灾民的苦难以及他们的反抗。冯雪峰在《关于新小说的诞生》中称《水》是"从旧的写实主义走到新的写实主义"的一个路标，它标志着"一种新小说的诞生"。[5]但笔者以为，最早实践了这一写作路径且取得了实绩的是戴平万，他于1930年发表的《陆阿六》《村中的早晨》可以看做是早期新写实主义的代表性作品。

事实上，在新写实主义作为一个口号提出来之前，在左翼的文学创作之中，戴平万的小说创作是比较接近新写实的路径的。

首先，与大多数左翼作家由文学而革命不同，戴平万走的是由革命而文学的道路。他的许多小说创作，并不是对革命的文学想象，而是取材于他所熟悉的或者经历的革命生活。

戴平万出身于广东潮州一个世代书香的家庭。1918年他到广东省立潮州中学读书，当五四运动传播到潮州的时候，他积极参加爱国宣传活动，接受新思想的洗礼。1922年，戴平万考进国立广东高等师校，后来在共产党人许甦魂的引导下，开始参加革命学生运动，并加入中国共产党。1925年6月23日，广州10万民众举行声援五卅运动的示威游行，戴平万是参与者，且目睹了沙基惨案。1928年他发表的《小丰》就取材于这次反帝爱国运动。1926年，戴平万大学毕业，被党组织派往南洋开展工作。1927年国民党捕杀海内外革命人士，戴平万在泰国期间经常被特务盯梢，在南洋一带过着流亡的生活，他后来创作的《在旅馆中》《流氓馆》表现的就是这一段生活。1927年秋，周恩来、朱德等率南昌起义部队进军潮汕，戴平万和逃亡到南洋的洪灵菲听到消息十分兴奋，马上乘船回潮汕，准备参加武装斗争。船到汕头，才知道部队已经撤出潮汕。后来，他们得知彭湃在海陆丰发动农民起义，随即转到海陆丰参加农民革命。这段时间虽然不长，但是却给此后他反映农民革命的创作提供了丰富的生活素材与革命经验，1929年以后他发表的短篇《山中》《春泉》《陆阿六》《村中的早晨》或直接或间接地反映了这一阶段的斗争生活。1927年冬，海陆丰起义失败，戴平万和洪灵菲转移到上海，和蒋光慈、钱杏邨等成立"太阳社"，倡导无产阶级革命文学运动。1929年10月，党在上海筹备成立"左联"，戴平万是筹备组成员。"左联"成立后不久，他受委派做码头工人与青年学生的宣传发动工作。1933年，戴平万又被党派往东北做地下工作，《哈尔滨的一夜》《佩佩》等小说就是反映这一时期的革命生活的。

所以，纵观戴平万的创作历程，他的文学创作，是诞生于他的革命生活之上的。这就铸就了他的小说不同于早期革命文学的两个方面的特色。

其一，他的小说的主角是生活在底层的民众。20年代末的革命文学，正如上面所说，是"革命+恋爱"的浪漫抒情小说居于主流地位，知识分子往往是小说的主角。而戴平万的小说，虽然有个别篇章，如《在旅馆中》《出路》等，表现知识分子的苦闷和追求，带着自叙传的色彩，但是，大部分的作品，是描摹大革命背景下底层的民众尤其是农民的被压迫和反抗，这一点，在杜运通、杜兴梅的《戴平万小说创作论》已经作了充分的论述，这里不再赘述。这说明，与当时大多数作家尚在延续"五四"个性解放及自我表现的精神追求不同，戴平万一开始就把眼光投注于民族的命运与人民的苦难，他的小说因此具有更为开阔的视野，因此更具有普罗意识。

其二，他的小说充满生活实感。左翼的作家，后来也多转向表现工农革命的，可是，由于缺乏革命的生活经验，缺乏对生活细致的观察和感受，所以，也就难免出现粗疏空泛的毛病。有时为了强化革命的主题，会出现蒋光慈的口号式的表达。不能说戴平万的小说完全没有这种弊病，尤其是在他尚未自觉地实践新写实主义的时候。比如，他的《激怒》，讲述了农民在地主压迫下自发反抗的故事：一个放牛娃误入地主的鱼池竟被毒打至昏迷，豪强的残暴终于激怒了民众。就在愤怒的民众中，站出来一个农民，号召同伴："所以我们欲反抗压迫我们的一切，就应该组织起来。没有组织，就没有力量去反抗！"[6]实际上，当时的农民是尚未有这样的政治觉悟的，这里分明是作者自己跳出来，借助人物表达革命的话语。

但是，我要说的是，在当时的左翼作家中，戴平万相比较而言是能够比较客观表达现实的，他的小说是最富于生活实感的。他倾注于现实的描写，他的小说尤其善于通过非常生活化的细节描摹现实。比如他的《小丰》，小丰是一个小学生，在思想进步的老师的鼓动下参加声援五卅运动的大游行。他知道应该打倒欺负中国人的殖民者，但是，他还小，对游行、示威的意义不甚明了，对帝国主义什么也半懂不懂。在游行队伍中，他不小心和同学小明撞了一个满怀，"于是两个便互相扭住，打起架来，队伍大乱。队长和两个维持会场的秩序的童子军走过来排解。两个孩子脸子都涨得红红的，各按秩序走进前去了"[7]。两个参加游行的学生却打起架来，这个细节描写似乎是削弱了游行的主题的，但是，另一方面，这个细节又很符合儿童的心理和行为逻辑，这为小说增加了真实感和趣味性。其实，在戴平万的小说中，常常有这类看似游离主题却是充满生活气息的细节描写。

戴平万笔下的人物形象，时有概念化的毛病，但大多是生动的、富于个性的。比如《交给伟大的革命事业》，小说以白色恐怖下党的地下工作为背景，塑造了侠姑这一革命者的形象。侠姑是一位女学生，但是个性却很男性化：

我想，若是她来了——当那扇门猛开了的时候，她的瘦瘦的男性化的身子便掷了进来。她用着滑稽而又很爽快的语气，说道："趣事年年有，大小不相同。"

她甚至抽烟，而且烟瘾不小：

当她把外衣脱出来挂在壁上时候，我们总是抢上去把它拿下来，搜着她袋里的香烟，要知道她袋里常常藏着一包"三星牌"……我们抢着烟，闹成一团！她却在那里抽着烟，笑着。不过，若是她手里没有烟你便一定要留下一支给她。不然的话，她就要生气了。[8]

侠姑肯定不符合我们想象中的革命者的形象，但这样的形象却是鲜活的、有个性的。在戴平万早期的小说中，像《三弦》中有点书呆子气、深爱着自己的学生又无力承担爱情的音乐才子陈琴师，《流氓馆》中那一个嘴巴长得像棱角、身陷困境却追求着光明的流氓馆主老苏，《都市的早晨》中为了生存甘当情妇、心理有些变态的女房东等，这些人物都像侠姑一样，形象还不够饱满，但是个性鲜明、生动鲜活。显然，在戴平万的早期创作中，很难说有着追求人物性格塑造的自觉意识，但他有着丰富的底层的生活经验，有着对生活细致的观察和表达力，又尊重生活，这让他描写的人物充满人间烟火气。

关注底层民众的生活以及他们的反抗、斗争，尊重生活，以素朴的笔调描摹革命生活是戴平万小说创作的两个特点，这些特点在早期就已经出现并一直贯穿着他的创作始终。

二

当然，确切地说，戴平万成熟的新写实主义小说应该是1930年之后才出现的，这个阶段的代表性作品是《陆阿六》《村中的早晨》《新生》《佩佩》等。

1930年前后戴平万的小说发生什么变化呢？

首先是叙事模式不同。戴平万前期的小说，采用的是弱势阶层与强权阶层二元对立的叙事模式。他的小说，常常展示强权阶层对弱者的欺压，弱者在强者的欺压下或者走向悲剧，或者奋起反抗。在《小丰》中，表现的是工人、市民和学生同殖民者的对立，虽然殖民者镇压了游行，但是点燃了民众反对帝国主义的怒火；在《激怒》中，表现的是地主李大宝对文生的欺凌引发的农民的集体反抗；在《山中》中，表现的是官兵的烧杀抢掠激发了村民的暴动；在《交给伟大的革命事业》中表现的是国民党的残酷镇压与白色恐怖下共产党人的坚持斗争……哪里有压迫哪里就有反抗，这种二元对立的叙事模式，其实是蕴含着作家对于革命合法性的阐述。

在这种叙事模式中，我们可以看到作家其实是按照自己对革命的想象来构造这个世界的：在弱势阶层与强权阶层的对立中，弱势阶层与革命者是正义和善的拥有者，而强权阶层和反革命者是邪恶的化身。而且，这两个阵营，是泾渭分明、不可能转化的。由于弱势阶层与革命者抢占了道德的制高点，这样的人物设置最容易激发读者的同情心，最具有感染力，最容易达成革命宣传的效果。当然，这种模式对社会现实的理解和表达未免过于简单、肤浅，所以，尽管戴平万早期的小说相比同时期的作家更注重生活细节的描写，更富于生活气息，尽管他企图把革命的理念宣传与社会现实的描绘很好地结合在一起，但是，我们仍然看到作家以理念阐释现实的弊病，仍然能够读出他的幼稚和不成熟。

在这种叙事模式中，作家的叙述重点在哪里？在社会冲突以及由冲突构成的事件。如何生成社会矛盾，如何推动矛盾冲突的发展，是作家关注的重点。至于人物，是服从于作家对于矛盾冲突的安排的。所以，尽管作家善于通过一些生活片段刻画人物个性，尽管如上面所说人物个性鲜明，但是，必须承认戴平万早期的人物塑造是近乎速写式的勾勒，作家的描写是粗疏的，你看不到人物性格的发展变化，看不到丰富复杂的人物性格。

1930年以后，戴平万构建一种成长或者转变的叙述模式——这也是戴平万贡献给左翼文学的一种写作范式，这种叙述模式，往往是以某个人物的成长去结构故事的：

《陆阿六》叙述的是一个革命战士的成长历程。陆阿六出身于贫困的农民家庭，他小的时候就要帮家里放牛，帮母亲养猪。一次他家的猪闯进地主的菜园，被地主抢去了。后来，他辛辛苦苦养的牛，又因为家里交不了租，被父亲卖了抵债。陆阿六自小就感受到社会的不平等，所以，当农民运动传播到家乡的时候，他兴奋地告诉母亲要参加农会，"如果我们的猪再给他妈的三老爷抢去，我们便到农会告去，农会就能够替我们出力，把猪牵回来给我们了。"陆阿六参加了农会后，又历经白色恐怖，"在这枪林弹雨以至于东奔西跑的状况底下，他愈见长大起来"，[9] 成为一名坚定的革命战士。

《村中的早晨》讲述一个老农民对革命的认识的转变过程。老魏的儿子参加革命，村里的有钱人开始痛恨他，邻人也生怕受连累不和他往来，他的家因此被抄，自己也被关进监狱。他不明白儿子为什么"也不要家乡，也不要父母，就是自己的生命也好像是不要紧的"[10]，他对儿子恼火、怨恨，想要去质问儿子。当他找到儿子后，儿子作为革命队伍的指挥官根本没有时间和他仔细交流，但是，他看到儿子忙碌着，看到许多人对儿子的尊敬和对自己的尊重，看到人们热情高涨的精神姿态，渐渐明白儿子从事的大约是对老百姓有益的事。

《新生》讲述一对姐妹成长为革命的姐妹花的故事。姐姐阿花因丈夫从军在军阀混战中死去，成为寡妇。妹妹被卖到地主家为奴，是革命把她从地主家解放出来。起义军到了她们村，负责妇女工作的阿玉引导两姐妹参加革命，帮助做妇女解放的宣传工作。阿花不同意，说自己是寡妇，不好抛头露面。在阿玉的说服下，阿花终于同意和妹妹一同加入"家庭宣传队"，只是到人们家里的时候，她还是不太肯说话，后来，一次次地，她逐渐活跃起来，甚至敢于在集会中演讲了。

藏原惟人的新写实主义不只是要求作家反映现实要从事实出发，还要求"必须把人们在那复杂性里面，那生活的形象里面描写"[11]，要求写出生活的复杂性，写人的复杂性和心理的复杂性，写出活生生的人。笔者以为，戴平万1930年以后的小说，确实有了这种自觉意识了。

首先，是对生活复杂性的描写。我们可以发现，他后期的小说，不再采用弱者/强者二元对立的叙事模式，呈现在我们面前的世界，不再是善与恶、正义与邪恶、进步与落后泾渭分明的世界。比如，他笔下的被压迫的农民，固然有坚定革命者，但也有害怕受革命牵连的势利者，有思想在成长或者动摇的转变者等等。而且，作家在描写现实的时候，已经尽可能地避免以理念去阐释现实，比如，他描写转变者，会让人物的行动自发地显示革命意识的萌生、发展过程。这种写实的手法，让他所展示的艺术世界更客观，更符合生活实际，当然，也更富于文学意味。

当然，更为重要的是，他构建的成长或者转变的叙述模式，非常注重人物形象的塑造。在这种叙述模式中，矛盾冲突和事件再不是叙述的焦点了，叙述的焦点在人物的成长，在人物的心理变化过程。

所以，细腻的心理描写，是这个时期戴平万的创作特点。而《村中的早晨》无疑是最能够体现戴平万心理描写的功力的。《村中的早晨》中的老魏怀着不满甚至是愤怒要去质问儿子阿荣，当他找到阿荣时，儿子和他打了招呼，却忙着处理武装队伍的各种事务，没有时间坐下来和他谈心。这让他更为愤懑："不肖子！我找他来做什么？他全不理我呢！"后来，阿荣的同志请他一起吃饭，从他们谈话中流露出来的对革命坚定而自信的态度中，老魏"可以感受到了生命的力和希望，好像这希望和力在诱惑他，使他在这人群中间局促不安起来"。老魏对儿子的不满有所减少了。而当简同志告诉有阿荣这样的儿子，他"够有面子"的时候，老魏第一次为儿子感到骄傲。可是，"他立即又伤心起来，因为他总觉得儿子不是他的"，他甚至预想到凄凉的晚年。后来，儿子打完胜仗归来，当他看到人们庆祝着，看到人群簇拥着的儿子脸上"放射着一种胜利的微笑",他开始意识到他儿子从事工作的意义,尽管他明白从此"这个儿子可不是他所有的了",但是,他决意要离开儿子,不成为儿子的绊脚石。在这里,我们可以看到作家如何用非常细腻的笔墨描摹人物心理变化过程,甚至人物瞬间潜意识的活动,作者也捕捉到了。

戴平万这个时期的创作,也比较注意描写人物性格的丰富性与复杂性。能够充分体现这种创作倾向的是《哈尔滨的一夜》,小说塑造的佟桂英有点像《交给伟大的革命事业》中的侠姑,革命信念坚定,勇敢,性格有点男性化。她在十里堡组织义勇军,抗击日军。她性格豪放,在她看来最惬意的是在夜晚骑着马驰骋在满地月光的大草原上。可是,小说在诸多细节上揭示了她作为一个女孩子温柔的一面。晚上"我"和她为了躲避追捕假扮恋人在野外过夜,当提起家人,提起早逝的父亲和受伤的哥哥,"她坐下去,不痛快地呼一口气。在阴影下,我注意到她的眼睛。那眼睛正像两颗星儿在闪光"。她有铁的意志,但是又有柔弱的一面,外面下着雨,她"好像恐怕打湿了衣裳,紧紧地靠在我的怀里;突然她又像是胆怯地抱住了我"。[12] 佟桂英与侠姑性格有点类似,但侠姑虽然个性鲜明,但性格单一,佟桂英的形象就丰满得多。其实,这个时期他的作品中的人物,比如勇敢而带着稚气的陆阿六,憨厚而有点固执、保守的老魏,善良、活泼而又带有点呆气的高丽姑娘佩佩等,都是塑造得比较厚实的人物形象。

戴平万这个时期的文学创作尽管注意描写生活的复杂性,注意突出文学作品的审美特性,但是,他的小说创作毕竟还是属于左翼早期的文学创作,所以,他还没有能够圆满地处理好真实性与倾向性的矛盾,即使是1930年后的创作,直接地表达无产阶级观念意识的概念化的弊病仍然存在。他的创作成就也因此比不上处于左翼成熟期的沙汀、张天翼等。但是,我们应该看到,左翼以新写实主义的旗帜替换早期的革命罗曼蒂克文学,戴平万毕竟是最早实践这种创作路径并创作出优秀作品的一个标志性的作家，正是在这个意义上，笔者赞同王哲甫对戴平万的论断：

戴平万——戴氏为新进的，新写实主义的作家，虽然他的作品并不很多，然只就他现在的作品而论，谁也不能否认他在普罗作家中所占的重要位置。[13]

参考文献：

[1]钱杏邨：《关于〈都市之夜〉及其它》，《拓荒者》第一卷第2期，1930年2月。

[2]饶芃子、黄仲文：《戴平万的生平与创作》，见《戴平万研究》，汕头大学出版社2000年版，第1—15页。

[3]杜运通、杜兴梅：《戴平万小说创作论》，《中国现代文学研究丛刊》2009年第5期。

[4]林伯修：《1929年急待解决的几个关于文艺的问题》，《海风周报》1929年第十二号。

[5]丹仁（冯雪峰）：《关于新小说的诞生》，见《中国新文学大系（1927—1937）》第一集，上海文艺出版社1984年版。

[6]戴万叶（戴平万）：《激怒》，《我们月刊》第1期，1928年5月。

[7]戴平万：《小丰》，《太阳月刊》五月号，1928年5月。

[8]戴万叶：《交给伟大的革命事业》，《我们月刊》第3期，1928年8月。

[9]戴平万：《陆阿六》，《拓荒者》第一卷第1期，1930年1月。

[10]戴平万：《村中的早晨》，《拓荒者》第一卷第2期，1930年2月。

［11］〔日〕藏原惟人著，之本译：《再论新写实主义》，《拓荒者》第1卷第1期，1930年1月。

［12］戴平万：《哈尔滨的一夜》，见饶芃子、黄仲文：《戴平万研究》，汕头大学出版社2000年版，第255—265页。

［13］王哲甫：《中国新文学运动史》，景山书社1933年版，第242页。

杜国庠对于二三十年代左翼
文艺理论建设的贡献

黄景忠

在学术界，杜国庠是以马克思主义哲学家、历史学家的身份出现的。但是，他还是早期中国左翼文学重要的文艺理论家。在20世纪二三十年代，他积极参与到普罗文学的建设中，他是太阳社的理论骨干，是我们社的灵魂人物，他比较早地将苏联、日本的马克思主义文艺理论家的著作翻译到中国，他的《1929年急待解决的几个关于文艺的问题》（下简称《文艺的问题》）提出并回答了如何建设无产阶级革命文学的几个根本性问题，是早期左翼文学具有指导意义的重要文献。本文将具体论述杜国庠对早期左翼文艺理论体系构建的贡献。

一、从民主主义者到马克思主义者

杜国庠出生于1889年4月30日，是广东省澄海县人。父亲是晚清秀才，以教书为生。 杜国庠5岁时，父亲因病去世，家庭经济陷入困顿，幸亏他的母亲比较开明，后来坚持省吃俭用供他到私塾读书。

杜国庠15岁的时候，日、俄为争夺东北爆发战争，没落的清王朝宣布中立，这件事深深地刺痛了杜国庠。他写了一篇言辞激烈的文章，提出中国必须收回东北主权。澄海的才子、具有民主主义思想的吴贯因看到这篇文章，被杜国庠的爱国情怀打动，主动让杜国庠到他的私塾免费就读。

1907年，杜国庠得到吴贯因的介绍和杜氏宗祠的资助，得以留学日本，从此开启了长达十二年的留学生活。一开始，他在早稻田大学学习。当时，国内正掀起资产阶级立宪运动，已经具有民主思想的杜国庠积极参与这个运动，他知道各省开始设立民意机构咨议局，便在国内发表《咨议局记事》《列国国税制度概要》等文章，为咨议局参政提供参考。辛亥革命爆发，在日本的杜国庠深受鼓舞。袁世凯复辟帝制，他和同在早稻田大学留学的李大钊组织丙辰学社，声援国内的反袁斗争。1916年9月，杜国庠升入京都帝国大学政治经济科。帝国大学的学习是他人生的转折点，他师从日本著名社会主义者河上肇学习马克思主义学说，初步掌握了马克思主义的世界观——辩证唯物主义，以及马克思主义的方法论——唯物辩证法。他逐渐意识到中国的问题必须依靠马克思主义去解决，从此，杜国庠走上了研究、宣传马克思主义的道路，完成了从民主主义到马克思主义的思想转变。

1917年，杜国庠回国期间恰好在吴贯因处碰到前来北京寻找工作的潮州人李春涛，在吴、杜的建议下，李春涛也留学日本，和彭湃一同进入东京早稻田大学读经济科。在杜的影响下，李、彭也学习马克思主义学说，后来，他们三人成为潮汕最有影响力的革命启蒙导师。

1919年7月，杜国庠毕业回国，任北京大学讲师，还在中国大学、朝阳大学、平民大学兼课，讲授马克思主义政治经济学说。李春涛回国后先是在潮州金山中学任校长，之后又接受邀请到海丰和彭湃一起搞教育改革，教育改革失败后到北京，经杜国庠的介绍在平民大学、中国大学等校上课。李、杜两人在北京同住在一座四合院中，取名"赭庐"，他们一同研究、宣传马列主义。

1925年，杜国庠辞职回到广东。不久，国民革命军第二次东征，东征军总政治部主任周恩来出任东江各属行政公署委员，受周的委派，杜国庠改组国民党澄海县党部，后来又任金山中学校长。1927年9月，南昌起义军进驻潮汕，杜国庠赶到汕头会晤周恩来，周恩来本来准备让他出任建立了革命政权后的潮阳县县长。但是，很快起义军失败撤出潮汕，杜国庠也撤退到香港，并于1928年1月经香港坐船到上海。

在上海，由阿英（钱杏邨）和蒋光慈介绍，杜国庠加入中国共产党。1928年是左翼文学思潮兴起的重要时期，太阳社、创造社同时树起无产阶级革命文学的旗帜。杜国庠和同是潮汕籍的洪灵菲、戴平万参加了太阳社。后来，经杜国庠提议，一群潮汕籍的作家组织了我们社，创办晓山书店和《我们月刊》。[1]

我们社的成员除了杜国庠、洪灵菲、戴平万外，还有李一它、罗克典等人，而杜国庠由于在研究、宣传马克思主义思想方面的影响力成为我们社中的灵魂人物。也就是加入革命文学社团之后，杜国庠致力于马克思主义哲学以及马克思主义文艺理论的翻译、研究工作。在马克思主义哲学方面，他翻译了德波林的《辩证法的唯物论入门》、普列汉诺夫的《史的一元论》、亚克色利罗德的《社会学底批判》、猪俣津南雄的《金融资本论》等著作；在马克思主义文艺理论方面，他翻译了普列汉诺夫的《艺术论》、卢那察尔斯基的《艺术之社会的基础》《关于文艺批评的任务之论纲》、高根的《理论与批评》、藏原惟人的《到新写实主义之路》《普罗列塔利亚艺术底内容与形式》等论著。

1929年秋，党为了加强对文化工作的领导，成立了中央文化工作委员会，简称文委，杜国庠是文委成员之一。文委成立后，立即筹组建"左联"，杜国庠作为文委的成员参加"左联"，是领导"左联"的党团成员之一。[2]1930年5月，他又与潘梓年、邓初民、柯柏年等发起成立了中国社会科学家联盟——"社联"，并参与"社联"党团的领导工作。

"社联"成立之后，杜国庠的主要精力放在马克思主义哲学的普及和青年社会科学人才的培养上。他和柯柏年、王鼎新合作编写的《新术语辞典》《经济学辞典》，是当时大批知识青年了解马克思主义哲学的入门级读物。他经常深入大学和工厂的读书小组，指导青年学习马克思主义哲学，著名的马克思主义哲学家艾思奇和马克思主义经济学家许涤新就是在杜的指导下迅速成长的。抗战及抗战胜利后，杜国庠在党的领导下开展文化宣传工作和统战工作，同时，坚持着他的社会科学研究，只是研究的方向转向了中国传统哲学。他用马克思主义的观点重新梳理了中国古代的各种哲学流派，撰写了《先秦诸子思想概要》、《中国思想通史》（与侯外庐等人合作）等重要理论著作。

所以，杜国庠从事马克思主义文艺理论的翻译和研究工作，实际上就是在1928年至1930年"左联"成立前后短短的几年间。但是，这个时期也正是无产阶级文学的初创期，他的翻译和研究，对构建左翼文艺理论体系，是发挥了重要的作用的。

二、对马克思主义重要文艺论著的译介

1928年太阳社和创造社之间围绕着无产阶级文学发生了激烈的论争，争夺马克思主义文艺理论的话语权就成为比较迫切的一件事。很快地，文艺界掀起了翻译马克思主义文艺理论的热潮。由于创造社及太阳社许多理论骨干都有留日的背景，所以，"当时翻译介绍的马克思主义文艺理论著作，不说百分之百，也是绝大部分是从日本转译的。"[3]二三十年代日本左翼文艺界主要从苏俄翻译了普列汉诺夫、卢那察尔斯基、布哈林、高根、德波林等人的著作，所以，中国左翼文艺界从日本转译的也就是上述这些理论家，当然也包括日本的青野季吉、藏原惟人等重要马克思文艺理论家的著作。其中，鲁迅、郭沫若、冯雪峰、李初梨、钱杏邨等是经常被提及的翻译家，而杜国庠是有着突出贡献却少被提及的一个，他是最早将普列汉诺夫、卢那察尔斯基、藏原惟人这几位苏俄和日本最重要的马克思主义文艺理论家的论著翻译介绍到中国的。

　　普列汉诺夫被誉为"俄国马克思主义之父"，是苏俄最著名的马克思主义哲学家，也是第一个以马克思主义哲学观点研究美学和文艺理论的哲学家。1925年，任国桢在北新书局编译了《苏俄的文艺论战》一书，其中就附有瓦勒夫松的《蒲力汗诺夫与艺术问题》，这大概是国内最早介绍普列汉诺夫文艺观点的文章。但是，最早将普列汉诺夫原著翻译到中国的是杜国庠，他以林伯的笔名于1929年在上海南强书局翻译出版了普列汉诺夫的《艺术论》，其中包含了《艺术论》《论原始民族的艺术》《再论原始民族的艺术》三篇论文。1930年7月，鲁迅也在上海的光华书店翻译出版了普列汉诺夫的《艺术论》，因为鲁迅的名气，他所翻译的版本影响力更大，但是，杜毕竟对于马克思主义哲学有系统性的研究，所以"硬译"的成分会少些。

　　《艺术论》是普列汉诺夫运用马克思主义唯物史观研究美学及文艺问题的一部经典著作。艺术的本质是什么？这是普列汉诺夫这部著作所要回答的问题。他是在批驳托尔斯泰、达尔文及其他唯心论文艺观点的基础上回答这个问题的。在托尔斯泰看来，文学表现的是人的感情，而普列汉诺夫认为，"艺术始于人在他自己底内部唤起在围绕着他的现实底影响之下，他所经验了的感情和思想而赋与（注：应为"予"）他们以一定底形象的表现的的（注：原文多了个"的"字）时候的。……艺术是社会现象。"[4]艺术不只是表现感情，也表现思想，而人的思想感情是在特定的社会现实影响下产生的，所以，艺术是一种社会现象。在达尔文看来，动物也有爱美的本能，原始人类甚至不一定比动物的审美趣味更高级。而普列汉诺夫则通过案例的论证分析指出，"人类底本性是使他能够有美的趣味及概念底存在的"，但是，生物学不能解释不同的人有不同的审美趣味，只有唯物史观能够解释"所与的社会的人类（即所与的社会，所与的民族，所与底阶级）正是有着某特定的这个而且不是其他的美的趣味及概念的事"[5]。所以，在他看来：

一切的民族底艺术，是为他底心理规定的，他底心理则为他底状态所创造的，而他底状态则以他底生产力和他底生产关系为条件而决定的。[6]

要用唯物史观去观察和表现社会生活，这是普列汉诺夫交给当时中国左翼作家及批评家的一个法宝。一个作家如何才能说是真实地、深刻地反映社会现实？他不能仅仅抓住一些表面的、偶然的真实事件，他要透过生活的表象，要从生产力与生产关系、经济基础与上层建筑的矛盾关系中去发现和揭示生活的本质。同样的，一个批评家衡量一个作家的作品是否深刻地反映生活，就是看他能否运用唯物史观正确认识和反映社会发展的本质和规律。许多作家、批评家在读了普列汉诺夫的《艺术论》后都有一种豁然开朗的感觉，都开始修正自己的世界观和指导思想。鲁迅自己就说过，《艺术论》"救正我"，"只信进化论的偏颇"。[7]

卢那察尔斯基是继普列汉诺夫之后苏联最重要的马克思主义文艺理论家。假如说普列汉诺夫的贡献主要是体现在如何运用马克思主义研究美学及文艺问题，那么卢那察尔斯基的贡献主要是体现在如何运用马克思主义文艺理论观点开展文学批评。早在1921年，《新青年》杂志就发表了卢氏的《苏维埃政府的保存艺术》，但是严格来说这是一篇社会评论，谈的是新政府对艺术的政策和态度。卢那察尔斯基的文艺论著是在1929年之后才被翻译到中国的。刘庆福认为，翻译卢那察尔斯基的文艺论著的人很多，"而较早做出重要贡献的是冯雪峰，翻译数量最多，贡献最大的是鲁迅"[8]。其实，较早做出重要贡献的应该是杜国庠。杜于1929年在《海风周报》第六、七号合刊翻译发表了卢氏的《关于文艺批评的任务之论纲》，之后又在《海风周报》第十四、十五号合刊及第17号连载卢氏的《艺术之社会的基础》，也就是在连载后的差不多同时，1929年5月，冯雪峰才在水沫书店出版

《艺术之社会的基础》。同年6月，鲁迅在大江书铺出版卢氏的《艺术论》。

和普列汉诺夫比较起来，卢那察尔斯基更强调文学艺术的政治功利性。在他看来，文学不只是社会生活的反映，文学有着"更高度的任务，即对于建设底过程自身底某一定底政治的，尤其是日常生活的道德作用上去"，也就是说，文学要发挥对于生活的组织作用。而马克思主义的文学批评，"无疑地是和文学并立而负有这样的使命，即应该成为向着新的日常生活底生成底过程之强有力的精力的参与者"。文学是有阶级性的，文学家应该为无产阶级服务，而文学批评应该将"荣誉归于能够把复杂的、可贵的社会内容，用着千百万人也可感动般的强有力的艺术的单纯表现出来底作家吧……让荣誉归于能够使这几百万大众感动底作家吧！马克思主义批评家应该非常地抬高这样的作家底估值"。[9]

强调文学的阶级性，强调文学必须为无产阶级服务，强调文学批评家必须充当文学的引路人的角色，卢氏的这些观点对构建左翼的文艺理论体系同样起到非常大的启示作用。

在20年代末期的日本左翼文艺理论界，比较活跃的有青野季吉、藏原惟人等人。尤其是藏原惟人，他于1925年在莫斯科东方劳动者大学学习俄国文学和马克思主义，1926年回日本，投身于无产阶级文艺运动，1927年6月，参与创立工农艺术家联盟。11月创立前卫艺术家联盟。1928年，发起建立全日本无产者艺术联盟。这期间围绕着无产阶级文艺他发表了大量理论文章，是日本无产阶级文艺运动的领导人及最重要的文艺理论家。在中国，藏原惟人重要的理论著作几乎都有中译本，而最早把他的文艺理论翻译介绍过来的也是杜国庠。杜先后在1928年的《太阳月刊》停刊号及《海风周报》1929年第十号上翻译发表了藏原惟人的两篇重要论文《到新写实主义之路》和《普罗列塔利亚艺术底内容与形式》。尤其是《到新写实主义之路》，这是一篇对于中国左翼文化运动有着深远影响的论文。当时的左翼文艺界，已经认识到此前"革命+爱情"的罗曼蒂克文学是属于小资产阶级知识分子个人主义的文学，也认识到初期的革命文学概念化、公式化的毛病，那么，无产阶级文学到底要采取什么样的形式？藏原惟人的《到新写实主义之路》很好地回答了这个问题。在他看来，普罗列塔利亚作家，"不可不首先获得明确的阶级观点。所谓获得明确的阶级的观点者，毕竟不外是站在战斗的普罗列塔利亚立场"，另外一个方面，又要从过去的现实主义"继承着它对于现实的客观的态度。……那是把现实作为现实，没有什么主观的构成地，主观的粉饰地去描写的态度"。[10] 新写实主义（又称无产阶级写实主义）的理论提出来后，太阳社的钱杏邨和创造社的李初梨等都撰文认为新写实主义解决了无产阶级文学的形式问题。"左联"成立后，1931年8月，"左联"执委会通过《中国无产阶级革命文学新的任务》的决议，指出无产阶级革命文学"在方法上，作家必须以无产阶级观点，以无产阶级世界观来观察，来描写……作家必须成为一个唯物的辩证法论者"，这显然说明了，藏原惟人的新写实主义已经成为左翼文学界提倡的创作方法。

将普列汉诺夫、卢那察尔斯基、藏原惟人这几位重要的马克思主义文艺理论家的论著进行翻译介绍，这是杜国庠对左翼文艺理论建设的一大贡献。这些马克思主义理论家，他们所提出并阐述的唯物史观、文学的政治功利性及阶级性、新写实主义等重要理论命题，后来都成为构造中国左翼文艺理论体系的基石。

三、文学大众化的理论探讨

文艺大众化是无产阶级文学兴起后必然面对的问题，在左翼早期关于革命文学的论战中，文学与大众的关系经常会被提及，但是，第一个将它作为一个重要的理论命题提出并作了系统探讨的是杜国庠。

在《文艺的问题》这篇论文中，专门有一节就是探讨"普罗文学的大众化的问题"。

杜国庠之所以提出文学大众化的命题，和藏原惟人的影响有关。1928年，藏原惟人发表了《普罗列塔利亚艺术运动的新阶段》，指出大众化是无产阶级文学的必然方向，"普罗列塔利亚大众艺术是普罗列塔利亚艺术的最后理想"。[11]藏原惟人的这篇文章在日本左翼文艺界引发了很大的反响，一直追踪藏原惟人理论的杜国庠自然也受到启发。但是，这一命题的提出更主要的还是基于中国无产阶级文学自身建设的需要，正如杜国庠在文章中说的，"因为普罗文学，如若不能达到使大众理解的程度——大众化……又怎能战胜资产阶级文学而从它的意德沃罗基的支配之下夺取大众呢？"[12]

关于文学大众化，杜国庠分别从八个小问题切入进行探讨，对他的理论探讨稍做梳理，大概可以归结为如下四个方面：

第一，文学大众化的目的是什么？在杜国庠看来，"在于'结合大众的感情与思想及意志而加以抬高'，以期达到普罗的解放"[13]。就是说，作家必须用辩证唯物的眼光反映现实，让大众明白他们何以受苦，他们的出路又在哪里？"结合大众的感情与思想及意志而加以抬高"是藏原惟人在《艺术运动面临的紧急问题》的表述，显然，杜国庠对这个问题的思考深受藏原惟人的影响。

第二，文学大众化的大众是什么？在杜国庠看来，"决不是指劳苦的工农大众……而是指那由各个的工人，农民，兵士，小有产者等等所构成的各种各色的大众层。"[14]杜国庠对大众这个概念的理解，和当时左翼文艺界主流的意见并不相同。比如，冯雪峰对大众的定义"是被压迫的工农兵的革命的无产阶级，并非一般堕落的游散市民"[15]，冯雪峰的观点代表了当时大多数深受苏联拉普"左"倾思潮影响的文艺家。杜国庠和他们的区别在两点：一是"大众"的边界是宽泛的，既包括工农兵，也包括小有产者。二是"大众"是由"各个"的个体组成的，而不是笼统的工农兵的"群"概念。杜国庠的这个观点，也是受到藏原惟人的影响，藏原惟人对"大众"的表述是："我们的大众决不是抽象底全体，是从农民，小市民，兵士等，有种种特殊的感情和习惯和思想的阶级——层而成，再在层里分出小层，因此那最后各各层，从有着各各不同个性的个人而构成着"[16]。界定清楚这一点笔者觉得很重要，只有当作家眼里的大众是一个个的个体构成的时候，他笔下的大众才会是各具个性的活生生的形象，而不是只有阶级性没有个性的概念化的形象。所以，笔者以为，杜国庠的"大众"，是从"五四"新文学视域中"平民"的概念转化而来的，在他看来，由"五四"新文学至无产阶级文学，是一种转换，是批判的继承，而不是彻底否定后再造一种崭新的文学。这和左翼文学阵营急于和"五四"新文学进行切割的态度是不同的。

第三，文学如何大众化？首先"不仅要在文字上力求其浅显易懂，而且必要把握着普罗的意识，用这意识去观察现实描写现实"[17]，这是就内容而言的。这样的观点，同样有藏原惟人的痕迹，藏原惟人说过："普罗列塔利亚艺术底内容，能不能不是革命的而且同时是普罗列塔利亚的东西。换句话说，那不能不是反映着前卫的（××主义的）普罗列塔利亚特底意德沃罗基和心理。"[18]其次，"普罗文学的大众性，不是内容的性质，而是形式的性质"。至于要采用什么形式，杜国庠没有展开论述，只是提到"我们应该先把大众所爱护的文艺的形式细心地研究着，批判地接受过来"。[19]

第四，文学大众化的创作主体应该是什么样的作家？杜国庠认为，"第一，作家自身的生活应该普罗化。这样一来，他才能真地把握到普罗的意识。第二，作家应该细心地去接近及观察他所要描写的对象（这同时也是他作品所期待着的读者对象）。"[20]假如说杜国庠在上面几个方面的探讨可以看到藏原惟人等人的影响，那么，提出作家应该普罗化就是杜国庠原创性的观点了。作家的普罗化，和后来毛泽东《在延安文艺座谈会上的讲话》提到的作家的世界观改造其实是一脉相承的。

杜国庠上述的探讨，系统地回答了文学大众化的任务和目的、大众化的对象、大众化的方法和途径等问题。杜提出的许多观点显见是受到藏原惟人等人的影响，但是，他是基于中国左翼文学的基本状况有选择地接受这些观点的。稍微遗憾的是，他对大众化的文学应该选择什么形式没能做更深入的探讨。"左联"成立之后，围绕文学大众化进行几次论争，尤其是1931年的第二次论争和1934年的第三次论争，深入探讨到大众化的语言、形式、体裁等问题，文学大众化的形式问题才有了比较好的方案。

四、文艺与政治的关系

在《文艺的问题》中，杜国庠专门用一节探讨艺术运动的二重性：文艺与政治的关系问题。

在当时的左翼文艺界，尤其是创造社的理论骨干，由于受拉普的影响，仅仅把文学看作无产阶级革命的手段和工具，无视文学的独立地位和文学性。杜国庠是不同意这样的观点的，他在论述中驳斥了沈起予在《艺术运动的根本概念》中提出的艺术运动"在普罗列塔利亚的斗争中是必要的，但却是副次的工作"的观点，提出自己对文艺与政治关系的基本观点：

> 普罗文艺运动是普罗斗争的一种方式，它和政治运动一样地是阶级解放所必要的东西。它于政治运动是有着内面的必然的联络，所以它必须与政治合流。但不应该因此把它看作"副次"，把它看作政治运动的辅助。在这里只有工作上分配的问题，而不是性质上轻重的问题。如果把它看作是副次的东西，结果必不能获得艺术运动的正确的理论。[21]

如果仅仅把文学看作从属于政治的东西，不可避免地就会无视文学自身的特点和规律，那么，作家就不能写出感动人的作品，无产阶级文艺运动就不可能在大众中扎根、开花、结果。反过来，如果我们能够创作出具有高度艺术性的，大众所接受及喜欢的作品，那么，我们也就达到"抬高"大众意识形态的政治目的，这才是真正地渗透着辩证法的马克思主义文艺观。杜国庠所以有这样正确的文艺观点，一方面是他发现早期革命文学满足于灌输革命理念的口号式、概念式的弊病，另一方面他所翻译的马克思主义文艺理论家，对这个问题早有深刻的认识：

> 但是，反对的，为纯政论要素所充满的艺术文学，纵使其判断是怎样光辉的，都是可以使读者冷却的东西。所以，如果内容不是以形象之镕解的光辉的金属底形态溶解于艺术作品之中，而在这液体中成为大而冷的块团而突出者的东西，则在上述底意味上，批评家有完全的权利可以指摘出作者底内容底艺术的加工不充分。[22]

这是卢那察尔斯基对如何在创作中处理好政治和艺术关系的认识。

所以，在无产阶级文学必须采取何种创作方法上，杜国庠认为，应该选择藏原惟人充满辩证唯物论色彩的新写实主义，即一方面作家要用无产者前卫的眼光观察、表现现实，另一方面，"应该离去一切主观构成，于其全体性及其发展中来观察现实，描写现实。换句话来说，就是把现实作为现实来观察和描写。"[23]

综上所述，杜国庠不仅在翻译马克思主义文艺论著有重要的贡献，而且在文学的大众化、文艺与政治的关系、无产阶级文学的创作方法这些对于建构无产阶级文学理论体系的关键性问题都有着开创性的贡献，他当之无愧是左翼早期重要的马克思主义文艺理论家。

参考文献：

［1］李魁庆：《李春鏰的生平和创作》，见杜运通、杜兴梅、黄景忠编著：《我们社研究及精品选读》，花城出版社2008年版，第98页。

［2］据任均回忆，"1932年4、5月间，我从日本回国，到上海就参加了'左联'的活动。……我参加'左联'时，'左联'党团（党组）成员为三人组成：周杨、林伯修（杜国庠）和我。林伯修……是代表'文委'来参加'左联'的领导的。"见《任均谈"左联"和中国诗歌会的一些情况》，载上海师范学院中文系编：《鲁迅研究资料》，1978年，第39页。

［3］刘伯青：《三十年代左翼文艺所受日本无产阶级文艺思潮的影响》，《文学评论》1981年第6期。

［4］［5］［6］普列汉诺夫著，林伯译：《艺术论》，上海南强书局1929年版，第3—4页、第22页、第78—79页。

［7］鲁迅：《〈三闲集〉序言》，见《鲁迅全集》第三卷，人民文学出版社2005年版，第6页。

［8］刘庆福：《卢那察尔斯基的文艺论著在中国》，《北京师范大学学报》1987年第3期。

［9］［22］〔苏联〕卢那察尔斯基著，林伯修译：《关于文艺批评的任务之论纲》，《海风周报》1929年第六、七号合刊。

［10］〔日〕藏原惟人著，林伯修译：《到新写实主义之路》，《太阳月刊》1928年7月停刊号。

［11］［16］〔日〕藏原惟人著，之本译：《新写实主义论文集》，现代书局1933年版，第83页、第92页。

［12］［13］［14］［17］［19］［20］［21］［23］林伯修：《1929年急待解决的几个关于文艺的问题》，《海风周报》1929年第十二号。

［15］画室：《我希望于〈大众文艺〉的》，《大众文艺》1930年第2卷第3期。

［18］〔日〕藏原惟人著，林伯修译：《普罗列塔利亚艺术底内容与形式》，《海风周报》1929年第十号。

CHAPTER 2

下篇

『我们社』作家作品选辑

《我们月刊》目录

创刊号
目次

第二期
目次

111

第三期

目次

《我们月刊》卷头语

朋友们！听见了么？听见了么？

那是我们的战鼓的声音！

那像雷声一样震动着的，像炮声一样裂开着的。

的的确确地，是我们的战鼓的声音！

那声音，一些儿也不悦耳，也不谐和；

或许没有节奏，也没有韵律；

然而，那已经尽够伟大了！

那声音，给同情我们者以兴奋！

给背叛我们者以震栗！

朋友们！听见了么？听见了么？

那是我们的战鼓的声音！

那像狂风雨一样嘈杂着的，像大波涛一样怒吼着的，

的的确确是我们的战鼓的声音！

那声音虽然一点儿也不优美，也不和平，

或许没有高低，也没有法度；

然而，那已经尽够伟大了！

那声音，给同情我们者以沸热，

给背叛我们者以恐怖！

朋友们！听见了么？听见了么？

那是我们的战鼓的声音！

那像山一样摧崩着的，像炸弹一样暴发着的，

的的确确是我们的战鼓的声音！

那声音虽然一些儿也不斯文，也不规矩，

或许会激怒一班音乐家，得罪一部分高明的歌者；

然而已经够伟大了！

那声音给同情我们者以新的勇气，

给背叛我们者以新的威吓！

朋友们！听见了么？听见了么？

那是我们的战鼓的声音！

那像受饥饿而愤呼着的，像被冻馁而怒叫着的，

的的确确是我们的战鼓的声音！

那声音虽然一些儿也不微妙，也不温柔；

或许会破坏所谓平静，破坏所谓安宁；

然而，那已经尽够伟大了！

那声音给同情我们者以流血的启示，

给背叛我们者以灭亡的象征！

（原载《我们月刊》创刊号，1928年5月20日出版）

大　海

洪灵菲

上　部

每天的晚上，锦成叔的门口都洒满着灯光。这在乡村中是一种稀有的景象。村人们因为要节俭的缘故，非至不得已的时候，晚上是不会点着灯的。"哼，你点灯，做什么呢？"像这样的说话，是老婆婆们威吓着她们的媳妇，不幸的农夫们威吓着他们的儿子所常说的话。真的，农村的人们谁都会以为在晚上点起灯来，这是一种莫大的损失呢。

广大的农村，像是一面黑色的大海——这大海在白天是充满着活气，牛马的嘶鸣，鸡犬的啼吠，老婆婆们的诉苦，小孩子们的狂呼乱跳，脸色像青铜的农夫们的早出暮归的不息的活动，这一切就和大海在怒翻着，在奔腾着，在申诉着不平一样。可是，一到晚上，这一切的动作便归于停息，白天的疲劳像大石头一般地压倒了他们，于是这大海便如浪静波平的时候一样，一点儿也没有动作，一点儿也没有声息了。

锦成叔可以算是一个例外，他是这样一个违背了乡村里的动息的旋律，晨昏颠倒的人物。白天里他多半是在睡觉，一到晚上，他却大大地活动起来了。照例地，一到晚上，他的室子里便充满着活气，灯光辉煌地在照耀着，他和他的同伴们在吵闹，在打架，在欢狂地大笑。每晚，他们都在喝酒。

锦成叔的躯体是这样高大，有了像用铜铁铸成一样的坚强的骨骼。他的皮肤是赤褐色的，显露出健康而坚实。他的年纪约莫是四十岁，有一对威棱的大眼睛，在鼻子下面，有了两撇普通的农夫们所不应有的胡子。这两撇胡子使他显出格外有杀气，像海盗一样的有杀气。他是一个见过世面的人物，一个老在南洋各处奔跑的人物。他晓得怎样去生活着。他是一个有主见而不容易屈服的人物。他虽然不知道什么是被压逼的人们所应该走的广大的道路，但他却本着一种原始的、野兽性的本能，在向着社会反抗。他恼恨着城市上的资本家，恼恨着乡村间的地主——因为这两者都是他的生活上的逼寄者。有时，他甚至于想把他们都弄死，因为他是一个强者，他不愿意任何人给予他以压逼啊。

他可以说是一个有本事的人物，他的身边时常有钱用，而且每餐都有了大碗酒大块肉的吃喝。他从什么地方拿到这些钱来，是谁也弄不清楚的。有些人说，他在南洋发了财；有些人却在猜疑着他的金钱的来历一定是不清白的。但这在锦成叔自己是完全不成问题的。当人家鼓起勇气问他为什么有了这么多的金钱的时候，他只是狂笑着。

他过的是农民的生活。他和旁的农民一样能够做着田园上的工作。但人们的心里头，总觉得他的耕种田地，不过是一种饰词。他有了一种特殊的技能，便是当他在和人家打架的时候，大都是占上风的。他有了像狮子一样的气力，有了像钢铁一般的拳头，有了像鹰鸟一般锐利的目光，同时又有了极狡黠的智慧，这使他到处都受了人家的敬畏。"这家伙是不可惹的！"他给予人们的，是这样的一种印象。可是锦成叔，却并不凶恶，他时常和小孩子们一道戏谑，脸上挂着天真的微笑，让他的胡子给小孩们揪挽。有时，他甚至于拿着肉给孩子们吃，拿着酒给孩子们喝，在他自己的朦胧醉态中向着孩子们叙述着"番邦"（注：指南洋各地）有趣的故事。他说"番邦"的鲤鱼是多么凶狠，"番邦"的和尚是多么神通广大，"番邦"的"头家们"（即资本家）是多么无恶不作，值得用脚尖踢踢他们的屁股。这些说话对于孩子们真是别开天地，使他们听得连动也不愿意动。在小孩们的眼里，锦成叔是一个十分可爱的人物呢。

锦成叔有了自己的老婆和儿子。但他不愿意照顾他们。他说让他们自己去，他们自己便会有了办法了。他说，他自己也是这样地生长起来，没有受过谁的照顾的。当他酒酣耳热的时候，他这样地向着他的酒伴说："一个人如果要辛辛苦苦地照顾着他的妻子，便只好把他自己弄成一支出不得气的鸟枪！"当他的酒伴受了他们的妻室的责骂时，他老是主张他们向那些讨厌的婆娘们痛打一顿。

……

经常地和锦成叔在一道喝酒的是裕喜叔和鸡卵兄，他们也和锦成叔一样的是乡村中的例外而奇怪的人物。

裕喜叔是一个有癫气的人物，人们称呼他的时候，总是叫他做癫裕喜。他的年纪似乎比锦成叔老了一些，他的酒量也比锦成叔更为大些。在平时他并不见得比旁的农夫特别有气力，但当他在喝了一两斤酒以后，四百斤重的东西，他可以从容地挑起来乱跑呢。他的脸色是黑沉沉的，但却时常地挂着孩气的微笑。他无时无刻地拿着长烟管在抽着，直至烟气把他包围起来，他仍然在狂吸着，这时他的眼睛便闪着一种欢乐的火焰，他的嘴唇也因为一开一合地在衔住烟管的缘故而发出一种愉快的声音来。他是一个穷透的人物，他把他所生下来的六个儿子都卖尽吃光了。在他的六个儿子中，最小的一个是他最钟爱的一个。他的样子生得非常好看，许多"算命"的先生们都说他有了大可以发达的"八字"。裕喜叔相信他们的说话，但这只使他更加坚决地把他卖出去。因为裕喜叔不是一个蠢汉，他知道要是不把他的儿子卖出去——卖给有钱的人家——便任这儿子有了怎样好的"八字"，也是发达不起来的。"小的池塘生长不出大的鱼来，穷窘的人家长不出能够发达的儿子来。"裕喜叔对于这句在乡村里流行的说话，是十分相信的。……可是，当他把他的最小的这个儿子卖出去的时候，他的心里是多么苦痛啊！虽然在他喝酒喝得泥醉的时候，他亦不能够把这痛苦忘记的。有时，他睁大着他的醉眼，伸长着他的在打颤着的手，质问着他的同伴说："喂，我的儿子哪里去了？"

"被你喝酒喝进肚子里去了，你这老家伙！"锦成叔会这样地调侃着他，喀声地狂笑着。把最后的一个儿子卖出去便要这样伤心，这在锦成叔看起来，实在是太可笑的事情了。把儿子卖出去，这儿子不仍然是在这世界上生活着，而且生活得更好吗？这为什么要伤心起来呢？这是蠢汉的想头啊！

"不！我应该把我的儿子找回来，我不愿意再喝酒了……唉，入娘的，我变成一个恶鬼了！"裕喜叔不因为他的同伴的调侃而停止了他的伤心，他更进一步地在哭着。

"啊哈！癫裕喜，我看你快要变成一个女人了！啊哈！你应该害羞！像你这样硬挺挺的老家伙居然也哭起来了！啊哈！你想把儿子找回来干什么呢？你这样做，还不如把你的儿子杀死好。试想想，你这老家伙，喝酒也好，不喝酒也好，你能够拿什么东西来给你的儿子呢？你比一个老乞丐还要可怜，你是什么东西都没有的啊……"锦成叔又是纵情地狂笑着，他在同伴的肩上粗暴地打了几下。

这是过去的事情了，裕喜叔现在每天还在喝酒，他已经不大为他的儿子伤心了。他必得在这人世上生活着，而这人世给予他的没有一星儿幸福的希望，他不得不喝酒。喝酒便是他的天国。

他的老婆现在是在当着乞丐婆。乡村的乞丐婆的生活比起城市上的乞丐婆的生活来是好了一些的。乡村里的穷人更多了一些，因此要找求同情便也比较容易一些，这便是乡村里的乞丐婆比较城市上的乞丐婆幸福些的惟一的理由了。裕喜叔虽然是个精力绝伦的人——他有了像牛马一般的气力——但他不能够帮助他的老婆；而这当乞丐婆的老婆有时反而能够帮助着裕喜叔。那是说，当裕喜叔把他的最后的一个铜钱都喝光了的时候，他的老婆还要供给他吃饭呢……

二十年以前，裕喜叔是一个壮健而活泼的农夫。他耕种田地的本事比较旁的农夫还要来得高明些。他的气力比谁都要大些，他的心眼也是比谁都要高傲些。"伸直手便可以摸着天。"那时，他自己老以为他将来一定会成为一位了不得的人物，由他自己的手里将来可以买几头牛，购置几亩田地。他将使他的孩儿们过着快乐的生活。有时他在咒骂着他的死去了的父亲，因为他是那样的没有本事，挣扎了一生，结果没有留下一些小儿地盘来给他。他是"断分寸土"的（即是绝对地没有田地的意思）。但那时的裕喜叔，并不十分为着这而忧愁，他感觉到他全身所有的都是精力，他相信他能够用着他的锄头去开拓着他自己的命运。

开始的时候，裕喜叔的确是走了好运的。他贱卖着他的精力，不分昼夜的在工作着。结果，他用他自己的手赚得一笔款来讨老婆。那时，他真可算是天之骄子，他成为农村里面的王。他到处都是欢笑着。加之他一连地生了好几个儿子，这使他高兴得随时都向人家夸说他生儿子的本事和他耕种田地的本事一样的都是了不起的。他向着生不出儿子来的农夫们这样地教导着，欢笑得忘记把他的阔大的口闭拢。

但是，在农村里，每一个佃农，决不能够时常走着好运道的。裕喜叔不能来一个例外。倒霉的运气很迅速地找到他了。裕喜叔起初不晓得儿子是吃父母的骨头的一种怪物，等到他感觉到他一年一年的穷窘下去，渐渐支持不住的时候，他才大大地埋怨起他的老婆和他的儿子们来了。他时常骂他的儿子们做"食父的"！ 而在骂他的老婆的时候，他老是说她是一只猪母，她不该生了这么多的儿子来陷害他。但他仍然是很乐观的，因为他是一个十分有精力的农夫啊……

在他三十岁那年，他因为欠了地主清闲爷的谷租，被他吊佃了（即是不让他种他的田地，做他的田佃），这对于他简直是晴天的一个霹雳。他以前完全没有这样想过，因为清闲奶是一个吃斋念佛的太太，清闲爷素来也是一位以救济穷人自命的善士。他哪里知道他们会把他吊了佃呢。他欠他们的谷租并不多，不过一年没有还给他们，而这一年的谷租所以没有还给他们的理由，是因为年岁不好，收获不多的缘故啊。可是，当他向清闲爷和他的奶奶这样诉说的时候，他们的回答，只是在他的脸上吐着口水。那时候，裕喜叔还是很愚蠢，他不知道穷人们是不能够向着有钱的人们讲说道理的。穷人们和有钱的人们是两种完全不同的生物啊！

那时，他是一点办法也没有的。他像一只迷了路的野兽似的，在村外乱跑着。当他从他曾经耕种过的田园跑过的时候，他忽而大声地号哭起来了。他曾经在这田园上流着很多很多的汗，他曾经在这田园上出着很多很多的力，他曾经在这田园上躺卧着，休息着，他曾经在这田园上欢笑着，叹息着。这田园和他已经成了亲密的朋友，成为亲密的兄弟。这田园已经成为他自己的血，成为他自己的肉，他有权利保有这田园，就如他有权利保有他自己的血和肉一样。但他现在是被"吊佃"了，他现在已经没有权利到这田园上去走一走了。这是说，他的血，他的肉，现在已经不是他所有了。那时候，裕喜叔是很愚蠢的，他不晓得这便是田主们所给予田佃们的公道。他在诅咒着清闲爷。

跟着他便在村中跑来跑去，跑了好多天，跑了好多个月，但他依然想不出办法来。他看着旁的农夫们在用力耕种着田地，他看着田地上的稼穑在发着愉快的微笑，他是多么感到妒羡的啊！但是他，有了像牛马一样的气力，有了这么粗的臂膀，而这样的气力和这样的臂膀可完全变成废物了。啊啊，裕喜叔，开始了解他的父亲为什么会那样贫穷，挣扎了一生，还是那样"断分寸土"。他开始了解穷人们有了精力到底是没有多少好处了，他现在的精力是比较牛马的精力还要更加不值钱的了。真的，牛马的精力还可以算是用得其所，他是空有精力而没有地方施用的。他开始地羡慕起牛马来了！

从那个时候起，裕喜叔渐渐地变得有些癫气。他无论碰到什么人，便问他要田地种作。因此，人家便叫他做癫裕喜。他的学会饮酒的习惯，也是在他有了癫气之后，才学成功的。

他第一次喝酒的时候，便是和锦成叔在一道喝的。那时候，锦成叔刚从南洋回来，他身边大约是有了百几十块钱的。锦成叔是个异样的人物，他晓得怎样去赚钱，同样地他晓得怎样去用钱。他的赚钱的办法是很奇怪的，他说只要把钱赚得到手便算了事，用什么手段是无须计较的。他说，横竖金钱便不是好东西，谁有了太多的金钱，谁便会制造出更多的罪恶来。所以，大人先生们的说话是完全靠不住的。大人先生们说贫穷的人们应该循规蹈矩，这只是生怕他们的金钱被贫穷的人们抢夺过去，不能再让他们做恶。贫穷的人们是不是应该循规蹈矩呢？不应该的。因为贫穷的人越是循规蹈矩，大人先生们所有的钱便是越积越多，于是他们便会制造出更多更多的罪恶来了。他主张，做强盗也好，乘其不意把资本家活埋也好，只要把金钱抢过手便算了。金钱是完全没有标记的。拿到谁的手里都一样的是金钱。这是大人先生们太失算了的地方，他们当初如果在金钱上面注明只有富人们才配使用金钱，那我们便真是没有了办法了。但他们都是愚蠢的家伙，他们谁都没有想到这一层，因此，我们只要不是卑怯的笨货，便能够得心应手，任意作为了。

他对于用钱，亦有了一种奇怪的办法。他没有读过书，他不大懂得文明世界的五花八门。譬如高堂大厦，出入的时候大惊小怪，这在他是完全感不到趣味的。他时常以为这也是有钱人的愚蠢的地方。他的世界是自由的，广大的，他得到处流浪。或者躺在河边，或者躺在山上，或者躺在一间卑湿的屋子里，这在他是完全一样的。他的身体是这样的强健，他的精神是这样的活泼的呀！他惟一的趣味，只是饮酒，吃着大块的肉，喝着大碗的酒。因此，可以说他的用钱的方法是很简单的，他觉得只有把金钱用来买醉是一种最好的办法。

裕喜叔第一次和他一道喝酒的时候，他顿时感觉到他的生命起了一种重大的变化。酒的香味和锦成叔的说话一样的把他带到另一个世界上去。他感觉到锦成叔所说的话都是他所想说而说不出来的话。他在咀嚼着锦成叔在说着活埋资本家的时候的神气，他感觉到他要是能够把清闲爷和清闲奶奶活埋着，那是多么痛快的事情啊！当他一杯一杯地喝着，喝到醉倒下去，锦成叔在他的肩上重重地拍了几下，欢狂地叫喊着"啊，不中用的家伙啊"的时候，他的心境得到了一种从未感觉过的舒适。他朦胧地自语着："这是活神仙！"

裕喜叔，可以说完全不是一个蠢货。他很快地便学会饮酒了，他的酒量一年一年地增加，从半斤到一斤，从一斤到斤半，最后是从斤半到二斤。在村中，说起饮酒这回事来谁都会把裕喜叔首屈一指的。但命运对于贫穷的人们是毫无所吝惜的。裕喜叔越懂得喝酒，他的家境便越窘了。他毕竟是一个弱者，他不能够学锦成叔那样东奔西跑，到处都能够应用着新鲜的方法去赚着金钱。他惟一的本事，只是出卖气力；而当人家不要他的气力的时候，他便只好变成手足无措。可是，在这样的境况下，裕喜叔终于领悟到一种新奇的哲学了。这新奇的哲学，便是把儿子一个个地出卖。但，当他这样做的时候，他是和他的老婆争吵了多少回次，而他的心灵上是感受了多么沉重的打击啊！每一次当他在用着他的卖儿子得来的金钱在喝酒的时候，他的心便像被什么鬼物撕裂一样。他感觉到他像在吃着他的儿子的肉一样，他感觉到他已经变成了一只食肉兽了。于是，他痛苦着。他想把他的行为大大地改变，他想大大的振作一番。但，第二天，当他到处碰壁的时候，他只好又是喝起酒来，而且喝得更加沉醉了。

他有时在当着雇农，那是当人家收获太忙的时候，雇他去做一月半月工的。过了那种时期以后，他便没有工可做了。自然，他的地位是比较做佃农的时候更低了。有时他在替人家做着散工，一天，或者是一个下午的工。有时走到市上替人家挑东西去，碰到运气好的时候，一天可以赚到一块几角钱。但一年中像这样好运气的日子实在是太少啊。有时他回家的时候，也想把钱交给他的老婆。但第二个念头即刻便会来诱惑他"剩下这块把钱来有什么用处呢！"于是他依然把白天赚来的银钱再行放进衣袋里去。而当他的老婆在向他申申咒骂的时候，他脸上只是挂着孩气的微笑，一声不响地走开了去。

当锦成叔的身边又是带着不少的金钱，第十次从南洋跑回来的时候，裕喜叔已经把他的最后的儿子卖出去了。他依旧来和锦成叔一道喝酒，手里拿着长烟管，脸上挂着孩气的微笑。但当这位老朋友向他问好的时候，他忽而向他诉说他把所有的儿子都卖光了，于是他孩气地哭将起来。

"你这家伙是一个弱者！"锦成叔露出他的牙齿在笑着。跟着，他便用着酒杯来安慰着他的同伴……

……

现在让我们来介绍这第三位同伴，鸡卵兄。他是一位特别枯瘦而细小的人物。把他拿来和锦成叔、裕喜叔对比，那简直是一种有趣的笑谑。他的年纪是和裕喜叔差不多，因为贪吃的缘故吧，他的牙齿大半脱落了，剩下来的只是几个大的黄牙。他的面孔，细小得和玩具的面孔一般，也和玩具的面孔一般有趣。这样的面孔一方面显出这位主人公在这世界上是走投无路，另一方面却显出他另有了一种自得的神气。他的身材也是细小的，细小得和一条小木杆一般。但他仍然是很坚强，四肢显出瘦硬而有力。这要归功于他的田园上的工作。在乡村的田园的工作上面，绝对地是不允许衰弱的人物的存在啊！

鸡卵兄是一位特别聪明的人物，他认识了许多字。他能够写春联，也能够看《三国》，但这是无补于他的穷窘的。在乡村里，聪明才智绝对地没有像田地一样重要的。和裕喜叔曾经夸张着他的气力一样，鸡卵兄也曾夸张着他的智慧。当他十一二岁在私塾里读书的时候，他是许多学生中最聪明的一个呢！那位拖着长辫子的红鼻的塾师，曾经当众称赞他有了"状元才"的。但这有了什么益处呢？什么叫做"状元才"，这对于农家的儿子只是一种嘲笑。鸡卵兄的父亲是一个出卖劳力的佃农，他所要求于他的儿子的，只是他能够提前帮忙他的田园上的工作。他所要求于他的儿子的只是放牛，踏水车，掘园……各种田园上的工作。他给他的儿子念书的目的，只限于他能够认识几个字，认识看一看买卖的"数目"便够了。因此，这位被塾师赞许为"状元才"的小学生，在他父亲的眼里完全是不值得什么的。这小学生一面读书，一面还要"赶早赶暗"（注：即是乘着早起和晚上没有课的时间）做他分下的田园上的工作。他的父亲是另一位的严厉的教师，他严格地考查着他的工作，当他认为不满意时，便是给他一顿鞭打。在农村里，父亲们鞭打儿子是和鞭打牛马一样的，因为父亲们都在过着牛马的生活，他们所吃的苦头实在是太多了，他们不能不找求发泄气愤的地方，于是乎他们的儿子们的身上便成了他们的火山的喷裂口了……

鸡卵兄是很倒霉的，在私塾里他虽然被当做一位最聪明的学生，但在他的父亲眼里，他却是一个最蠢笨不过的小孩子。他的气力是不够的啊，当他拿起锄头在掘园的时候，他的手不禁在抖颤着，而在把它掘下去的时候，那锄头只在地面上跳了又跳，连浅浅的土都不能够掘翻。他的旁的工作，也和他的掘园的工作一样蹩脚。这激怒了他的父亲了，他不能够向他作着什么说明，只在他的身上乱搥，用着他的铁一般的拳头。 这是一种教育。强壮或者死亡，没有别的说话。要在过着牛马的生活的农人们的家庭里，享受着优等的教育，这是不行的啊！

一年一年地度过了，鸡卵兄还是聪明，还是活泼，而且因为受惯了搥打的缘故，他的筋肉反而渐渐地发达起来。他能够和旁的人们一样地做着田园上的工作了。他成为一位短小精悍的铁的战士，在广阔的田垄上活动着，受着烈日猛雨的打击，严霜冷雪的侵袭，连眉毛也不动一动。他已经和旁的佃农们的儿子一样，有了做小牛马的资格了。他的父亲也不再打他了。有时，他在看着他生龙活虎似的做着这样、做着那样的时候，这位老教师脸上溢着微笑，频频地点着头，好像在庆祝着他的"教育"已经得到了满好的成绩一样。然而，也在这个时候，这老教师心里头满塞着别一种的苦恼，那便是他的儿子的年纪已经不小了，他应该怎样地替他讨着一房媳妇。这种苦恼在兽类的老牛马对于小牛马是可以不在乎的。但他是人类的牛马啊。人类的牛马应该比兽类的牛马多了这一层苦恼的。

当鸡卵兄还未讨到老婆的时候，他的父亲已经死去了。他在死去之前一刻钟还是在田园上工作，死的时候，是不费一文钱药费地倒在犁锄的旁边。那时，没有谁在服侍他，只有那只和他一道在工作着的水牛，睁大着带血的大眼睛在瞅视着这不幸的老朋友——这老朋友和他一样的是田主的忠心的家畜啊。

鸡卵兄并不哭泣，他是连哭泣的时间都没有的。他不得不生活着，而生活把他所有的时间都剥夺去了。他继承着他的父亲遗留给他的地位——佃农的地位、牛马的地位。这样的地位是使他在他的父亲死去的时候连哭泣的时间都没有的。而且，哭泣有什么益处呢？这并不能够改造穷人们的命运啊！鸡卵兄是不会忘记他的父亲所给予他的教训的——铁一般的拳头的搥打的教训。他晓得无产者的生存是怎么样的一回事情。这是挣扎，这是不顾死活地挣扎着。在这样挣扎中，哭泣有了什么益处呢！鸡卵兄是聪明的，他不但不哭泣，他是一面在和艰苦的命运苦斗，一面却在留心替他自己找一个老婆，他需要"传种"（注：乡下人以为没有儿子的便是绝了种，生儿子的最大的目的便是传种）。这是说，他需要再生出小牛来，为着田主们的缘故啊……

鸡卵兄用着各种可能的方法在找求着他的理想中的老婆——一位强壮多力而且"价钱公道"的老婆（价钱公道，指聘金不多）。这样的老婆，不但可以替他"传种"，而且可以大大地帮助他对于田园上的工作。当他三十一二岁的时候，他的目的算是达到了。他请了一班月兰会（注：月兰会，是盛行于小城市和乡村间的一种经济互济性质的会），用一百多块钱讨得一位强健的女人来做他的妻。那时候，他真是快乐极了！女人的隆起的乳房，女人的丰满的臀部，女人的柔软而芳馥的肌肉，这使他沉迷，使他乐得快要发狂。把同女人一道睡觉这回事拿来和田园上的工作比较，这简直是两个世界上的事情了。有许多天，鸡卵兄脸上总是挂着笑，他觉得他是太幸福了。

　　几年以后，他和他的妻子生下了几个儿子，那时候，他的目的是完全达到了，他的家庭中算是一切应有尽有的了。他已经有了"传种"的母牛——他的妻——这母牛也已经替他生下几只小牛来了。可是，这毁了他。这像在他的被压迫的生活上面再加上了两块石头。这两块石头是比较他父亲用铁一般的拳头搥打他的时候更来得沉重难受些。在这样的情形底下，不管他全家怎么勤苦，每天做了十八小时的工作，怎样节俭，吃的是稀饭，穿的是破烂的衣衫，可是他的家还是一天一天地维持不下去。在农村里，佃农们照例是应该过着悲惨的生活的，他们工作的结果，只建树了田主的幸福。

　　有一天，鸡卵兄在田园上工作，因为熬不过日光的蒸晒，直挺挺地晕倒下去。有两个钟头，他和死人一样，一点也不能够移动。等到他醒来的时候，他的脑子里忽而发生了一种奇异的思想了。他要到南洋那儿去试一试，田园上的工作他是受不了的！在一般贫苦的农民眼里，南洋是他们的最后的避难所，那儿没有地主的剥削，那儿出卖气力可以得到高一点的价钱。佃农们十之八九都曾到过南洋的。他们去的时候，都像火一样热，回来的时候，一个个都变得灰冷了。但未曾到南洋去的农民们还是一个个地跟着去。去的时候，还是像一团火，穷人们是活在希望里面的。他们虽然在接连的失败中，还要把他们的希望建立起来。南洋是他们的希望，是他们的发达的道路，他们非去跑一趟不可。鸡卵兄所以有了这样奇怪的念头，在贫苦的农民大众中，不算是最初的一个，也不算是最后的一个啊。

125

可是，现社会的制度像一架奇怪的机器一样，这机器在农村间可以剥削农民们的膏脂，在城市上同样地可以抽吸着工人们的骨髓。在这样的制度下面，无产者们到处是走投无路的。自然，鸡卵兄到南洋去是不会碰到好运气的。他去的时候是赤手空拳，回来的时候也是赤手空拳。去的时候是藏在船舱里面，回来的时候依然也是藏在船舱里面的（注：没有钱买船票藏匿在船舱里面的）。他到南洋挣扎了十年，一个钱也没有寄回家来。到头来只使他变成一个惯喝白干、惯在街头躺卧的苦工。这样的生活的滋味是不会比佃农的生活的滋味更加甘甜些。在皮鞭下面做工并不会比在猛烈的太阳光下耕田更加闲易些。资本家的脸孔和田主的脸孔同一样是狰狞可怕的啊。

鸡卵兄自从南洋跑回来以后，便变成了锦成叔和裕喜叔的亲密的酒侣——变成形影不离的伴侣了。在鸡卵兄的老婆眼里这是一种堕落，这是向着无底的深渊似的一种堕落。回答着这样的堕落，她每天给予他以咒骂，甚至于用着扫帚杆击打着他。但鸡卵兄已经变成非喝酒不可的一种动物了。他宁可受他的老婆的咒打，但他不能够不喝酒。他不晓得这社会给予他的是怎样的一种打击。他不知道用什么方法来回答着这社会的打击。他只知道他如果不喝酒便一定要闷死。于是，他每天都在喝着酒了。鸡卵兄是个聪明的人物，他对于喝酒，也有他自己的妙法的。他虽然是穷窘，但在吃喝中间他并不会使他的同伴们吃亏。他时常可以得到一些不用钱的佳肴——如人家不要的癫了的狗和病死了的猪，鸡等等，他都可以拿来用意烹调，作为他们的下酒的佳肴。他是一位烹调的能手啊！

⋯⋯

锦成叔是这三人中的领袖。他有着高大的笑声，恣肆的哲学，钢铁一般的体格。他巧妙地逃脱了压迫阶级的压迫，他的劳力完全为着他自己而用。他在一个自由的世界里生活着。只有他是为着快乐而饮酒，他的同伴们的贪杯的缘故却都是为着忧愁。他是一个强者，他是一个特殊的人物啊！

可是像他这样的人物，是特别惹起大人先生们的怀疑和担心的。每次村中有了盗案或者失窃的事件，做了大人先生们首先怀疑的对象便是锦成叔。地主而兼绅士的清闲爷对于锦成叔尤其是不高兴。清闲爷在乡村里是最高最上的，他受了每个人的尊敬。可是，锦成叔好像和他对立一样。他似乎有了另外的一种势力在和他对抗着。他好像用着他的阔大的笑声，看不起一切的神气在轻视他。这已经尽够使清闲爷对他觉得痛恨起来了。清闲爷和警察分署的署长是把兄弟的，他有权力可以惩治着锦成叔。但，锦成叔似乎也有一种权力，足以使清闲爷害怕的。那便是当他早出暮归的时候，他终害怕着锦成叔或许会来要他的命。他知道，锦成叔是这样一个虎豹般的人物，他是经不起他的一拳便会丧命的。

真的，锦成叔是像虎豹一样有力的人物，而且同时他是像狐狸一样机警的。他跑过了许多城市，阅历过了许多人物，他晓得怎样去对付那些高高在上的人们。乡村里面的一个绅士是不能够使他害怕的，他碰见了许多，许多比乡村里的绅士还要威风的人物呢。

裕喜叔和鸡卵兄本来都是很懦弱的，他们有些时候，甚至于见了人家便有点害怕，尤其是见了清闲爷。他们都不晓得"官厅"是怎么样，但他们都以为清闲爷便是"官厅"。"官厅"对于人民是有了生杀之权的，他们都是这样地相信。在清闲爷这类人的眼里，农民只是他的牛马，这一点裕喜叔和鸡卵兄也是知道的。但他们并不敢埋怨。他们只是怨恨他们赶不上牛马啊。

但，裕喜叔和鸡卵兄到底是人类，不是牛马。人类应该过着人类的生活，人类有了人类的思想和感情。在没有喝酒的时候，裕喜叔和鸡卵兄的确已经忘记了他们也是人类——和清闲爷同是一样的人类。可是当他们高踞着在锦成叔的室子里，在暗淡的灯光下面，在锦成叔阔大的笑声当中，拿着酒杯来在虎饮鲸吞着的时候，他们的脸孔上流露着一种不顾一切的神气，他们的心灵上闪耀着一星光明的火焰。他们明白了他们的被压迫的位置，他们发怒，他们狂暴地诅咒着一切，他们回复了人类的意识，他们感觉到他们有把一切地主都杀个清光的权利。这时候，他们便都变得和锦成叔一样。在酒精的浓烈的刺激下面，他们都变成了不顾一切的英雄了。在这样的时候，和锦成叔一道，他们的确是可以做出许多痛快的事情来的。

然而，在这上面还有点糟糕的，便是鸡卵兄毕竟是太弱了。他太害怕着他的老婆。便连在他喝酒喝得烂醉的当儿，只要听见他的老婆的尖锐的叫骂声，受到了她的凶狠有力的扫帚杆的沉重的击打，他的酒气便会马上消尽，即时清醒起来，面如死灰地在他的老婆的面前战抖着了。

有一回，鸡卵兄和锦成叔他们把几瓶白干都喝光了，正要到外面去做着一两件痛快的事情的时候——在平时，他们是惯于踏坏地主所有的庄稼，窃取着地主所有的果蔬以为下酒的佳物，但那一回，他们却预备去偷割地主所有的禾谷。——他的老婆忽而像一只母熊似的冲进锦成叔的屋子里来。这老婆便是曾经使他觉得温馥迷醉的女人。现在却是使他大大地害怕起来了。现在她已经不是他的妻，而是他的主人。这主人整天给予他的只是无终止的诅咒和毒骂。这时，她的手里拿着一把扫帚杆，像凶神恶煞地对准着鸡卵兄的脑袋乱打。她一面这样叫骂着："你吃酒，你吃你这'白虎咬'的骨头吧！……"（注：白虎咬，是乡村里女人骂她的丈夫的名词）跟着，她便在诅咒着他的"三祖六代"，便在诅咒着他的不长进。跟着，她又是重新气愤起来，挥舞着她的扫帚杆把桌子上面的酒杯、盘碗都打碎了。在这当中，她的气愤好像是永远不会停息似的，于是，她又诅咒起锦成叔来了。她说锦成叔是一个恶汉，他把她的丈夫教坏了。

锦成叔望了望鸡卵嫂，傲慢地点着他的头。他毫不介意地在纵情欢笑着，简单地答复着鸡卵嫂的嘲骂："男人们讨老婆，毕竟是一件最蠢不过的事情。世上的女人都是一些要不得的贼货呵！"于是，他用他的强健多力的臂膀，把鸡卵嫂送到屋子外面去。

那时，鸡卵兄是吓呆了，他木偶般地站立着，用着牙齿频频地咬着他的嘴唇。他的酒气是完全消尽了。他从英雄的，不顾一切的氛围中回复到他的牛马似的实生活上面了。他的位置并不能够用饮酒来改变的。他是在大石的压力下面生活着。酒精只能够使他的神经起一种过度的兴奋，并没有改变着他身上的大石的位置。鸡卵兄茫然回顾着，他好像感觉到饮酒这回事并不是贫苦的人们拿来反抗着压逼势力的好方法了……可是，第二天，他仍然在和锦成叔他们喝着酒。他找不到别的出路来解决着他的痛苦呀！

裕喜叔比较是不大害怕着他的老婆的，但他却十分想念着他的卖出去的孩子。他时不时在向人家打听着他的孩子们的消息。他时而快乐，时而忧愁，时而欢笑，时而痛苦，差不多都是为着他的孩子们的缘故。

有一天，他跑到邻村看他的卖给一家有钱的人家的那个儿子去。晚上，当他回来的时候，他全身都在打颤着，眼睛里盈着泪花。当他在喝酒的时候，他天真地哭将起来了。

"老家伙，碰到了什么事情了！"锦成叔用着温暖的口吻在安慰着他，但同时，他的嘴角上却露着傲岸的微笑。

"把儿子卖出去，就和儿子死了一样，或者比死了还要更坏！入娘的！今天，我到儿子的家里去，他们不让我看我的儿子。我说，'我是父亲啊！我为什么不能够看我的儿子呢？'但他们把我赶跑了……他们家里的狗不认得我，吠我，咬我的裤子，唉，入娘的！儿子是我生下来的啊！我一路跑，一路叫骂着。许多小孩子跟着我的后面，用着小石子在投掷着我。他们说我癫狂。入娘的！他们才是癫狂的啊！我为什么会是癫狂，我是我的儿子的父亲啊……后来，我侥幸地看见我的儿子了！他混在小孩子们里面，在用着小石头掷我。我认

129

得他。我认得他眼皮下面的疤痕，他的样子和卖出去的时候，完全是一样啊！我高兴得大叫起来，我呼唤着他的名字，走到他的身边去，想用手抱他一抱。但是，那入娘的！他完全不认得我了！他用力地拿小石头掷击我！他骂我老乞丐！他骂我癫汉……唉！入娘的！"裕喜叔忧伤地答复着。

"卖出去，不卖出去不同是一样不认得父亲吗？我的儿子不是天天都在骂我是酒鬼，是恶汉吗？唉！都是入娘的！"鸡卵兄同情地说，用着他的苍白的嘴唇在饮着酒杯。他的细小的眼睛，偷偷地在窥探着门外，好像害怕着他的老婆又会飞跑前来袭击着他似的。

"我的儿子呢，他对我是什么话也不敢讲的。我的老婆，可以说是把我看成一位皇帝！我告诉你们说，对付这些无知的动物，是应该用着强硬的手段的！"锦成叔带着教训的神气，这样回答着他的两位同伴。跟着，他便拿着别的材料来和他们谈讲。他是不喜欢讨论家庭问题的。他所喜欢谈说的是杀人的故事，犯罪的故事，活埋资本家的故事。这样的故事，和他的阔大的笑声，"仁丹式"的胡子，勇猛的神气，和酒精一样有气力的，足够令他的同伴们陶醉的。

可是，裕喜叔，似乎是一天一天地衰弱下去。他一天一天地更加想念着他的儿子。他跑到许多旁的地方找着他的旁的儿子去。但他所得到的效果，是不会比第一次所得到的更加快乐些的。啊，他是一个不幸的人物啊！有一天，他因为想念儿子的缘故，和清闲爷发生冲突。这一次的冲突，更惹下一场大祸来了。

事情是这样发生的。

富人们也有碰到不幸的时候，清闲爷的家中死了一个儿子了。这对于清闲爷是一种莫大的打击。他一向都在走着好运道，而且他自己以为他是应该永远走着好运道的。他以为他的儿子会这样死了，一定不是由于他的运道不好，而是由于这乡村的风水不好的缘故。于是，他主张在那座"公厅"前面筑起一道围墙来。他说，这样便可以使族中的男丁不再损失。他说，这是为着公众的利益，每一个农民都应该拿出钱来完成这件工作，没有钱的便应该拿出劳力来。这是一种毫无理由的欺骗。这是假公济私。裕喜叔对于这一种欺骗，是特别不能够忍受的。在他的暴怒中，他忘记了清闲爷的地主而兼绅士的位置，这样地质问着清闲爷说："清闲爷，你这句说话是完全靠不住的！我问你，你这道围墙筑起来，我的失了去的六个儿子，可以重新跑回来了吗？我不晓得这是什么鸟道理，你们有钱人丢了一个儿子便这样大惊小怪起来啊！"

清闲爷是一个有位置的人物，照例，他对于农民们的说话可以不用置答的。对付这大胆的质问，清闲爷只是在裕喜叔的全身上用着一根手杖抽打了一阵。清闲爷素来是不讲道理的，他的手杖，便是他的道理。

当清闲爷说话，那便是实行。他的说话是训谕，是命令，是圣旨。围墙是筑将下去了。裕喜叔在这筑墙的工作上面，当着一名苦工。可是他的愤怒是一天一天地跟随着他的汗水增加起来的。这样的工作，对于他简直是一种侮辱。把围墙筑起来，即使真的能够保住男丁，但这对于他有什么好处呢？他的儿子们都已经被他卖尽了！

白天里他跟着旁的农民在工作着，在"杭育"声中杂着呻吟和叹气。一到晚上，他跟着锦成叔他们在喝酒，喝醉了，便狂吼起来。他在痛骂着清闲爷，乱哼着他所知道的一切最怨毒的字句。他是越闹越凶的。有一天晚上，他哭得很伤心，他在屋子里面奔来跑去，头发散乱着，眼睛带着血，样子是可怕极了。

锦成叔和平时一样的在高谈阔笑，他用着他的有力的拇指和食指在扯转着他的那两撇仁丹式的胡子。他的眼睛里面闪燃着愉悦的火焰。他差不多是无论碰到什么事情都是快乐的。这时，他用着有权威的口吻在讽刺着裕喜叔说：

"喂，老家伙，你该害羞，你这样闹着，有什么好处呢？"

"入娘的！我丢了六个儿子不算！他死了一个儿子便来'惊猪动狗'，建筑围墙！入娘的！他打我！我要打死他……"裕喜叔狂暴地叫喊着。

鸡卵兄扭了一下头，好像是害怕的样子。但即时，便又镇定起来。他的脸上照耀着有希望的微笑。

锦成叔更是大为快乐起来了。他用着他的手掌揪挽着裕喜叔的头发，兴高采烈地说：

"啊哈！你这蠢笨的驴子，亦有了聪明的想头了！对的，我们应该拿出丈夫气来，我们应该向着一切侵害我们的敌人复仇！我们生存着，应该为着我们自己的缘故。我们不应该当着有钱人的牛马。我们有的是气力，有的是健康，有的是智慧，我们可以称王，我们可以征服一切！不要害怕！不要屈服在妻子的势力下面！拿出丈夫气来！"锦成叔的说话像一把火在燃烧着他的同伴们的心坎。他的有力的语句，他的坚决的态度，使带着醉意的裕喜叔和鸡卵兄迅速地受了感应。一种原始的、野兽性的心理笼罩着他们全体了。

"推倒围墙！放火烧屋！打死入娘的清闲爷！今晚便去！"裕喜叔乱跳乱喊着，他感觉到他的全身充满着气力，自由的血液在他的血管里沸腾着。

"好！大家都去！不敢去的是娼妓的儿子！"鸡卵兄添上了这一句，他想起了他的父亲倒在老水牛身边死去的事情了。他觉得他应该向着一切的地主们复仇。

喝酒的人们，是特别容易惹起事情来的。他们不再踌躇，便这样出发了，像他们平时到外面做着痛快的事情去一样的出发了。

这是浓冬的天气，村里除了时不时有了狗吠的声音而外，旁的一切都是死寂的。这广大的农村，这黑色的大海，是在沉沉地睡着。夜色是黑的。沉重的黑云像棺材盖似的笼罩着全村，笼罩着全宇宙，在这黑云上面，有着万千的星光在闪着怪眼。这样的怪眼似乎在向着不平的人们，腐败的社会作着一种忧郁的探问。这是一种严重的探问啊！锦成叔、裕喜叔、鸡卵兄在这星光下面走着，手里拿着"竹槌"，拿着"火种"。他们的心里头充塞着痛快的感情，他们要在火花中实现着他们的希望……

锦成叔无论在什么地方，都是他们中的领袖，这时候，他严重地提醒着他的同伴们说：

"放火的时候，应该多灌一些'洋油'，用拳头打击着墙头的时候，应该出力一些，流血也是不怕的啊……"

自然，这是一件祸事。对于清闲爷，对于农村里面的统治阶级这是一件祸事。第二天清早，人们眼里所看见的是，那保住男丁的围墙是完全被推倒了，清闲爷的屋舍是被烧去了一部分，清闲爷算是侥幸地逃脱了性命。但，这一次的打击，简直是把他吓昏了。有好几天，他藏匿在家里哭泣着。

在一般农民的心眼中，这一回的事情是痛快的。清闲爷是值得惩罚一下的。这三位醉汉虽然是奇怪的，但仍然是他们中间的人物。他们彼此间在同一样的空气下面生活着，他们彼此间有了同样的呼吸和同样的感情。这三位酒徒的确是奇形怪状的，但这证明他们所受的压逼是怎样的沉重。他们完全是沉重的压逼生活下面的人物啊……

自从这件事情发生了以后，锦成叔的屋子里便再没有了灯光，这三位酒徒从此便不再在这农村里面过活着。他们到别的地方去，世界对于他们是空阔的啊！

（原载《拓荒者》第2期，1930年2月10日出版）

大　海

洪灵菲

下部

广大的农村像大海一般地在咆哮着，叫喊着，震怒着，这不是沉默时的农村了。这是在革命中生长起来的农村了，这是被压逼的人群自己建立起来的农村。在这里面有着血腥的斗争，有着光荣的胜利。在这里有着集团的力量，有着新兴阶级的伟大的精神。在这里面有着新鲜的旗帜，光亮的太阳，人们的欢欣和不怕劳苦的表情。这样的农村有了一个名字，叫做×××农村，这名字已经深入到全体被压逼的人们心里头，而且能够提高了他们的斗争情绪了。啊，这革命的农村！这幸福的农村！

锦成叔，裕喜叔，鸡卵兄是一些幸运的人物，当他们再次从南洋跑回来的时候，他们的农村已经是包括在这样的幸福的农村里面了！这样的农村已经没有了清闲爷，也没有了其他的绅士。地主已经都被打倒，土地都分给了农民。祠堂已经变成了会议厅，保卫团的住所已经变成了自卫队的办公室。全村的人们都晓得怎样去理解×××的意义，晓得怎样是革命的、集团的行动。他们晓得怎样去开大会，提议案，喊口号。每个人都似乎变得年轻些，整天地在跳来跳去。

这革命的农村，自从建立起来到现在，不过有了半年的历史，但它已经有了它的伟大的成绩了。

第一，这村里面，从斗争中组建了一队保障政权的自卫队，在全区的一致行动中，积极地扩大革命的领域。这样的自卫队，打破了反革命的"会剿"与封锁，帮助了白色恐怖统治下的群众斗争和暴力的行动，消灭了军阀的混战，武装地拥护了普罗列塔利亚特的国家。

第二，农村里面的一切私斗，都已经没有了。现在村里面的革命政府，修理了一切水道，每个农民田里都可以得到充分的水。这一方面可以使禾苗不致干坏，减少收获，他方面自然可以使农民间不致再会因争水的缘故而惹起私斗了。不但如此，农民间一切扯皮不清的事情，革命政府都干脆地给他们解决了。现在这农村里，只有洪亮的歌声，没有打架和啼哭的声音了。

第三，解除了农民们的剥削。现在村里面由群众集股开设了消费合作社。工农日用必须的油盐等货，都由群众自己采买，不受内地商人的剥削。此外还组织了各种生产合作社，和工人共同经营，共享权利。

第四，村里开办了信用合作社（即农民银行）。这村里的群众，不论在农业上或工业上需要款项时，都可以用合作社借贷。

第五，开设革命的小学，专以提高无产阶级文化和养成革命的人才为宗旨。除学校外，还有一种普遍的识字运动，按群众住所，不分男女老少，十人一组，从中选出一位较识字者为组长（即教员），每周由村里的×××召集各组长授以科目与教授法，以革命歌谣，及工农所需的东西为教材。总之，现在村里面的男女老幼，都有了受教育的机会。

第六，妇女得到了解放。×××代表与委员都有女子参加。无论政治上，经济上，教育上，都与男子丝毫没有两样。同时，妇女对革命的贡献与男子也是一样，无论×军，×卫队，少年先锋队，作战，放哨，游行示威，女的也一样参加。

第七，×××决定了劳动保护法，实行八小时工作制，增加了工资，减少了学徒年限，废除了一切虐待工人的条例，得到了一切集会，结社，言论，出版的绝对自由。

第八，村里面没有叫化子，没有偷窃，政府给他分配了工作，参加了革命战线。过去一切残废无依靠的人，政府分了土豪劣绅的高大的屋子给他们住，给了大批经费供养。

第九，村里面的墙壁上布满了革命的标语，就是厕所里都布满了革命的空气！这些标语的建设绝不是仿照资产阶级的办法用纸写，完全是用石灰或各种颜料，最多是石灰，因为它经久耐用，不变颜色。写字的笔最多用鞋刷，笋壳，木片篾片，等等，这都是无产阶级写标语的顶括括的工具！这样写出来的标语，不会比一般的大商号的招牌字坏。

第十，村里的革命政府聘请了医生，设立公共看病处。村里的群众有病去诊断，不取分文钱。同时，各地均设立药材合作社（或名公共药铺）。农民过去有病请医不起只有求菩萨一条路，现在农民不但发生政治问题要提出意见到××× 解决，就是身上小小的病患，都有×××来解决。这里恰恰给了那些专门靠菩萨骗人吃饭的庙祝吃了一点暗亏。

第十一，在革命的区域里相隔五里就有一个交通站，专门担任代递来往信件。各站交通员，虽没有很多经济上的报酬，传递信件都是很热心。×××下面的群众，不论好坏的消息，马上报告政府，各级政府得了重要消息，除飞报上级政府外，同时报告邻近二十里内的×××或群众团体，因此革命区域的消息非常灵通。这种灵敏周密的交通网的建设，完全是群众的力量，这是资本家有钱办不到的。

第十二，村里面，建设有俱乐部，它的作用，不但供群众游玩，而且是教育群众最好的地方。

四周壁上贴满了标语与画报，屋里一切桌凳与器具虽不及资产阶级的那样华丽，却充分表示无产阶级的精神！每晚有人做政治报告，有人讲故事，说笑话，演新剧，唱歌，呼口号。此外，还有各种各式的器乐。全乡老幼男女每晚相聚一堂，欢呼高歌，真是十分热闹……

这三位新从异邦归来的人物，对于这些，是完全觉得生疏的。他们几乎完全不相信他们的眼睛，他们几乎是叫喊起来，但他们是快乐的。他们虽然不十分明白这是怎样一回事情，但他们都相信这是好的……

他们现在都不喝酒了，他们都被新生活征服着。他们变得异常驯服，他们都愿意在×××的指导下面去做事情。有些时候，他们虽然也发出了一些莫名其妙的议论，但结果，他们都喜欢跟着大众前进的。

……

村里面的公厅，现在已经改成×××常务委员会办公的地方。公厅前面那道围墙，曾由锦成叔他们摧毁，而仍由清闲爷下命令建筑起来的那道保障风水的围墙，在它的上面，贴着许多宣言和壁报。这些宣言和壁报上面，最主要的是说把农村里的斗争和城市上的斗争汇合起来……驱逐富农……发展游击战争……

锦成叔的儿子阿九，是常务委员会的一位委员，他的年纪已经二十余岁，是个红头发、眼光锐利、躯体雄健的人物。他自小便和他的家中的水牛睡在一块，在极冷的冬天，他只穿着一件破棉袄在泥地上爬动着，鼻孔下永远地挂着两条青色的鼻涕，年纪稍长时候，他跟着他母亲到田园上做工作，他的皮肤和筋骨以及他的意志便都在烈日和猛雨下面锻炼起来，锻炼得铁一般坚强。

在运动的初期中，阿九天真浪漫地在农会里面奔来走去，脸上永远挂着笑。当大家分配工作给他做的时候，他便格外高兴起来。他能够贴标语，散传单，介绍会员，替农会作有力的宣传。而且在这些事情上面，他渐渐地认识了许多字，得到了许多知识。他渐渐地能够用他粗大的腕拿起笔来写着：同志们，起来斗争！从那个时候起，他便知道农会不但是领导农民向土劣地主作战的大本营，同时也是一个组织严密的平民学校。是的，被压逼的人们只有从集团的作战的阵营里，从斗争中获得经验和知识，这便是他们的学校。除此之外，这旧社会里面，绝对地没有替他们预备下任何式样的学校了。

运动发展下去的时候，阿九的知识和工作能力都随着斗争经验有了长足的进展。他虽然不很能够说话，说话时，常有词不达意的地方，但他的认识是很正确的，他的工作代替了他的说话。在白色恐怖十分严重的期间，经过许久的流血的争斗，阿九更加明白统治阶级的罪恶，和晓得怎样去从艰苦的奋斗中，建立起自己作战的基本队伍。他从不晓得悲观、幻灭、动摇是怎么一回事情，因为这只是离开集团的个人主义者的玩意儿。阿九是在斗争中生长起来的，他始终跟着集团所指示的正确的路线跑。集团始终是积极的，前进的，因此阿九便也始终是积极和前进的了。

当革命的形势发展，群众的力量冲破了白色的恐怖，工农兵终于用着自己的力量建立了自己的政权的时候，阿九便以一个战士的资格被选为这村里×××常务委员会里面的一个委员了。现在，他已经不是一个小孩子，而是一个老练的指导者。他理解着最正确的政治路线，他明白工农兵的政权在这革命的阶段上有了多么重大的意义，同时他能够组织群众，动员群众和配置着旁的一切工作。

锦成叔回到村里来的时候，他相信整个的工农兵的力量，他相信没有清闲爷，没有地主，这对于农民是有利益的。但他不相信他的儿子。他不相信他的儿子能够管理全村，乃至管理他，儿子的老子！

"稚鸟哩！他晓得什么？几年前还是任我随意鞭打，在地上乱滚的小子，现在便做了常务委员了，岂有此理！"

当裕喜叔和鸡卵兄在他的面前称赞他的儿子能干的时候，他老是这样答复着。

他不愿意拿着好的神气对待他的儿子，他看不起他；但有时，他似乎又有点害怕他。他不敢再鞭打他了，他晓得他有了群众的力量，群众都拥护他。他不简单地是他自己的儿子，他是这村里的一个指导者了。

有一天，锦成叔看见他的老婆要到村中的一个什么妇女会出席去，这激怒他了。他拿起拳头来威吓她。他承认工农兵的政权，但他不承认他的老婆有出席什么妇女会的必要，他在等候吃饭，要是他的老婆出席什么鬼妇女会去，他便必须自己弄饭，这不是太糟糕吗？

出乎他的意料之外的，是他的老婆向他冷笑着。她的神色是很镇定的，她并不害怕他。

"岂有此理，这还成什么世界！妈的，我要你的命！"他在她的额上打了一下。

他的老婆一点也不示弱，她格开了他的手，用着教训的调子这样答复着他：

"蠢汉，你要认清楚这是什么时代！你拿什么权利来打我呢？你是这村里的一个最无耻的蠢汉！你对于工农兵政权的建设是连些微的力量也没有出过的！严格点说，你不配在这村里面生存下去的！"老婆在他的面前，很神气地掀起了衣袖，卷起了裤脚，露出许多在战场上得来的伤痕给他看，用着进攻的姿势这样继续着：

"我们经过了两年多的斗争，我们和官兵打了几十次仗，我们有许多战死，有许多受伤。现在我们是胜利了，你便跑回来享福！你这样吃现成饭还不够，还想打人！啊！别再合着眼睛做梦吧，蠢汉……"

锦成叔是气昏了。他没有想像到一个女人，他的老婆，可以这样来责骂他。可以说他是一个蠢汉，可以说他在做梦。这不太可恶吗？女人！他不能再忍耐了，他宁愿把他的老婆打死，再跑一次南洋，他不愿意他的老婆出席什么鬼妇女会。

他把他的老婆打跌在地下，用拳头向她乱搥。他的老婆却扭住他，用牙齿向他只是嘶咬着。刚在这时候，儿子回来了。他还未跑进门的时候，便喘着气问：

"妈妈，为什么还不出席妇女会去呢？时间已经到了，今天是三八节！"

在阿九的面前，这场武剧是停止表演了，母亲出席妇女会去，父亲愤愤地蹲在门限旁边。

"爸爸，你这样做是不行的！在这×××区域里面，男子打妇人的事情是绝对不容许的！"阿九这样地责问着他的父亲，一面还在用手拭着他脸上的汗。

"难道儿子便可以干涉老子吗？妈的！"锦成叔亢声答复着，他立刻又想跳起来打他的儿子，但他忍耐着。

"可以的，儿子是可以干涉老子的。但我现在用同志的资格来纠正你的错误！"阿九脸上挂着笑，温和地说。他毫不踌躇地拿出教育旁的同志的态度来教育他的父亲。在这新时代里面，老人们大都是跑错了路，所以是特别需要教育的。"爸爸，你要明白，喝酒和打老婆，这是农民的旧的生活方式，也是一切被压逼的人们的旧的生活方式。在那时候，被压逼的人们始终找不到出路，他们的出路，只有饮酒和打老婆。他们始终寻不到幸福，他们的幸福也只有饮酒和打老婆。现在可就不同了。现在在我们的面前已经开拓了新的道路，我们已经有了新的生活方式……"

"哼，旧的生活方式！"锦成叔狂笑着，用手捻着金色的胡子，眼睛发亮起来，"你们的新的什么生活方式，不是要活埋资本家，打倒地主吗？当老子在活埋资本家，剥着地主的皮的时候，你们还没有出世！"

阿九向着锦成叔点了一下头，恳挚地说：

"对的，爸爸你所说的是事实，当你在活埋资本家，剥着地主的皮的时候，我们诚然还没有出世。但当我们已经晓得用集体的力量，鼓励全体被压逼的民众起来推翻旧制度的时候，你还在迷恋着旧的斗争方式，这不能不算是你落后。你要明白，你那样匹马单刀的蛮干，是绝对不能推翻整个的旧制度的。那种斗争的方式，只是农民的意识的反映，只是一种自然生长的斗争方式。现在我们绝对不需要那样蛮干了！"

锦成叔沉默着，他的儿子的说话，他虽然还有点觉得模糊，但他拿不出什么说话来反驳。他似乎领略了一种新的道理。他这样断论着：被压逼的人们已经用他们自己的力量建设了政权，他们都有了新的想头了。这是新的时代。他不能够再用旧的方法来对待他的儿子和他的老婆了。

……

裕喜叔现在已经没有了癫气，而且不很想念他的儿子了。集体的欢乐，使他忘记了个人的悲哀，他自己的儿子现在变成怎么样，这没有多大的关系；当他看到这村里的孩子们都是这样幸福的时候，他的心里头便也感到快乐了。现在，他是绝对不会感到寂寞的。现在村里的生活是热闹的，在小组会上，在俱乐部里，在群众的集合上面，到处了一种新的力量在催促人们前进，有了一种新的气象，在使人们快乐。没有经过谁的利诱，裕喜叔无条件地把自己的意志融合在这集团里面了。啊，伟大的，革命的力量！

他的老婆现在已经不是一个乞丐婆，而是妇女会里面的一个重要的人物了。她和锦成叔的老婆一样，对于这两年来的革命的斗争是有了很大的帮助的。她当过间谍，当过交通，在枪弹方面，做过许多英勇的事业。在旧社会里面，她是被看做连垃圾也比不上的秽物，在新社会中间，她却是一位光荣的女战士了。

做着这样光荣的女战士的丈夫的裕喜叔，他是很有理由可以快乐的。

可是，使裕喜叔即刻便理解了×××的意义的，还是关于田地的问题。他并不会忘记，他从前所受的种种压逼和屈辱，把儿子卖光，让自己做酒鬼，妻做乞丐婆，全都是为着没有田地的缘故，全都是因为田地在清闲爷手里不让他耕种的缘故。现在地主是被打倒了，田地是由×××公平地分配。

他得到田地了。

当他第一次再踏上他隔离了二十多年的田地上去的时候，他的心是怎样欢乐得在发跳。田地是他的血，他的肉，他的兄弟，现在他是把他的血、他的肉、他的兄弟得到了。"啊，死也要拥护×××，她好比是我的亲娘！"裕喜叔自语着，他在田地上乱跳乱舞。

他和旁的农夫们在一道耕种。他们一面在工作，一面在谈笑。他们不再担心欠租，不再担心"吊佃"了。他们在前面，展开着无限大的希望，他们不但要把田地耕种好，而且要把世界改造好。他们现在是人类了。绝对地不是牛马！

一望无际的田野上，浮耀着碧绿而有活气的颜色。沟涧间的流水也在奏着一种快乐的音调。春鸠在啼叫着，牧童在唱着歌，农夫们在劳动着，朝阳在照耀着，这一切都令裕喜叔感觉到新鲜，活泼，有生气。他开始感觉到大地上的春天的力量。他的心情恍惚也回复到青春的时代上去。值得赞美的×××区域内的春天啊！只有这样的春天才是被压逼的人们所有的！

裕喜叔从此没有癫气了，人们不再叫他做癫裕喜，人们叫他做裕喜同志！

……

鸡卵兄在南洋的时候，曾经听见人们说，世界上到处都有了波尔塞维克，而这样的波尔塞维克是一种吃人的怪物。他觉得很担心，他生怕有一天他会碰到波尔塞维克，被他吞去。鸡卵兄虽然是贫穷，虽然到处在过着奴隶的生活，但他还是怕死啊。他不愿意被怪物吞去。

后来，他又听到一个不幸的消息，说是他的故乡已经被波尔塞维克占领了去，波尔塞维克是很厉害不过的，不久它就要来占领全中国，而且占领全世界，于是，鸡卵兄整天在忧愁着，他跟着有钱的人们在一道诅咒着波尔塞维克。他觉得他虽然不能够和有钱人一样的享着其他一切的权利，但至少这诅咒波尔塞维克的权利他是可以享到的。

可是，他的估计是完全错误的啊。

他在一间工厂里面做工，这工厂里面整天在翻着皮带，转着机轮，闪着火花，工友们黑脸长发，像鬼物一般地在里面走动着。人们传说这里面有了许多波尔塞维克。鸡卵兄是很担心的，他极力地避开一切在他想像里认为差不多便是波尔塞维克的人们。可是，有一天，这工厂忽而罢工了。

厂主勾结捕房来抓众工成批成批。不问理由地抓了去，鸡卵兄也被抓去了。他们都被叫做波尔塞维克。鸡卵兄也被称做一个波尔塞维克。这样，鸡卵兄很快地便明白了波尔塞维克的意义了。

"在有钱人的眼里，凡是穷苦被压逼的人们，都是波尔塞维克！"他得到了这样的结论，他现在明白了他没有权利来诅咒波尔塞维克了。

在监狱里面，他听到了许多波尔塞维克的说话，演说，和他们一道在唱着波尔塞维克的歌。

直至他从监狱里面被释放出来，他便成为一个真正的波尔塞维克了。

"啊，波尔塞维克！波尔塞维克！伟大的波尔塞维克！"在一切被压迫的人们面前，他公开而且勇敢地在提倡着波尔塞维克，向他们喊出这样的口号来了。

他以一个波尔塞维克的资格回到他的故乡来。不是要来享福，而是要来帮助同志们建立革命的事业。

现在，他的"状元才"是得到用处了。他会写得很好看的标语，而且会教着人们怎样去写。 他会教人怎样去认识字。 这认识字的目标不是去读三国演义，而是去读通告，读刊物。在这乡村里，他成了一个很好的教师了。

旧时和锦成叔、裕喜叔一道饮酒的地方，已经改成平民夜校。每晚有了二十几个学生以上，在这里面，热烈而逼切地学习着他们的功课。鸡卵兄在这里面做教师，锦成叔、裕喜叔是他的学生。这夜校里面，别的老头子也并不少的。老人们也需要学习，因为被压逼的人们是更加逼切地需要知识的啊！

鸡卵兄的老婆，也在这样的夜校里面读书。她现在已经变成一个脾气很好的人物，从不再来咒骂鸡卵兄，或者拿起扫帚杆来打他。她对他老是现着笑脸。差不多要来在人家面前，公开叫他"亲爱的"了！

……

村中开了这样的一个群众大会。会场上成了人山人海。这山和海有时是屹立着，静默着；有时却是翻腾着，叫喊着。

"选举代表出席全国×××会议！"会场的门口横着这样一条红布白字的标题。会场里面，血色的旗帜，鲜明地在室中飞扬着。少年先锋队持着木杆在维持着会场的秩序。主席台是从平地上搭起来的好像演社戏时的戏台一般。

这差不多是和平时社戏时一样热闹，所不同的只是群众已经有了组织，而且他们都充满了热烈的、革命的情绪。

群众中有了统一的意志，这意志便是和各地的革命势力汇合在一块，去××××和××××。

锦成叔、裕喜叔和鸡卵兄都在一道地站立着，他们的脸孔上都挂着稚气的笑容。他们在乱唱，乱叫着。

"旧世界打他个落花流水！"

"引他纳逊儿①，明天就一定要实现！"

铃声在响着，群众都肃静起来。

---

① 是International的音译，也译"英特纳维奈尔"，本意是国际或国际主义，在《国际歌》中代指国际共产主义的理想。

主席在宣布开会的理由了。

主席是个年轻的工人同志。是个魁梧奇伟的人物。他的声音异常响亮。尤其是当他在喊着同志们——这一句的时候，声音是特别响，而且很使人感动……

他一开始便举出许多事实，说明世界的以及中国的革命的高潮。其次便说明在这高潮当中，对于一切斗争都应该取着进攻的策略。最后，他才详细地说明这一次全国×××代表会议的重要的意义。

"这是我们消灭军阀战争，武装××，深入土地革命，××××的一个最有意义的会议！"他这样结论着。

跟着便是一些热烈的口号。

跟着，便是阿九的演讲。在这一场演讲当中，他使群众都受了激励。连锦成叔亦不禁点着头，跟着群众狂热地鼓掌……

选举的时候，阿九中了选。

群众都相信，这一次的会议能够使革命的斗争更加深入而且扩大。都相信这一次的会议可以转变中国的命运。锦成叔、裕喜叔、鸡卵兄也都这样相信着。

这是儿子时代的斗争方式。

他们对于那一次三个人的放火、烧屋、打倒围墙的把戏，都感觉到好笑。像那样的斗争方式，已经像古物馆里面的东西一样不中用了。

群众在呼喊着口号。

群众在唱着革命歌。

群众在游行着。

于是这大海是在翻腾着，咆哮着，叫喊着了！

（原载《拓荒者》第3期，1930年3月10日出版）

激　怒

戴万叶①

文生牵着一只母牛，从巷里走向村前的小鱼池边来。

虽是湿润的早晨，朝阳却好像熔炉里的红热的铁块一般，在晓云里挣扎着，它的勇敢而且有力的红光，冲破了湿润的、灰色的夜之残痕，在小鱼池里；油滑的水面，闪着零碎的火星。

当他走到池边的时候，他跟着母牛站住了。他低头看着母牛用它的厚大的嘴巴在喝水。他的瘦小的脸庞映着日光，越显得孱弱而且憔悴。他的营养不足，劳苦过度的躯体，这样的纤弱，这样的枯瘦，好像池边的一株小枯树，从未曾领受过春之恩惠似的。但是，他仍活着，他需要活着——他还是一个十二岁的小孩子呢！试看他的眼睛，闪烁着无限的光芒，正在说明他的生命力亦像其他的孩子一样的蓬勃。虽然，他的生命的种子，是落在瘦瘠的地面。

早晨的池边，一切都很静默，只有母牛的喝声，和从它的大鼻所激荡出来的涟漪而已。春涨的池水，满溢到较低的、新绿的草地上面。因此，涟漪得伸展到绿草所领的境域里去了。

忽地里，池边浮上一声低促的蛙声。池面上跃起了鱼的银光的身子。在鱼身激水的砰砰声中，水面漾起许多圈儿，飘荡着，追逐着，交织着。

于是文生注意到池边里去。

多么有趣呀！有许多黑色的小鱼儿，成群地梭织着油光的水

---

①　即戴平万。

面！……这些快乐的小动物！这些自由的小动物！文生起了羡慕的心了。他不觉蹲了下去，屈折着包在粗布裤里的瘦腿。他卷起他的赤布衫袖，露出半尺长的褐色小腕来。他想捉着小鱼儿玩玩。穿在母牛的鼻上的麻绳，末端踏在他的脚掌底下。他的盼望的眼光，映在微波的水面。小鱼儿只是不游近池边来。他呆呆地守着，脸上萦着微笑，好像朝阳萦着在干草的堆上一般。

母牛抬起头来，呆笨地望着它的小看护人，发出一种拖长而且低调的声音：

"M……ar"

他抬起头来，望着母牛一眼，骂道：

"妈妈的！再喝水吧！"

一条小鱼在他的面前的水面喷出一个小泡。他连忙把手儿在小泡浮着的地方捧起水来。小鱼灵巧地不知逃到哪里去了。

忽然在他的头上猛然一击，好像岩穴下蹲着玩得忘怀，想站起来顶着上面的石壁一样的疼痛。疼痛在他的眼前喷成无数的火星，同时眼泪亦流出来了。接着又是一阵昏黑。

他忙转过头去，定睛一看。凶狠狞恶的李大宝站在他的身旁；横拿着那枝山柑树枝做成的旱烟筒，锄头柄般粗大，是他一面用来抽旱烟，一面用来当手杖的。

"入娘的小贼子！小王八蛋！你不怕我李大宝池主吗！"粗厉的怒骂声，好像雷轰一般地震得耳都几乎聋了！

文生的心里想："不好了！李老虎来了！"但是这突乎其来的袭击，已把他吓得呆了。他像山猬一般卷成一小团，苍白着瘦脸，静等着祸患之来临。

那枝旱烟筒是"李老虎"的"如意棒"！它打破了顺添老叔的脑袋，打折了昭光兄的腿儿，亦打过刚捉入狱的文生的父亲（他是因为欠了李大宝三十块钱的债）……那枝遍身粗粒，坚硬如铁的"如意棒"，村里有谁不惧怕它的呢？文生虽小亦知道它的厉害处！

当文生转过头去的时候，他的背上又着了两下。他的身体亦随着耸动了两次。一种恐怖而哀怜的呢喃声，从薄薄的、失色的口唇里发出来，令人听了，神经的末梢也会同着那声音一同颤动。

但是，李大宝好像没有听见的样子，用他的多筋而有力的指爪，擒住文生的衣领，正如苍鹰用着锐利而且凶猛的脚爪捉着惊呆了的小雏鸡似的。他的三角眼睛正在闪着愤怒的、恶毒的光波。

"李老……伯伯！我……我没……有！……"文生终于颤着微弱的声音哀求着。

"小贱货！还硬什么嘴！是我亲眼看见了！"李大宝铁黑着脸庞，大声地喊着。

"真……的没有！……我……没有！我不过……"这是文生的震颤得可怜的声音。

"不过什么？不过什么？"李大宝不容他分辩，一面恫吓地说着，一面用手里的旱烟筒，一下一下地抽着文生的瘦背，好像同他自己的声音按着拍子。

文生绝望地发出一种锐利而带颤的痛哭声。

巷里走出几个农民，穿着短裤，带着好奇的、疑问的眼睛，走上前来，围成一个不很显著的半圆形。他们的心里都在想："为什么打着这可怜的孩子呢？"但是没有一个敢说出来。他们只是静悄悄地站着，望一望那不禁痛苦而啼哭着、战栗着的小孩文生，又望一望那狞恶的、强横无理的池主李大宝。他正摇闪着旱烟筒，乱打着文生的身子，从厚大的口唇露着他的牙齿，从牙齿缝中发出狠狠的怒气，像要把那孩子吞了下去的样子。他们中曾受过这"如意棒"痛击过的人们，现在觉得在他们身上的旧伤痕，亦像正在隐隐地颤抖着，替文生的新伤痕痛苦而颤抖了！但是，他们真的很惧怕，惧怕着有钱有势的李大宝的旱烟筒！

李大宝也不顾他们的怨愤和惧怕的表情，只在文生身上用力地乱抽着，如密雨般急打了几十下，然后才撒手一推，文生滚了两尺多远，躺在旁观的人们的足旁，好像从什么地方掉下来的尸体一样。他们中的一个才弯下身子想抱起文生，忽听见李大宝叱道：

"不许动手！"

他像触了电一般，立即伸直了身子，又退了三两步，隐在人身的后面。

躺在地上的文生，他的赤布衫渍出一些紫色的血痕，像一只重伤的羊，凄啼着，战抖着，搐搦着……发昏去了。

农民越来越多了。好像骤然筑起了一层厚厚的短围墙，把文生和李大宝围在中间。站在后面的看不明白，低声的问道："什么事？"

"李老虎又打死人了！"一个粗重而带怒的声音。

李大宝好像听见了这句话似的向人群闪了一眼，吐了一口痰，说道：

"岂有此理！这样的小的孩子，便会偷捉鱼了！"

"偷在哪里？"一个妇人的低音。

"谁看见！"一个急促的回答，跟着那妇人的声音浮到人群上面的空气里。

"偷捉鱼呢！"愚蠢的财源老伯，好像了解一切打人的原因似的，摸摸雪白的胡子，向后边的年轻的福顺说。

福顺承势挤进前来，把强健的手臂交叉着在胸前，不平地、鄙弃地说道：

"他这样小，会偷捉什么鱼呢？嘿！"

"是的！可别冤枉了他了！"福顺旁边的人低声说。

李大宝又闪给群众一下白眼，指着那昏去了的孩子，傲然说道：

"就是打死了你，在我好像捻死一只蚂蚁，不当什么；不过只可以警戒着后来的偷鱼的贼子罢了！"他说着，又缓缓地抬起头来，向群众道："你们看！这样的一个小孩子，就学着偷东西，这都是穷家的儿子没有教育才会弄成这样坏的啊！我若不看他是我们村里的孩子，我就不愿意教导他了！我只是捉到警区那里禁起来就完了！"

群众都惧怕着他，只得机械地答道：

"是的！"

"李老伯伯说得不错！"

"李老伯伯是不轻易教训人家的子弟的！"

但是愤怒，痛恨，不平之气，暗地里从群众的心中，随着不愿说的声音，同浮荡着在空气里，又好像碰到什么似的，仍沉下来，紧压着他们，使他们每一个人都好像活在一种不自由的苦痛的环境里。他们的含恨的眼睛，闪着无可奈何的怒火，杂着一些自觉的悲悯。他们好像一群久被禁锢惯了的铁笼里的野猫，只能够嫌恶地注视着他们的敌人；有时也许微开着嘴巴，轻露着锐利的牙齿罢。人类固有的野性，潜伏在他们的内在的生命里，受这池边的悲剧所激动，已像准备防敌的箭猪竖起了它的身上的毛刺一般，多么紧张而且奋发啊！

从巷口传来一阵哭喊的声音。群众的蓬松的头移动了。

"谁呢？"

"谁哭得这样可怜呢？"

"哪！可不是五老婶来了？"

"文生的母亲么？"

"是！是她！"

一个中年的农妇，穿着一件破旧的黄布衣，哭啼啼走向人群这边来。她的哭声中，杂着许多痛苦，凄凉和绝望的愤恨。她一边哭着，一边还在叫道：

"还把我勒死吧！还把我勒死吧！你李老虎……男人被你捉去监禁了！儿子还要给你打死！叫我怎么活下去呢……我要我这条命做什么……"

她劈入人群里。人们的身子都闪开一条路来。她直冲到群众围住的中心去，迎面便看见那个五短身材，三角眼睛，铁黑着脸的李大宝，手拿着那旱烟筒，立在人群的中心，好像城隍庙里的降魔神似的。但她不怕他了！她现在所受的痛苦，比到地狱里去要更加可怕而且难忍；她的绝望的灵魂，亦变得像魔鬼一样的狞恶，而且要向那压迫着她的敌人复仇叛反了！她的眼睛从泪湿里射出两道怒火来。她连哭带骂地叫喊着：

"李老虎！……我不怕你！我现在不怕你了……你！李老虎！太把我迫得没路可走了！……就是狗！它被人家追到没路的时候，还要掉过头来咬一口呢！我！我现在可不怕你了！我现在同你拼个死活！……谁不知道你有钱，又会结交官府？……官府都是你们的人了！我可要到哪里哭诉去呢？……李老虎！我只有同你拼命呀！……"

她一面说，一面把头碰上李大宝的身上去。

"五嫂子可疯了！"财源老伯走过来，猛拉开了五老婶。

五老婶被拉转过来，苍白的脸上湿着斑驳的泪痕。她才要挣扎，便看见她的儿子死一般地躺在地上，瘦小的脸儿，灰白得像纸一般，羸弱的薄口唇，亦像褪了色的土赤布似的，眼睛紧闭，只在鼻孔里有一股幽幽的呼吸气。她的眼睛立刻又变得愁苦，暗黑而且可怕。她像一只中了毒箭的野兽一般地狂号起来。她从财源老伯的手上摆脱了的时候，她把身子扑在文生近旁，用她的粗而不很大的手儿抚着文生的重伤的身子。她忽又坐了起来，把文生拥在怀抱中缓缓地掀开文生的衣角，露出一条条青肿的伤痕，隆起处又有点点的鲜红的血珠。

"我的可怜的孩子呀！"她凄然说着，又号哭起来了。

同时，李大宝却拿着旱烟筒狠狠地站着，脸上显出得意的神色，好像他对于他的残忍的毒打，觉得很畅快，很有趣的样子。

财源老伯张开着他的没牙齿的大口，好像一条死鲈鱼一般，正在呆看着五老婶掀起文生的衣服，露着一个青肿带血的孩子的瘦背来。他的少发而光滑的老脑袋，微微地摇着，像一只石榴在微风里。对面有一只孩子的好奇怪的眼睛，正望着他发笑。

又着手臂的福顺，却愤恨地瞪着李大宝。

人隙里时闪着急切的头和怜悯的眼光，又浮上许多挚情的叹息的低语：

"可怜呀！"

"我的天！打成这样子！"

"这孩子真是太倒运了！"

"可怜的孩子呀！"一个农妇用她自己的袖子在拭着眼泪。

"真是岂有此理！"一个比较大而且粗重的声音。

文生被抱在五老婶的怀里，无力的四肢下垂，跟着她的跳动而摇摆着，像枯瘦将断的小树枝在怒风里摆动着一般。

五老婶狂哭了一阵，又呼喊着昏迷的孩子，然后再跳着痛骂起李大宝来。她的头发本来因早起忙着事情，还没修理，现在更加蓬松而且散乱。被愤怒和痛苦所支配着的她，简直像一只垂死的狂跳着的野兽，又好像一只绝望地啼叫着的母羊。

"你李老虎！……我……"

李大宝只把手里的旱烟筒一扬，嘴唇只蠕动了一下，从人层里闪出两个大汉来。他们像驴一般的庞然大物，像资本家的狗一样的聪明，知主人的意旨，虽然他们的主人还没有开口，他们用着强大的手臂，把在怒骂着、狂号着的老五婶抓住，又把她的手翻向背后缚着，让那个昏死的小孩丢在地上。

群众怒骂着呼号起来，但是仍立着。

"不要噪闹！"李大宝怒着眼，大踏步踩避去了。

"打！打！"年轻的福顺，扎起粗大的拳头，大声喊着。

群众的暴怒终于露出来了！

"打！打！"

"打走狗！"

那两个大汉在拳影喊声中逃脱，飞奔去了。

"追！"

"打他们个粉骨碎尸！"

福顺抢先追赶去，喊道："兄弟们！一起来呀！"财源老伯给人家碰倒在地上，自己挣扎不起来。老五婶亦已被解开了绳索，抱起她的垂死的儿子，喊着，骂着回去了。

群众完全骚动了，叫骂声，叱"打"声，嘈杂声，农妇的尖锐声，孩子的啼哭声……

忽然间，从巷里走出一个三十多岁的人来，手拿着一张凳子，走到群众之前，把凳子放稳，立即跳上去，两手乱挥着，喊道：

"兄弟们！听！听！……"

"什么？什么？"

"这鬼！"

"什么事呀！"

"他又要演讲吧！"

"静些！静些！"那站在凳上的人叫着。

"静呀！静呀！"

"不要乱嚷呀！"

"听他说些什么！

"静！静！请大家静着！"一个嘶破的喊声。

喧哗的群众缓缓地静下去，只余零碎的低语和孩子的哭声。

"兄弟们！"那人开始了，"我们被土豪劣绅压迫得够了！现在是我们起来争斗的时候了！……我们辛辛苦苦的耕种，他们安安稳稳地拿去吃了！还不够！他们还要把我们当狗看！喜欢骂就骂，喜欢打就打！……我们真的是狗么？我们真的没中用么？"……

这问题从听众的耳朵，直挤到他们的脑里去，搅醒了他们。每个人的心里想：

"我们真的没中用么？"

"不！我们是最有用的人，我们不应该给他们无理的压迫！李老虎把那小孩活活打死，是应该的么？还是他强横呢？"——

"强横！"听众齐声地答。声音好像怒涛的呼啸。

"他为什么这样强横呢？"

群众好像一个多眼多头的怪物，呆呆地站着，静静地望着那个站在凳上、头发蓬松、浓眉大眼的演说者，听着他从满着胡子的厚唇里所喷出来的一种粗重而且有力的声音。

他缓慢地把李大宝的强横的缘故，和他的罪恶，说得这样动听，这样真切，好像从他们的心里所要喷出来的一般。

"这个人是谁呢？说得这样对啊！"一个惊叹的声音。

"你连桂叔都不认得！"一个带怒的低答声。

"他一向在外头呢！"

"他回来差不多三个月了！你还不晓得！？笨货！"

桂叔这时正在说着劣绅土豪和现在的官吏，互相交结，狼狈为奸，来压迫民众，剥夺民众的膏腴。他的声音提得很高，脸儿亦涨红了。他的手扎着拳头，好像十分用力地捶着空气。

福顺气喘喘地亦挤进人群里来了。有些向他闪着疑问的眼波，好像在问着他追赶大汉的消息。但是没有一个开口问他。

"所以我们欲反抗压迫我们的一切，就应该组织起来。没有组织，就没有力量去反抗！"桂叔把眉头亦紧蹙起来了。

"我们组织起来吧！"一个高喊声。

"是的！我们到'公厅'开会，议组织去！"福顺挤到桂叔的旁边大声地叫着。他的大拳头在空中挥舞。

"去！"

"即刻就去！"

桂叔亦藏在人群里走了。

（原载《我们月刊》创刊号，1928年5月20日出版）

交给伟大的革命事业

戴万叶[①]

同志，你不认得侠姑吗？真的吗？你敢用同志的资格担保你不骗我吗？如果你真的不认得她，那么我同你说吧……啊！她真是一个很好的同志呀！

但是，你不要误会呀！我和她没有什么特别的关系呢！我们不过都是同在一处做工作的同志罢了。真的，没有特别的关系呀！你在闪着狡猾的眼光了，我知道你一定要说："你这小东西也在谈着恋爱史了！"但是我不怕，我们没有恋爱呢！你真的以为我和她有爱情吗？嘎！怎么能够呢？我们的环境不允许的。我们只有工作着，工作着，忙得很，几乎没有时候谈闲天。我们不需要爱情呢，爱情不是我们的工作，那是有闲的先生们才研究着这个问题。我们只晓得干，干，努力地干下去！爱情，它有妨害我们的工作的进展……真的……

你说什么，同志？你不相信在我们的一群中间，没有爱情存在？你是对的，有时候它会静悄悄地走了来，但是我们总要把它赶出去，因为有爱情的人容易不努力，怠慢了工作，那不就是反革命了么？唉，我们的生活是太紧张了……

啊？你问我多大年纪吗？我十四岁了，不，已经十五了，那时才十四岁。我本来是一个学生，但是社会不给我乖乖地做学生，迫得我做小暴徒！哈哈，算了吧，小暴徒！他妈的！

---

① 即戴平万。

我们一共十二个人。我们都在一间卖水果和纸烟的小店的楼上会集，有的同志在那里睡觉。呀！那间楼多么脏啊！又是那样的狭隘，只可以铺了三张破席子！我们便在上面睡觉，乱七八糟地睡着。下雨的时候，雨水从墙角流下来。有一次，阿盛那笨东西，因为睡得太熟了，几乎给水流了去！

我们十二个中间，我和阿盛年纪最小，侠姑算是最大的一个。她和铁精差不多同一样大。不过铁精不在我们这一群里。他是一个巡视各地方的同志，他自己说他是"飞毛腿"。他亦是一个很好的同志呀！他真努力，他不知道疲倦。他整天整夜地跑，他愿意把他的生命交给工作，直至他的生命停止了的时候。同志，我们都应该这样的呀……

啊，你的性子真急！比我们小孩子的还急！你要让我缓缓地说吧，好吗？不愿意吗？啊，你又打呵欠了！你很倦吗？你今天的工作忙吗？不么？好的，好的！我就同你说侠姑吧！侠姑，啊！我真敬爱她，我走了这么远的路，我常常想着她……

什么？啊，你错了！侠姑不是她的名字，她的名字叫侠云。不过，我们都叫她做侠姑。为什么我们都这样叫她称呼她，我不大知道。或者因为我这样地叫她罢。但是我和她有点亲戚的关系，才叫她做侠姑呢。其他的人，我可不知道为什么也跟着这样地叫她了。

她住在西门路，你晓得罢？就是从前的西门街，现在已经拆成马路了。同志，你三年没有回家去吗？不止罢？五年么？那真是一个长久的时间啊！但是不要紧，西门街你一定是晓得的。她就是住在那里，和我的家相隔一条街那么远。那不算远吧，才一条街呢？她到真如学校里去上课，一定要从我家的门口经过。我常常在半路上碰见她。那时我才考进了初级中学。我们的学校在西门外，面着河，远远地传来电灯局的机器的哗音。当我在路上碰见她的时候，她总是淡淡地向我微笑着："上学去"或者是"下课了"。其他的什么话亦不说。

但是在我们变成同志之后，我们便不是这样了……唉，我们不幸得很，因为那一次暴风雨之后，我们都逃散了，有的禁在牢狱里。我也被父亲禁在家里，不准我出来。嗳哎，我真苦，禁在家里两个月，真比那些监禁在牢狱里的人们还要苦闷！啊，同志，我不是说漂亮话，和劣绅们一样地惯说漂亮话呀！真的，我是那样地觉得。

后来，我忍不住了，我像受惊后的蟋蟀一般，从藏身的洞穴里伸一伸它的头，见外面没有什么天大的可怕的事情发生，便跳了出来。父亲也没有法子再不准我出来了。他只是悄悄地走到我的身旁问道：

"阿辉，你是赤化吗？"

"我不是！"我把手叉在胸前，挺直着身子说。

"不是才好！不是才好！"

哈哈，同志，真羞死人呢，我的父亲！他这样地咕噜着！

我穿着木屐，白短裤，和一条白笠衫，在街上乱走着。"唉，真讨厌！走到哪里去呢？"我一面走着一面这样想。忽然又想到找侠姑去。真倒霉，她不在家！她的母亲是一个讨厌的带资产阶级色彩的母亲。她问我做什么。我说："没有，找侠姑呢。"她说："她两夜没有回来了。不知道去哪里，那我恨的女儿！"她说"我恨"两个字的时候，把牙齿咬着口唇，同志，就是这样地说着……嗳呀！同时她流下泪来！我很急切地问她道："什么？"

"都是你们这班小妖怪教坏了她！"她转过脸儿，好像在埋怨着我似的。

我亦不告辞，愤愤地走出门外来。我用力地把屐子在路上拖得干脆地响着。我又走到清的家里去。打了许久的门，才有一个头在开着的门缝闪一闪，过了一忽，那头又伸出来，对我说道："他不在家！"门又闭上了。

我赌着气再到怀诗家里去。门上贴着两条县署的封条。他的家被封了！后来我才知道他们，那班反革命的贪官污吏，看他的家有点钱，硬诬他是赤化，把他捉去了，要他的父亲五百块。因为他的父亲不肯，只给他们四百块，那些反革命的狗便把他的家封了。

啊，一切都变了，反了，和两个月前不一样了！我那时真气愤啊……

我为什么不被他们捉到呢？你觉得这样奇怪吗？没有什么稀罕的，因为我还小呢，他们不注意。而且我的父亲没有钱，五年前破产了，谁不知道……

有一天雨后的晚上，我一个人走到西门外去，凉风缓缓地吹着，树上的雨水一点一点地滴在地上，的答的答地响着。啊！真快乐啊，我那时！我望一望天，又望向河的对岸去。夕阳懒懒地铺在那通南村的大堤上。忽然，我碰到几个旧时的同学。他们说：

"辉，你不读书了么？"

"读什么书！啐，读书真无聊！"我很痛快似的说。真的啊，同志，一切都是他们的人，我不愿意和他们在一起！他妈的，那些反动的狗！

啊，同志，你知道他们怎样答应我么？他们说："学校不要你了！"他们一齐地羞着我，呼着口号："被革退的学生，滚你娘的！""打倒赤化的学生！"要是我那时手里有炸弹，我一定把他们炸死得干干净净！他妈的！我真气急了，我从地上拾起了两块瓦片向他们打去。哎！真了不得，他们也一片一片地打转了来，好像密雨似的。我一溜烟跑到那边的堤上去。他们赶了一会儿便不赶了。我立住脚，回转头来破口大骂着他们。我看他们没有再赶我的勇气了，我便大声地骂他们。

他们不追了，我从那堤上要走进城里去。

忽然，我看见一个乡姑娘，挑着一些东西，走向城里去。她好像侠姑，她在堤下面一条小路上走着。我注视着她，她好像也看见我，但是她匆匆地登上了石级，走进城门里去。

她扮得很像呢！一点也看不出她是一个女学生。她穿着一件长长的赤布衫，和一条黑麻布裤子；梳着一个农妇常梳的髻子，那种髻子我不晓得它的名字，那是把头发盘得圆圆的，中间有一条红心插着一枝银首饰。她平常的活泼的城市式的走路的态度亦变得呆板了。她一步一步地走着。你看，就是这样地走着啊！你说像么？就是这样。你笑什么？不像么？自然啦！我不是一个女子！就是别一个女同志怕也扮不来呢。而且别的女同志却是很薄弱，不敢扮，而且不肯扮。真的！局面若是严重起来，她们便脸青唇白的，真没中用！只有她，侠姑，她会说会干……

是呀，同志，我是认识革命的，正如我现在认识你一般。我是革命的好同志，也是你的好同志。我们都是革命的忠诚的仆人啊！不是么？啊，对的，同志，我们都愿为革命牺牲一切！我敢这样说，因为我的心是这样想……

你说什么，同志？啊，叫我不要这样啰嗦么？好的好的，我立刻说她罢。

就是那一天晚上，我看见了她之后，我才知道她还是和从前一样继续地努力着。我觉得有点惭愧，好像很对不起她，很对不起许多同志似的。而且，我不愿意落后呢。可不是么，同志？你想一个有志气的青年可愿意给人家说不勇敢的，退缩的人么？我那时真不快乐！几乎一晚都没有睡觉！

第二天，我在路上碰到她了。我很高兴地叫道：

"侠姑！"

"什么？"她笑着问。

我们两个月没有见面说话了，我可觉得好像很久的样子，我又觉得我有很多很多的话想说，但是我不能够说出来。我的心只是跳着，跳着。

"什么！？"我不知道为什么，听了她的简单的"什么"，我的
心觉得好像很悲哀似的，虽然她的脸儿是向我微笑着。

"啊，辉弟！"她好像从前对待同志一样亲切地对待我，握着我
的手，紧紧地！

"我落伍了！"我停了一会儿说。我那时有点气恼。

"怎么说呀！"她好像明白我的心事似的。一定的，她昨天亦看见
我呢。她拉着我说："到我的家里去罢！"我们在路上没有说什么。

我们走进她的屋里的时候，她的母亲这样地说道：

"我的侠儿呀！你到哪儿去了？三天没有回来！"

你笑什么呢？同志？我学得她的声音很像吗？她说话的时候还尖
着嘴巴，皱着眉头呢！

侠姑呢，她照例不答理她的母亲，只是"啊"的一声就拉倒了，
有时，她简单地说："到表姊家去。"

但是她的母亲仍是很爱她。啊，我也不是说她恨她的母亲呀！她
也想爱她，和被她所爱，但是她不能够！因为这个时代的母子的思想
冲突得太厉害了。不是吗？我说：是的！

有一次我问她："你的母亲很爱你的呢，你为什么那样地对她？"

"太好了，所以我觉得痛苦。"她把眼睛闭了一会，又说道，
"我希望她恨我！"

"为什么呢？"我惊异地问。我又接道："可是我没有这样爱我
的母亲……"

"没有倒快乐得多了！"她插着说。

我怀疑地瞪着她。

"辉弟，你不知道呢，我们都是旧时代的母亲的儿子，同时我们
亦是新时代的儿子。我们爱新时代，美丽的新时代。我们不喜欢旧时
代，因为旧时代太坏了……"

是的，太坏了，不么？同志。啊，是的，旧时代是会死去的……

你说我的话太无系统么？那是不要紧的，横竖你终会明白的呀。我还是说下去罢。

当她和我走进她的卧室，一间小小的房子的时候，她低声问我道：

"你为了什么？这样的生气，而且好像在生着我的气似的。"

"是的，我真气！我真悲哀！"我坐在一张椅上，注视着她。我的眼睛是睁得圆圆的，那时。

她低下头去，好像不好意思似的。忽然她又抬起头来，很庄严地问道：

"你究竟为了什么事？"

"你们用不着我了么？"我嗫嚅着嘴唇。

"用不着你了！"她好像又惊又喜的样子。

162

"是的，我被放弃了！侠姑，是么？"我颤着很真挚的高音，恳求着她的回答。

"低声点！不要被我家里的人听到！"她坐到我的身旁来，低着声音说，"你怎么这样说呢？你怎么起了这样的心呢？革命是最严肃的，他不愿意弃掉一切的人，只要你自己需要他，不怕他呢！"

"但是，你怎么一个人自己工作去，不教我一同去？这是什么意思？"我切实地追问着。

她笑了。她紧紧地拥抱着我说道：

"我们一同勇敢地工作去吧！你是一个好孩子！"

嗳哎！同志，我那时是何等快乐啊！当我们一同到一间狭窄的楼里去的时候，天已经昏黑了。街上闪着许多灿烂的电灯，天上挂着一个淡黄色的大的月球。它们都好像很快乐似的，在预祝着我们的美丽的世界的实现……

说到我们的生活，辛苦也是很辛苦的，快乐也是很快乐的。

当我们走进那间楼上的时候，有几个同志不知在闹着什么。年纪轻的阿盛在地板上滚着。我们走进去，他们都高兴得乱跳，乱喊，争先来拥抱着我。

"欢迎我们的年轻的战士！"

"我们又添了一员少年先锋！哈啦！"

我们叫喊着。但是我们不是尽量地把我们的快乐和活力那样自由地叫出来的啊！我们是用着极低极低的声音叫着，像公鸭一般，呦呦呦呦地。在这样的时候，我们便感到被压迫的痛苦。嘎！他妈的！同志……嗳哎，做什么打我的嘴巴呢？会痛呀！什么！我骂你吗？不！你误会了！我说快了呢！哈哈，对不起！对不起！

好罢，说正话罢。同志，你细听啊！当我们闹着玩笑的时候，侠姑只是在笑着，指头夹着一支香烟……喂，同志，你有香烟吗？给我一支罢。我三天没有吸烟了。什么？没有吗？有？给我一支，半支半支，好吗？啊，我这样年纪便不能够抽烟吗？损害身体吗？多几天说不定会给他们抓去打靶了呢？损害什么身体！请给我一支吧！我是没有瘾的，不过吸吸罢了……啊，侠姑，她的瘾真大！怕比你还大！她是香烟不离手的。她学时髦呢，渐渐地便学上了瘾，我想，若是她来了——当那扇门砉地猛开了的时候，她的瘦瘦的男性化的身子便掷了进来。她用着滑稽而又很爽快的语气，说道：

"趣事年年有，大小不相同。"

接着她便和我们报告外边的一切消息。她说到那反革命的狗儿们捉同志，或枪毙了同志的时候，她的声音变沉重了，而且很有力，带着一点点战颤的尾音。我们都被感动了，几乎流下泪来；同时增加了我们许多勇气。然后，她把烟掉在地上，瘦瘦的手指扎着一个小小的有力量的拳头，结束道：

"所以我们要干！要干！干到底！"

她的脸亦微微地发红了。她的长长的嘴唇只是颤着，颤着。当这时候，你若再给她一支烟，她便下意识地狂吸起来，一任我们像小麻雀一样地噪闹着。我们胡扯着许多滑稽而且无理的话，有时笑得气都转不过来。她也吐了一口烟，漠然地笑了。但是，那笑好像不是她自己作动的，倒是我们的笑声波动了她的嘴唇似的，只是一闪便消逝了。接着她又是烧起一支香烟来。忽然，她的活泼的眼睛变得庄严，态度也和眼睛一样，低声骂着我们，道：

"小王八蛋！你们闹！闹！闹什么？给他们听到了，看看你们的皮厚，还是子弹坚实呢！你娘的！"

她骂人的时候，她的话的内容和音调同男子一般，娘的妈的骂着。我们给她一骂，便像羊一般驯服了。是的，有时我们想反抗她，但是她的道理长呢，我们总是静默下去，服从了她。

但是，我们不怕她。我们敢抢她的香烟来吃，或者其他的东西呢。

真的！你不相信吗？不相信我亦是没有法子。可是，真有趣啊！当她把外衣脱出来挂在壁上的时候，我们总是抢上去把它拿下来，搜着她袋里的香烟……你要知道她袋里常常藏着一包"三星牌"……啊——呀！我们抢着烟，闹成一团！她却在那里抽着烟，笑着。不过，若是她手里没有烟你便一定要留下一支给她。不然的话，她就要生气了。唉，我真倒霉，我常常抢不到！我有一次走到她的面前，像小弟弟一般地乞求她的烟给我吸一下。她却深深地吸了一口，便递给我，笑道：

"怪样子，拿去吧！"

她说着话的时候，她的眼睛是多么美丽啊！那样的温柔而且和善……

不是！不是！你在诬蔑我！我们不是有爱情的！她是我的同志姊姊呢！同志，你不知道我这个人的奇怪吧。我真恨女子！我在学校读书的时候，我常常和她们相骂呢！她们真讨厌，只会谄媚人，背地里又喜欢说人家的坏话，一点反抗性都没有！嘎！真讨厌！

你说侠姑亦是女子吗？你的话是对的。但是我忘记她是女子了，的确，她没有寻常一般女子的做作的神态。是的，我敢说。我们没有爱情。我们有的是热烈、勇敢的同情。不过，我们常常接近，也不是男女一接近便是情人了。笑话！同志！可以吗？他妈的！情人是什么？我们不需要！

但是，我们里面有人怀疑她和那个"飞毛腿"有爱情呢！我可不大相信。有一天，"飞毛腿"到我们这里来，带来许多小册子和旗子。我们都坐在地板上听他的政治报告。我们用着渴望的、亲切的眼光注视着他。他站在我们的中间的地板上。他的头发很乱，但不很长。他比上一次来的时候瘦了许多了。他的失色的唇上常常萦着微笑。他穿着一套赤布的学生制服，很脏！一看就知道他是一个奔波的人，而且负着病……自然啦，他带着许多许多新鲜的消息来给我们，国际的和国内的。我们对于一切的情势更加明了了；我们十分高兴，可是我们不能够唱歌，呼口号。他妈的！我们那时真是又痛苦，又生气！但是，我们是知道解拆环境的呀……

当我们散了会的时候，侠姑和他一同出去。阿义真卑劣，静静地跟着他们。我要骂他，又被其他的人警告的眼光禁住了。

第二天，我们中间有许多人起了情感作用了。他们都预备着攻击她。那是我后来才知道的。当我走进楼里的时候，阿义从地板上跳起来，很高兴似的向我说道：

"辉同志，我探到侠姑的秘密了！"

"什么秘密？什么秘密？"我失惊地而且急切地问。

"就是她和'飞毛腿'的爱情啊！"他喜欢得跳跃起来。

"是的，我们有证据了！"

"我们一定要攻击她！"

"她说她是否认爱情呢！她欺骗了我们！"

"有什么证据呢？"我拉着阿义问。

"就是这样呀！我跟他们出去。他们在路上说了许多情话呢。"

"什么情话呀？"我追问。

"就是那些，'我愿和你永远在同一条战线上做同志！''我们都是头一行的战士！''我们一定要互相帮助。'和很多很多……是的。被我发觉了！"

"这也是情话么？"我说。

"怎么不是呢？秀文和牺牲了的刚同志可也是这么谈话和通信呀！但是他们恋爱了！"一个比我高许多的同志越强说。

"而且，还有呢！他们在河边同坐在一块石头上，谈得很亲密！可是我听不见他们说什么，我是藏在一棵大榕树后面的。我看得最清楚的是在河水上面映着他们紧挤着身子的人影！"阿义说着，又向我道："这还不可以做证据吗？"

我那时也觉得千真万确了，和着说："我们一定要攻击她！"

我们正在兴高采烈地闹着，一个穿着白布衣服的瘦健的身子从门外掷进里面来了，一缕荡动着而且飞旋着的烟气跟在后面。我们一齐低声说：

"她来了！"

我们的眼睛集中着她，又互相睥睨着。

替代她的"趣事年年有"的是：

"你们捣什么鬼？"

没有回答！

她不自在地笑着，望着我们。一会儿，她又吸着烟，不大答理我们了。

忽然，一个声音从我的喉里滚出来：

"我们要攻击你！"

"为什么？"她好像很严重地问。

"为什么！"

"你和铁精恋爱着，不是么？"

"你真的否认爱情了！"

"石头上的风凉啦！"

"啊，啊，我们都知道了！"

"我不晓得恋爱！"阿盛学着她往日说着这话的口调说。

她呢，冷冷地笑着。

"静！"她开始了，"你们用不着这样卖力吧！我以为是什么反革命的事情临到我的头上来了！我和他恋爱了，你们又怎样，我不和他恋爱了，那你们又怎样？真真岂有此理！"

"呀！简直是英雄主义！"

"不呀！是皇帝！"

"不是我皇帝不皇帝的问题吧！是你们无端捣乱！我和他在河边坐谈，也不见得是反革命的行为吧？我也不来和我自己辩护，空谈是无益的。现在，我十二分诚恳地请你们监视着我，如果我和他恋爱了，搅出许多不努力，甚至不革命反革命的事情来的时候，我自愿处分！我是服从纪律的！"她郑重地说。

我们嗫住口，一声也没响。室里的空气好像变得严重起来了。

于是她笑了。她又安慰着我们道：

"同志们，你们这样热心地监视同志的态度是对的。但是，不要太幼稚了。"

"真的，我们太幼稚了！"我们都觉得是我们的不对呀！我们有点惭愧。我们讨论起幼稚这个问题来，全室又充满着活泼生动的空气了。

但是我们真顽皮！我们暗地里还叫她做"毛腿嫂"。同志，你觉得有趣么，这个名字？你笑什么呢？真的有趣吗？是的，我们就是因为那个名字怪新颖，所以我们渐渐地公开出来了。有时在她面前我们也是这样地叫她。她有时半恼怒地睥着我们一眼。有时她笑道：

"我真的愿意和人家恋爱的么？我和他事实上没有爱情，我可怕你们嘲弄么？"

我那时真弄不清他们两个真的有没有恋爱呢。她的态度很坦白呀！铁精寄给她的信，我们要求她拿出来公开，她便爽快地拿出来，信里头也没有什么关于爱情一类的话。同志，情信照例是不公开的，是么？

说她完全没有亦是难说的。

有一天，我们正在争着一个什么问题，我现在可忘记了。那时，侠姑好像很颓丧地走进来，无声无息地坐在墙角，蹙着眉头自抽着烟，大大口地抽着，好像在烧着纸条一般。我们知道她是已经听到铁精被抓去的风声了。我们一致地不愿意这消息的证实。我们不敢问她，也不敢再继续争论下去。我们都静默着，好像在等着什么可怕的事情似的。

她从袋里拿出"三星牌"来分给我们。我们悄悄地吸着，紊乱的烟丝在静默里荡漾着，飘浮着。

忽然，门开了。一个通信息的孩子穿着一件蓝布衫，走进门来，他把一封信给我们。侠姑从墙角跳起来，很兴奋地问：

"什么消息？"

我们拆开来一看，是一张通告，我捉到中间的一句，惊念道：

"……铁精同志牺牲了，各事由毅同志负责……"

一种闷塞住的女性的悲惨的锐声，把我们的眼从通告上转移到那屋角去。侠姑！啊——唉！她的脸色变得惨白了。眼泪从她的痛苦的眼睛里滚出，似檐前的水滴一般地直流下来！啊！同志，我没有再见过一个人的表情和她一样悲惨的了！我们都被吓住了，我们围站在她的前面呆望着她。她哭了一分钟那么久，便站起来，笑了说道：

"好！我们复仇吧！"

接着我们开了一个小小的追悼会。我们都十分地悲愤！

以后，局面又严紧起来了。我们努力地，紧张地工作着，工作着，侠姑用着紧张而又镇定的态度工作着，和平常一般。啊！同志。她真是可佩服的呀！她工作着，通夜没有睡觉！她吸着烟，和她的工作一样地紧张……

环境是一天一天地恶劣起来。但是我们仍是继续地干下去。你问我们干什么吗？那自然啦！我们是负担着通消息和宣传的工作。

啊，同志，问题多着呢！我们那个楼不能够再秘密了，我们已经决定搬地方了。可是因为忙和穷的缘故，还没有搬成功。

有一天，那是很早很早的时候呀！同志！阿王在叫醒我们。我们以为他又是在捣鬼了！啊，同志，我们中间有几个真坏，他们夜里睡不着觉的时候，便一定要把一群人都搅醒……唉，真无理！我有一次被阿王用纸捻子穿着我的鼻孔。我忽然醒转来，打了几个喷嚏，鼻孔里还是发痒。我真气，我真想打他几下巴掌，但是我没有做到，他妈的！真讨厌呢，我们常常这样闹着，直到天要发亮的时候才止。啊，我也不是老实的人吗？是的，我也曾穿过许多人的鼻孔。呀！我白给人家玩弄吗？所以我也穿起别人的鼻孔来呢！

好的好的，我不要胡七道八了。那一天，因为我们忙了一个整夜，又被蚊子咬得很苦，到鸡鸣的时候才缓缓地入睡去。可是，我们都被他闹醒了。

"做什么啦？做什么啦？"我擦着我的张不开的眼睛，生气地说。

"你这狗！"

"你入得不舒服吗？"

"你娘的！阿王！"

"做什么啦？妈的！"

我们都骂他。他哭丧着脸，他的八字式的眉也变成入字了。真的，他的眉一撇高一撇低地皱拢着。我们知道他是在担忧了。他没有气力地说道：

"米——没——有——了！"

"为什么没有了？"

"就是没——有——了！"他重复一句。

"你为什么不早说呀！"越强着急地叫了出来。我们那时候真生气，但是骂他也是没有用了。

"唉，怎么办呢？"我叹了一口气说。

唉，同志，我们那时真苦。侠姑忽然昨天一天没有来，那使我们更苦。

"还是找侠姑来吧，辉同志！"一个比我大的工人同志对我说。他好像一点也不觉得忙乱似的……啊，工人同志真好！

我匆匆地走下楼来，街上的电灯还未曾熄灭。天是黎明了……我才转到西门路口，我是低下头来很快地走着的。忽然，我的手被紧握住了。那真吓死我呢，同志！这样地骤然把我一捉！我抬起头来。侠姑手挟着一小包衣服，很匆促地说：

"辉！赶快！赶快去叫他们逃走吧！那地方已被他们知道了，就捉人去！你！你快去！"

她说了之后，向我笑了一下，便走向那大马路去。

我飞也似的跑到我们的地方，向他们说：

"快跑！快跑！捉人来了！"

我自己也跑回家去。我自己想：

"捉他妈的，我们已经跑干净了！我们不怕，我们要干到底！革命是一件伟大的事业！"

自然啊，那一间楼是被查封了，那是不成问题的，同志。

三天过去了，我见没有什么变化，又走到侠姑的家里去。

"阿辉，阿辉！侠云哪里去了呢？带来还给我们吧！"侠姑的母亲带着哭声这样说。她的眉仍是皱着，嘴唇仍是尖出来。

"什么？侠姑不在家吗？"我惊问着。

"你还装傻！"她大声地说。"我知道什么呢？真奇怪！"我冷
冷地答。

"她天天和你们在一起，鬼鬼祟祟的，什么事你会不知道的！你
一定知道的！一定的！我和你要人！"她的手指都屈拢着，只伸出一
个食指在我的面前乱画乱画，就是这样地画着。

她是多么无理啊，我那时真冒火了！我大声地说：

"谁知道呢？知道的是魔鬼！她和你说她不回来了吗？"

那个旧时代的母亲拭着泪和我说：

"怎么不呢？昨天不许她出去，她在家里生气了一天。我今天起
身晚一点，看她还没有走出卧房来，便去看一看她在房里干什么？
呀！房里空着没人！桌上只留着一张字……你看吧！你看吧！"她从
衣袋里摸出一张纸来交给我。那纸湿了许多泪痕，我也不知道是她或
者她的母亲滴下的。那不要紧，我们也用不着去管这个。在纸上她写
着一封很长的信，是写给她的母亲的。现在我也忘记了。我不能背给
你听，大概是诉说她的痛苦，她的抛弃母亲的痛苦，和她不能不离家
庭的情境的。不过，我记得几句是这样说的：

"母亲呀！你不幸有了一个女儿，那一个不愿意如你的希望去嫁
给一个无聊的大学生，而愿意把她的生命交给伟大的革命事业的女儿
呀！那真是增加了你的暮年的悲哀，同时那悲哀也深深地刻印在我的
青年的血热的心儿里了！唉，母亲！我现在和你离别了！我是到前
线去的。我希望能够在世界大放着美丽的自由之光的时候再和你相
见……"

啊，还有许多，我可不记得了。我只记得我看那封信的时候，我
的脑里忽现着在墙角时的侠姑的悲惨的样子来。我也记得，那时我有
点恨她，恨她要走也不来和我说一声呢……

再过了两天，我也离开家庭到乡下去，那时，我预料侠姑也是躲

在那里的。但是我问那些工作的人们，他们说：前两天被派到前线去了。我也立即请求到前方去，可是那个有长长的头发的苍白着瘦脸的人摇着头，说：

"你太年轻了！喀！喀！喀！"

嘎！他说我年纪太小啊！真讨厌，那个没有停止咳嗽的同志……

后来，我被派到一个小村落工作去，又再派到一个小县城里去。我经过了好多地方，现在又来到这里了。我已经差不多一年没有得到侠姑的消息，问了许多同志都说不知道。现在她一定比我更忙碌地工作着。我想她死掉是不会的吧，革命是慈祥的，他一定会保护着她呢……喂，同志，她不是一个可敬爱的同志吗？不吗？怎么不答应我呢……啊哎！你静悄悄地偷睡着觉了！啊！真是岂有此理！你，呼呼地鼾着，倒像在蒸着馒头似的！我可要给你穿一穿鼻孔来了，嘻嘻……

八，十五，一九二八，初稿

（原载《我们月刊》第3期，1928年8月20日出版）

丁　雄

罗　澜

"把电灯开了吧。"

惠琪用嘴向叔和一努。叔和这时正出神地把香烟抽得吱吱的响，室内非常沉默。

"不要，不要开，我不愿意看见你们的脸。"

躺在床上的维良漫然的说。他已经沉默了十分钟了，这时他正用指尖轻弹着床沿。

大家沉默着。一只蝙蝠从窗口飞来，拍的一声，打了一个回旋，又飞了出去。惠琪便无声无息的走到窗边，出神的望着那蝙蝠翩翩的飞到窗口又折了回去。

"什么，他还不来么？"她回过头来向维良问，立刻又把头掉转去望着外面给黑暗吞没了的灰路。

"快来了吧，是不是已经八点过了？"

她点头。

他们都不愿意多说话。他们心头都有一种重压，仿佛是那低矮的天花板把他们的心脏都压住了。他们期待着，期待着一个瘦长的青年。好像那个青年来了时，他们心头的重压就会减轻了似的，但他们并不焦急，更确实的说，他们简直不愿意看见那位青年，不，不是不愿意，他们简直有些怕见他。但他们这时是如何的在期待那位青年的来呵！他们都觉得他是非常可爱，可爱到能一见就使人下泪！

"把电灯开了吧，阴阴暗暗，把人闷死了！"惠琪又说。

"唉，不要让我看见你们的脸吧！"维良把身翻转去朝着床里。

那时叔和拍的一声把电灯扭光了。

他们三个都是青年。维良有廿六七了，他广阔的面部现着赤褐色，厚嘴唇，唇上生了密密的像牙刷一样的黑髭，套上一付黑缘的大眼镜。穿着黑布长袍，身材是很魁伟的。叔和是一个廿二三的才从学校里跑出来的还带着学生意味的青年，面色亦是赤褐，还生着许多细毛，他是嘴比别人的大一倍。说话时有很大的嘡嘡的声音。他的眼睛常放射着一种童稚的而又勇猛的光。惠琪是叔和新近交结的情人，她很明显是一个多血质的女子。她和叔和差不多一样的年纪，身材不高不矮，面色非常红润，肢体亦非常发达，是一个富有健康的美的女性。

电灯突然亮起来后，他们的精神亦好像振了一下。

"维良，这事是什么时候决定的呢。"叔和走近床前去问他。

"前天晚上，"维良这时坐了起来了，"昨天晚上，我把计划全都和他说明了，他听得手舞足蹈起来。"

"你就直接请他干是不是？"

"不，我和他说了，他起先非常高兴，后来忽然大笑起来！我问他为什么要那样的大笑，他说，'哈哈！你的好计划！你想得倒周到！但是哪一个愿意去担当这个事情呢？哪一个愿意好好地去送死？哈哈！'他这样子把我气死了……"

"他老是这样的，顶欢喜奚落别人。"惠琪插进了一句。

"后来，我就严气正色的告诉他担当这个任务的就是我自己，他便有好一会儿不说话。忽然，他跑到我面前来，执着我的两只手，'维良，'他说，'你去不得，让我去，让我去，要是你去不得时，倒不如让我去！'我不答应，我说，'朋友，我没有去不得的理由。计划是我订出来的，我自己一定做得周密点，一定较易成功。你倒是去不得的！'我这样说后，他就着急了，他脸色变得青白，握着拳头，直视着我，好像要和我打架似的。我是知道他的性情的，一句话说出了口就想实行，一件事想做就立刻着手。这时我想阻止他的决心，我拍着他的肩头，说，'朋友，我了解你的好意。我做得的，你自然亦做得；但是你做得的，为什么就不可以让我做呢？我是决定了！''不，'他说，'你虽然做得，但你不能轻易去冒险。''不，我是说，你不如留着做别样事，冒险倒是大家都得冒的。这一回我决不能让你去，我亦决不能让自己不去！'他把我的手捏得有些痛了，他这时已是满脸红热，他的眼睛闪着锐光直射着我的。我知道那时我若再说不让他去干时，他一定跪下去央求了，他的意志力真是坚强得好像一座山，摇不动的！那时我只得说，'那么，朋友，我们再商量吧！'他听了我的话，就笑了，和我摇了几下手，立刻在室中大踏步的往来行走，好像我已经答应了他一样。"

"他真的磊落，真是爽快，真是可爱！"叔和用赞叹的声调说。

"哎，丁雄！"惠琪赞叹地呼了一声，丁雄就是那位青年的名字。

"前两天得到的消息，是那位先生大概在月梢才能回来，那样我们的计划倒无妨缓缓的施行。但昨天的空气就不同了，据探报的兄弟们说明晨五点钟就到了！叔和，你知道吗？听说那位先生带了五百个卫队回来！回来后，戒严令就下，大捕缉大屠杀是可想像得到的，我们的兄弟哪里挡得住这迅雷不及掩耳的非常手段！所以我想了这个先发制人的计策。"

"我亦想我们现在只有这样做，我们和他们都已势不两立，这是很显然的事实了！"叔和向着惠琪，"惠琪，你想是不是？"

"他怎么还不来呢！我很想重新仔细地看他一下子。"惠琪只管立在窗口，望着那在黑暗里渐远渐消的灰路。

"今天，我特地到桥边去细细审察了一会，那儿有一个很好的藏身的地方，恰好就在桥下，亦许铁轨炸坏时，人可以不受伤。"

"那个东西呢？"

"预备好了，一磅的，预备了二颗。"

"惠琪，来了没有呢？"

"还没有哟！真是奇怪了！"

"叔和，你还是把电灯扭熄吧！他就要来了。"

"来了怎的？"

"唉，我在想暗里谈话好些，叔和，我想不再看见他的面孔！"

"不，我想看他，满额涨着青筋，唉，今晚他一定很可爱。"惠琪回过头来嚷着，"叔和，你到这边来。"

叔和把电灯又拍的一声扭灭了，走到窗口。夜色更加深浓了！一只蝙蝠翩翩的斜冲到窗口，差不多打着惠琪的脸，才折了回去。

"叔和，我看丁雄真是一个社会主义式的英雄，他虽是粗暴，但做事却非常周密，慷慨，豪爽，诚恳而又勇敢……我今晚觉得非常爱他，不，宁说是钦敬他。"

"他真是一个最堪钦仰的同志。"

"叔和，你知道？他曾向我求爱，四次了，我都没有答应他。"

"唔！"

"四次都拒绝了他！现在我和你好了，他看了似乎完全不介意的样子。"

"他待我亦还是和从前一样的亲挚。"

"他待我亦一样。"

"唉，真是豪爽和慷慨！"

"唉，真是豪爽得可爱！他怎么还不来呢？"

这时，叔和看见在灰路上，有一个瘦长的影子渐渐的显现了，近前了。他们知道这是丁雄了，他们一齐立了起来，但随又坐静了。他们这时都有一种不安，这种不安，仿佛是不知道要呈现出怎样面容的来给我们的朋友看，他们听见了在楼梯上急促而沉重的脚步声了，接着，门开了，电灯啪的一声亮起来。一个瘦长的青年一只右手从电灯扭缓缓的放下，左手脱去了帽，堆着满脸的笑容现在他们的面前。

他的笑容还是和平日一样的温和和自然，他们忽然觉得从一种紧张的空气里释放出来。

他们让他坐。

他约莫廿三四岁的样子，面色很白皙，两道浓黑的眉微微上斜，眉头凑得很近。面部不大，额部却很广，看去好像一个三角形。眼睛亦和他的眉一样，眼角微微吊起，两颗黑色的瞳仁常是不住地滚动着。鼻部很低陷，看的人会疑到他是肺病患者。身材比平常人高些，却是很瘦。穿的是一套式样不入时的旧哗叽洋服，颈上松散地结着红色的领花，一样的污旧了。

"哈哈！你们等得讨厌了吗？我做完了许多事呢！"

他坐在床沿，很高兴的说。疏疏的黄髭随着他的嘴唇移动着。

"丁雄，我们都待得很……"惠琪想说一句表示亲热的意思的话，但她未曾说完时，丁雄就打断了她，转向维良问：

"那东西预备好了没有？"

"好了。"

"在哪里？"

"在楼下，一共是两颗。"

"好！"他握一握维良的手，"所以迟来，因为在做些闲事，哈哈！你们试猜猜做的是什么哟！我一共写了一封绝命书，一通遗嘱，还有一首诗。"说着，他又笑起来。

"怎样写？"叔和亦觉得有点滑稽。真的，丁雄的自然而不改常度的高兴的样子，已使他们忘却了紧张和严肃的境地了。

"绝命书是留给同志们的，说我分内的工作总算愧做完了，未完的工作，他们是不能推诿的。'干下去！在未成功以前，死而后已！'我这样写。遗嘱里是我遗留的东西分赠了诸位同志，你们将来拆开来看看就知道了。书籍是给惠琪的。"

"谢谢你！丁雄，不过，我倒没有想到你这番冒险是非死不可的，我倒相信你多半是好好地回来，只伤了一只手指。"惠琪说。她紧紧的望着丁雄，但丁雄并没有注意她的话，他翻过头去向维良说：

"老朋友，今晚应该多说一点话，你知道么，应该多说一点。"

"是哟，我就在出神地听你的话。朋友，我觉得非常快乐，并且很安心，你是这样的高兴。"

"不错，今晚上我很高兴！不过，惠琪，我在遗嘱里把我的东西都分配得干干净净，但我在后面附有一句话，就是，我若没有被炸死，或是没有让那班先生捉了去，那些东西都依旧得归还我。"

大家都笑了起来。他们和平常说笑话一般的笑着。

"哦，还没有把诗念出来给你们听呢！题目是《别矣，我的手杖》！太长，不能够通通背得出，但第一个Stanza是可以背的出的。你们听——

'呵，我的手杖哟，我的亲爱的老友！
你追随我五六年了，到处做我的良伴；
可是我们将从此永别了，就在今夜！
唉，我此后不能够再拿着你去打蓝公馆那条恶狗！'
哈哈，这一段倒不错，以下的记不得了!"

大家都纵声的笑起来了，惠琪笑后便很诧异的望着他。她的笑容迟迟的收敛了，成为一种呆滞的、诧异的表情。因为她这时发现丁雄的眼光比往常更加锐利，说话时很快的从眼头流到眼角，又从眼角流到眼头。放射出来的光，就好像一只饿狼见到一只肥羊时一样！额上的青筋亦格外暴露。全面部的表情是兴奋到极点，就是他那按着床沿的手，亦好像是有力地擒住了什么东西似的。

她呆呆地看了他一会儿，一种怜惜到近于酸楚的感觉侵袭到她的心上来了！这时她极愿意寻到一两句安慰的、鼓励的、怜爱的话来对他说，但是不知如何说好。她只管呆呆的看着他，又不敢现出一点忧愁的脸色，但她已于不知不觉中变成严肃了！

同时，当叔和看见惠琪这种表情时，同样的感觉便传到他身上了，他把笑痕收敛了。他觉得他的朋友可敬到极处，亦可爱到极处。他在丁雄身上发现了新的伟大处，他对他无形中增添了极深挚的同情与敬意。

但丁雄自己却并没有别种特异的感觉，他只是觉得高兴。他对他们的表情的变更亦没有注意到。

"很对不起，把你这样有价值的差事夺来了。"他笑着向维良说。维良这时亦凑成了一副沉毅和严肃的脸孔，那像牙刷一般的黑髭摆着坚决和有把握的神气。

"朋友，就是到此刻我还是愿意这事让我自己去干。"

"哪里话，这不成问题了，我午前一点钟就动身。"说着，他就站起来，"惠琪，什么时候了？"

"是四十分了！"

"哦，这样快！好朋友！我们再好好地谈二十分钟吧！"

他再坐到床沿，右脚盘在左脚上，用两手套住右脚的膝头，现出一种极安闲的姿势。他笑着，仰着头，嘴唇颤动着，好像要说什么话，但许久没有说出什么来。

这时大家都沉默着，他们觉得有许多话要说，但又觉得无话可说一样。他们都低了头，不愿意看别人的脸。现出沉思的样子，但他们脑里实在没有什么。

他们这样的静默了约莫十分钟的光景。

"要小心。"维良说。他的声音很暗滞而沉着。

"一切都知道了，请你们放心。"

"明早完事后就到这里来，一同出发去指挥他们，晚上更加紧要！"

"……"丁雄没有回答，他微笑着，望着维良。

"丁雄，完事后立刻就回来，我们在这里等你。"惠琪很欢喜她能说出这样的一句。她说时，用了全部的力量和热诚。她直视着丁雄的脸，盼望一个正面的回答。

"……"丁雄点了点头，没有说什么。

他们暂时沉默一会儿。

"现在我要去了，我的朋友，我们握一回手罢！"

丁雄从床沿站起来，挺直了身子，满脸笑纹。他先和维良握了一下，便走近叔和身边来。叔和伸出了手，他极愿意紧握一下子，但丁雄只略摇了两摇就松放了。最后他和惠琪握了一下。

"请了，朋友！"

他拿起他的夜帽，扭开了门，掉转头来点了一下。正想跨出去的时候——

"丁雄！"惠琪叫着。

"什么？"丁雄回转身来。

"丁雄，我要和你接吻一下。"

"来罢！"

丁雄张开了两臂，合拢来抱住了惠琪，惠琪两只手环攀了他的颈，他们很用力的吻了一下。

"朋友，我们亦来亲一下罢！"叔和走到丁雄的面前。

四，二十，一九二八，作

（原载《我们月刊》创刊号，1928年5月20日出版）

血之潜流

罗　澜

那一天，我在到日本公园的那条木桥上碰到朱同志了！

已是傍晚时分，我还是立在桥上留恋着野境。这天算是我自过着流浪生活以来最闲暇的一天。为了昨天在电影院前，一个假西洋的中国少年绅士向我买了一份报，丢下一个双角子，不拿找头就忙着进戏院去，这宗意外的收入供给了我一整天的闲暇。早上我买了一磅半面包，分盛在两个衣袋里，便来在这清净的郊外歇息一下。晚上我还得叫卖去，这时却正好留恋着荒漠的野境，并且几乎把数年前学生时代的浪漫襟怀和感伤情绪都挑拨起来了。

就在那个时候，我遇见了我所常悼念的朱同志，我老早就当他是死了的！

我正在出神地望着那快从一角红楼隐下去的夕阳，忽然，我觉得背后有人走近了，回头一看，呀，那正是他——朱同志。

我们立刻就认识，没有一点犹豫。但是他变得多么厉害哟！我很奇怪自己为什么能那样快就把他的名字喊出来？他的眼眶低陷了进去，颧骨显得怕人的高，眉好像亦低垂了！鼻尖瘦削得高了起来，嘴唇在不说话时亦像微微的颤动着。眼光凝滞而黯淡，充满了晦气。这自然使我惊异，但这惊异可不是意外的，我知道我自己并不比他好了多少。在这种年月，我们的兄弟饿死了算得什么呢？他的变换虽然是那样厉害，并且一别年余，但他一站在我的面前，我就知道他是朱同志。

我们悄然的握了一会手，并且各用眼睛打量着对方人的身上各部分。我相信，他心中这时是非常悲痛的，他没有说话。实在，在这当

181

儿，谁能说出一句什么有端绪的话呢？而且，当我低头看见他足上穿的大约还是旧时的那双黑色皮鞋的时候，我差不多想大声的哭出来。这鞋在一年余前是新的，现在却破得没有老样了！它跟着它的主人，入狱出狱，逃亡奔走，到现在亦还在一起，像是有意识的生物呢！我按住了心头一时的悲感，但无意间，我被一个观念所捉住了，我几乎叫了出来，"呀，朱同志，你莫非在当叫花子了么？"这个观念使我浑身战栗起来！大概他是一个叫化子了，他除了这一身破衣服之外，便没有别的什么东西了！但不，他还穿着蓝土布长衫，穿长衫的人是不能当叫花子的，这样，我跳突着的心才略为安静了点。

但我们有什么可说呢？各种情形不是都心会了么？还不是出狱，逃亡，饥饿这几出么？大家不都正是一样么？他所遭逢的，不是在自己的遭逢里可以推想得到么？那末，说到眼前的事情么？那可更不必了，我们的枯黄的脸和瘦削的肩膀不是把一切都说得清清楚楚了么？并且我们谁都不愿意提起这个。

夕阳已快沉下去了，远处的暮烟渐渐的浓厚了起来，桥下的水无声地流过。我悄然的看了他一下，他正在失神一般的，看着天空里几点暮鸦。

这沉默使我更加怆然。忽然，我的手触着袋里残余的半磅多面包。

"要不要吃一点这个？"我把整个的半磅递给他。

"呵，不用不用，我不用。"

"还客气么？你看，我这里还有，大家都用一点。"

"那么，谢谢。"他把面包接过去了。

呀，天哟！我看着便心痛了！我的朋友，他吃得多么凶狠哟！他张大了口，把面包整大块的塞进去，颚骨张合得格格地作响，并且一转眼就下咽了；随手又塞进了另一大块。我看见他吃得眼泪都流出来了。可怜的朋友，照这种样子看起来，他大概是有两三天不尝吃东西了！我把自己的小部分亦递给他，立刻又完了。

我从他阴滞的脸上看见笑容了。对于挨饿的人，即使是一点粗劣的食物，效力是怎样的易见呵！我那可怜的朋友这时竟有了笑意和攀谈的表示。他抬起头来看了我一下。

"你现在干的是什么呢？"

"卖报，到这里一星期后，先赖两件冬衣度过了一礼拜，然后无可如何就择中这个简单的职业了，到现在已有两月。"

"就想长是这样的干下去么？"

"不，时刻想再到F地去，快快的再干一下。"

"对啦，我相信我不久就要徒步到F地去，有人说，王见明在那里呢！"

"王见明！"

我吓了一跳。在这一瞬间，我又立刻飞想起一大串往事：王见明是他的恋人，是一个磊落活泼的女子。两年前，他们真合得来，办事在一块儿办，奔走亦一块儿，出生入死，从未离开过。这是我们记忆中最奇特的一对恋人，他们把恋爱和革命调和得那样完美。但据我所知，王见明已经不在人世了！

"王见明在那里，你是不是这样说？"我想他难道竟不知道王见明老早就死了？她和其余的许多同志，通通在H地入狱，第二天就在狱外的旷场枪毙了。这是千真万确的事，我当时亦是入狱的一个，虽然我们是被分押在不同的矮房子，但凌晨的枪声，剥剥哔哔地数十响，不是打他们的是谁？我想他大概是还不知道，那么还一时的告诉他好。

"是的，友人说她还在那里，把名字易了，正干着呢！"

"但是，老韩，"他忽然向我走近了两步，"不过亦有人说她在T地渡江时溺毙了，尸体都无踪迹。你尝听见些什么么？"

"在T地渡江，这不是很近的事情么？"我觉得很奇怪，难道这以前他还见过她么？"老朱，我问你，渡江以前，你还见过她么？"

"怎么不见呢？我们的经过，你亦许有的还不知道。"

"老实说，我以为见明已在H地的狱场枪毙了呢！"

"不，在H地入狱时，我亦是里面的一个。在狱门前我和她都曾彼此招呼了一下，我们都知道死期就迫在眉睫了，但并不哀伤，反而彼此都笑了起来。后来分押在另室里就没机会再见了。第二天早晨，我听见狱场接续地打了几十响，我亦以为她是完了。出狱后我试着寻她的踪迹，大家都说没有希望了，我那时亦就硬着心跟X军打去。后来在N地意外的碰着了，她那时正做着宣传员的工作。大家抱着痛哭一场，追述过去的遭遇，又悲又喜。她说当她听见狱场上早晨的枪声，她亦以为我一定死了。后来又不尝听到我半点消息——"

他说着，带着一种感慨的声调。有时凝视着远方，仿佛在看着一种不可见的东西似的。我知道王见明这番究竟没有死，心中觉得非常快慰。因为像王见明这样的同志，我们是谁都不忍听见她死的消息的。

"那么你们后来又怎样的分手呢？"

"在那里碰着后，我们都加倍地努力工作着。X军从N地出发时，我们都背起枪来了，编排在不同的队伍里。你自然知道X军以后一切的经过。我们从T城南下时就因子弹不足打了一个最后的败仗！我身上伤了两处，被抬进红十字医院，伤的不中要害，并且还轻，两月后就出院了。听见人家说敌军怎样的处置女俘虏，怎样将她们割乳……以及裸陈着任人参观践踏的事；据说女俘虏捉住的一共有十七个，那末见明若不是阵亡，亦一定在这十七个里面了！

"去年八月，我才又在海口的H县遇见她。在那里，我们还很坚固地维持着一部分的军队，所以散落在各处的同志，都渐渐的在那里集中了。遇见后又是一场大哭和欢呼。她说有几次同志说亲眼看见我在冲锋时倒毙了，她亦相信是那样。她自己却被送进我所住的同一的那红十字会医院，她一直到四个月后才勉强的出来。她说自从确信我的死耗后，她并不悲哀和颓废，只是拼命的工作着，从工作中得到安慰，多少可以抵拒我死后的悲感！

"我们在H县住了三个月，整日整夜的忙碌着，但我们一点亦不埋怨什么；疲倦和饥饿都不把来当成一回事，大家正同心一气预备着。到一月初，我负了一件特别使命到K市去，就在那时和见明作最后的分手。分手后几天，她亦跟着军队向东移动去了。K市一役之后，我辗转流徙，现在亦正是在流徙之中。在一月前的这个消息，就是见明在渡江那一役丧失了，我不能说这个消息完全不足靠，但一个更大的信念终盘踞在我心头：我总以为她还活着，并且在F地，正干着呢！"

他黯淡的眼光这时灵活起来。我这时才又在我的朋友的脸上看见他往日沉毅果决的表情。他向着我，做出兴奋的样子：

"我要去找她，就徒步去，她在那里正干着呢！"

他们的离奇惊险的遭遇把我非常感动了。我一方面在玩味这带着传奇色彩的故事，一方面，我正在怜悯我的朋友。真的，他的样子简直使人只好怜悯，不怕是侮辱了他。他站在那里，简直像一个稻草人，风吹得倒似的，怎么能够徒步从这里跑到F地去呢？

"我一定去找她！我们现在还能够耐着不干下去么？见明在那儿，我们正该到那儿去合作。你刚才不是说亦想到F地去么？"

"是的，我想去。但你就相信见明一定还活着在那里么？"

"怎么不相信呢？她在那里就更好，不在，难道我们就不干了吗？她若真的死了，你看看，我是不是十倍百倍的努力干下去？"

对了，她在就更好，她不在就不可以干吗？我的朋友还是和旧时一样的英勇果决。饥饿还不尝把他破坏。况且，见明是活着的我们谁都愿意这样的相信。看看我的朋友的样子就更加相信了。

"不错，我们到F地去。一块儿去。"

我们都不知不觉地微笑起来了。我们都厌倦流浪无聊的生活，这时重新拾起了一个目标，我们是觉得非常的高兴了。但，但是，我们非常的饿了！

我的朋友虽然因为奋兴了的缘故，暂时忘却他的肚皮，但这时我看出他是更加饿了。他倚着桥栏，浑身颤动着，两只眼睛，像饿狼似的，但我的衣袋是空了。饿得过度的人，若只得到一点儿食物，结果是片刻之后，只有更加饿的。他浑身颤动得不能掩饰了，若不是倚着桥栏，生怕他就会倒下去的。

但一会儿他忽而挺直了身子，我知道他胸中正燃着无名火呢。他饿得愤恨起来了。

那晚上，我就请朱同志到我的寓所来住，他非常感激的答应了。那是怎样的一个寓所哟，但无论如何，我想总比起他的破茶寮——他在路上告诉我说他新近几天就栖止在一间无人过问的破茶寮，两三天就把最后的一个铜板吃尽了。他老老实实的告诉我，他正饿着呢——好些罢。虽然是这样简陋狭隘的小亭子间里，却把我典当一件冬衣的全数拿了去。朱同志走进了这样的房子，他总是欢喜的了，因为我给他泡了一壶开水后，随着又买了几块烧饼请他吃。

这晚上，我亦便不卖报去。我们商量着：以后的生活怎样维持下去，和怎样可以积得一点钱到F地去的话。在这人地两疏的大都会里，我们两个流亡的穷小子，自自然然的相依为命了。

"我想你可以当小贩子，卖一点糖果之类，在附近的村落里，村里生意也许不错；不然就大家都卖报。"

"卖糖果很好，因为在村落里叫卖比在闹市里觉得易尝试一点，但哪里来本钱呢？"

"是的，哪里来本钱呢？"

我们都被这个问题困住了。我全部的财产只有一百五十多铜板，明天贩报就用得着，在哪里找到另一个这样的数目呢？但后来亦就解决了。我还有一件长衣，虽然污旧了，但出价低一点，料想当店亦是要的。不然，就等我先卖了几天报，看赚了多少钱再说。

结果是决定当了那件长衫。我从一只旧皮箱里拿出了那件长衫，用报纸包好了。上当店我是做惯了的，但这是最后的一件了。有东西可以典质时还不算穷 …… 但，但当这件长衫新裁好时，那是我正在湖堤上试骑一只花白驹呢，一点亦没有想到它要来在这里进当店。可是，这有什么可感伤的呢？我们的生命，不是常被幽囚在牢狱里？自然我们的东西得常进当店了。我把那件长衫递上了高高的当柜，一个胖子把它翻了几翻，他眼亦不抬，傲慢地把长衫抹在一旁：

"多少钱？"

"一块！"我大着胆子说。

他什么亦不讲，便把长衣包起来了，用手向外一拨。眼睛依旧不看我。

"那么就当八角罢。"我小心地把包裹再向里一移。

不，他并不曾听见我的话，他亦照旧没有看见我。我在他面前不是一个人，不是一只生物，只是一个鬼魂。

"四角怎样？"我实在不能拿着原物回去，而别家当典多是一样。向这样的胖子面前忍辱算什么？心里不把他当人就算了！

这时才蒙他看了我一眼。他把长衫抹在一旁，柜头的人写了一张纸据，合并了四只小洋抹给我。

我不尝把这个侮辱告诉朱同志。我们现在正应该高高兴兴的照着所定的计划做去。我们不曾忘记自家是在流亡的苦难里。

朱同志明天就要去考察怎样才成为一个小贩，一个小叫卖。他应得去看看小叫卖们是拿着什么东西和怎样贩卖的方法。我明天便依旧卖报去，在电车站上，在街角，在戏院旁，在公园的门口。并且，我们现在得整天的叫卖，不准再有怠惰一些儿。实实在在，我们这样做，能够维持生活与否，还成为问题呢？

而且朱同志又是饿得那样瘦，简直瘦坏了。他以前每天只花了十几个铜元。几颗馒头和几根油煎粿就把一天挨过去了，这样那得不瘦成一个稻草人呢？但我们以后能过得更好一点么？我每天只能吃一磅面包和一个铜元的开水。现在每日得卖两磅和两个铜元了。这样的挨下去不是得饿出病来以至于饿死么？但是不要紧，我们相依为命，奋斗着，要饿死亦没有这样容易罢！现在是安心地睡他一宵，明天一早就卖去——我和朱同志这样说。

说话之间，我觉得朱同志又是坐立不安的样子！他又是饿着，他腹里又有饥火在把他煎熬着了。他的身子又在颤动着，我知道，他至少还需要那一磅两磅面包。但我们这时确已没有余钱可以再买些什么东西了。可怜的朋友，他极力装做若无其事的样子，但他的身子总不可掩饰地颤动着，我哪里看不出呢？而且越久越颤得厉害。他的脸色完全苍白了，眼睛却闪动着凶狠的青光。真想不出他在吃了半磅面包和几块烧饼之后还是那样饿得紧呢！他的样子简直比他来吃东西以前还要令人看了难过。

"朋友，我们明天卖了许多份报，我们一定要大吃一顿，你赞成么？"

"不错，我们要大吃一顿！"

他勉强地笑着应和了我一声。他的笑，使人看了更其觉到他是很无可奈何的饿着。

我们是席地而卧的；不单是因为没有床，就有床这间狭小的房子亦安放不下。睡在地板上亦没有什么不舒服，但可怕的是常在身上随处摸着一个一个的大臭虫。

半夜，我醒来，朱同志还转侧着。

"你老是睡不着么？"我问他。

"老是睡不着。"

他的声音是多么微弱而无气力哟！还带着嘶喘。我心里惝着：只要天快的光就好了，他该不会在天未明前就饿出病来？明天他一定可以多吃点。

朱同志用抽屉盛了油饼，苏州橄榄，各式各样的糖果和贱价的饼干，脱去了长衫，把抽屉高高的捧在肩上，非常高兴的出门的时候，我亦不禁在偷笑了。他完全不像个小叫卖的样子；而且用的是抽屉，但哪有什么法子呢？我们本来就不是操这种行业的。这时更不想到一个木盘和一只木架子。但朱同志在傍晚时分回来时，抽屉里的东西却都变成铜元了。这使我们非常高兴。

我的报纸亦卖得不坏，特别是那些小报卖得快。坐在电车上和黄包车上的客人都喜欢看。早上我在电车站卖，下午在戏院门口，四点后在公园边。这些都是从推想和经验得来的。

好了，我们除了中饭随便在外面喝茶送烧饼外，晚上我带了二磅面包来。二磅大概不会不够吧，照我自己的食量。但当我第一天看见朱同志那样狼吞虎咽的样子，以后的几天，我就总是买三磅了。实在说起来，一人一磅，还要分成晚餐和早餐两顿，这怎么够呢？不过我熬得住，没有朱同志那样饿的紧罢了！

晚上回来，把面包小心地放在桌上；才坐下来想吃，耳边的骨都有点酸了，口水一阵阵的涌出来。这样把面包整块的分裂着，塞进口里，便颚骨格格地一口一口的下去了。只珍重地把开水呷了几口，像沙丁鱼牛油一类的东西是从不曾想到的。我终于忘不掉朱同志在吃着面包的神情。他不知怎的吞得那么快，一刹那就吞完了半磅。我老是让他再吃一个半磅。但他虽然吃得比我多，为什么他还是那样瘦呢？他除了眼光灵活了一点之外，和我在桥上初次遇见他的样子没有差异。

一次我在外面回来，推开门，他已先回来在里面了。他倒在地板上，两手撇在两旁，面色苍白得像死人一样。我吓了一跳，连忙走去摸他的鼻端，却是咻咻的喘息着，我这才知道他并没有死。他已瘦成那个样子，只要他装着不动，什么人都相信那是一个死尸。

可是，一天三磅，每人磅半，谁能希望吃得肥呢？不，谁能希望支持得住呢？但是，像这样的吃下去，已经是不能有什么积蓄了。本来，像我们这种生活法，是再简单没有的了。每天除了几块烧饼和三磅面包之外，其余的就是两个铜元的开水和四个铜元的洋烛；而后者还常常是省起的。我们亦再寻不出什么更简朴的法子。自己烧起饭来不知可能更省费一点，但第一我们就没有烧饭的家伙以及盘碗之类。总之，一天三磅是丝毫不能再减的，难道我们得当真的饿毙么？

像这样的计算清楚，真使我们难过。每天的盈余积集起来，顶多亦只能够付清房租。那末别的不说，每天这样下去，不用说朱同志站不住，我自己恐怕亦要饿倒了。

但是，我们坚决的执行着：每天三磅，一点亦不添加。意思是想把胃口屈服了！我们的胃口偏又都是那样好，才吃下去便都消化了。富人们按时服胃药和清导丸之类，我们若有什么药可以使胃口坏一点便好了。

朱同志天天捧着空的抽屉回来，我亦卖得比先时多。虽然连饱吃一顿都不尝有过，但事情做得这样顺手亦就使我们快慰一点。我们一方面维持着这种半死不活的生活，一方面打探着F地同志们的消息，我们不尝忘记到那边去的念头。

但是不幸的事情发生了。一天我从外面回来，推开门，朱同志正抱着头睡着呢。我又吓了一跳，以为他是病了。

"朱同志，怎样啦？"

他不说什么，用手指着桌上空着的坏的抽屉。东西又卖完了，抽屉怎么破了呢？朱同志的脸色苍白得很，但细看就知道他是气得青白了！

"印度巡捕的木棒先在我肩上打了一下，再一下就把抽屉打翻了！"

"呵，那么东西呢？你没有拾起来？"

"拾什么呢？缓躲开就又是一下木棒，再不跑就要给带进巡捕房了！他妈的！"

"呵，现在也不要紧，起来吃面包了！"

他气得全脸都青白了！我劝慰他。这班人，亦在我们革命的对象之中，我们不是老早就有了最后的胜利的信念么？那么，气愤是没有用的。一切的侮辱只在我们心炉加添一些火星罢了。

我们还有另一个抽屉，本钱虽不多，亦还可以开始；但朱同志不再做小叫卖了，他亦想做报纸贩。这还好，赚的铜元正不相上下。

这晚上，我们燃起了洋烛。在摇曳的黄光里，朱同志的脸色是更其难看了。我们悄然的对坐着；不知怎的，凄凉的悲感侵进我们的心头了。自流亡以来，我是很少有过哀感的，我只知道艰险不算一回事，惟有积极不断的奋斗才是我们革命应有的态度，我们心中是没悲哀的情绪的地位的。但这晚上我竟让悲哀战胜了。我们出死入生，历尽艰苦，难道结果只是饿毙么？不！一千个不！我们工作的效果是永远存在的，虽然不一定是发生在自己的身上，而我们奋斗的目标亦是为着大多数的人类并不只是为着自己。但是，我们可看着就得饿坏了。朱同志的只剩着骨架的身体……我心目中茫无涯际地泛着这些杂感，忽然，朱同志抬起头来凄楚地看了一眼：

"你多瘦哟！"

我多么瘦！是的，我自然亦很瘦；但他竟说我瘦来了！朱同志，你还没有细认一认你自己呢！你自己已快要不成人形了！你的鼻端多么峭！你的嘴和额都向外凸出来了！

这时，他恰好把膝头屈了起来，呀，那没有肉的骨头正像中国的画石一样！这样的腿还可以跑么？从前的湖堤驰着怒马的就是这样的腿么？从前一天跑了一百多里路途的就是这样的腿么……

忽然另一个观念浮现在我脑里。我立刻呆定了！唉，唉，我们的房间再过十一二天就满期了，续租一月是四元。四元！四元！哪里来这四元呢？！

"朱同志，我们的房子快满期了，你知道么？"

"快满期了？还有多少天呢？"实在他亦被这突然的问题吓住了！

"大概还有十一天，但我们在这十一二天内哪里来四元钱呢？"

我们既然不能到朱同志的破茶寮去住，那么，就这大都市里，怕再没有比这间亭子间更简陋更便宜了。但哪里来那四元呢？已是五月中旬，天气热得夜里还凉。但试预想着，这红毡即使碰到好运气亦只能当得两元钱，那末还有其余两元呢？在这里我们休想找到一个朋友，尤其是可以借钱的朋友；在他们眼中，我们都是不足齿数的生物了！那末现在顶显明和可以试做的只有两个法子了。头一个是我们不分昼夜，竭力多卖几份报。二一个呢？唉！二一个，我们只好节食！

我们本来是每天三磅，外加烧饼，但若节减些，那就每天只能一总两磅了！想到这个，谁有勇气提出来呢！

"老朱，你可有什么法子没？"

"有什么法子，要呢，只好回到茶寮去住。"

"那不行，譬如什么地方有了盗案出现，我们就得入狱了。"

"那怎么办呢？"

"怎么办，唉，老朱，我想我们只好多卖几份报，少吃一点！"

我终于振起勇气把我的意见提出来了！说出来后，我紧紧的迫视着他的脸。

"少吃一点！是的，少吃一点！"

从他的语声中，我知道他是如何的惊痛，他惨然的笑着，重复了一句。呵！但是我没有料想到他竟会滴下几颗泪来！

"不要紧的，一磅亦就很够！"在他的声音中，我亦听出眼泪来了！他这样的说着，倒是想来安慰我的。呵，我的可怜的朋友，他为什么老是那样的颤动着呢？

我再把面包递给他，但他没有吃。

从第二天起，我们就实行每天两磅了！早上便把面包买了来，留着一半做晚餐，其余的便分带着，向报馆贩报去。像这样，在我一方面，早餐完全省去了；只在临出门时，我老是痛喝好几杯开水，那完整的半磅，实在不能在午餐以前就吃得去。

我竭力的喊卖，到每一个上流人的跟前去兜生意，每每被我的殷勤使他们多买一两份。

我走动着，只觉得全身空虚，轻飘飘的，有时若不倚着东西，就怕会向前扑下去。遇到这样的情形时，我就倚着电杆，暂时不动，等好了一点才走。这种感觉起先只是在近午时才有，到后来就时时有了，甚至于倚着电杆，亦觉得好像身在半空似的，四下的土地都在移动颠簸着，我只想在随便的什么地方倒下去躺一躺。我的眼皮老是抬不起，就像上面有着千斤的重压似的。

在像这样的发晕未来以前，我的肚肠是如何的绞着哟！腰部酸痛得令人不敢挺直身子。心房怦怦的跳动着。左手自自然然的时常去摸着袋里的半磅，口水一阵阵的涌出来又吞咽下去。这样的痛了许久，后来就手足都酸软无力，再后来就觉得浑身轻飘飘了！在这种轻飘飘的感觉中，我觉得比肚肠在绞痛时好过。

只是，朱同志怎么样呢！唉，他越来越不行了。他跑路的样子就使人知道他是快要倒毙在道旁的人了！他为什么那样呢？他仿佛完全不能自主；有时他忽而很快的跑了几步，好像是风吹去似的；有时却停滞着，正像无力提起他的腿一样。

他老是神色张皇。无论跑路，无论伸手拿东西，他总是急急促促、手足无措的样子。他的神经是饿得错乱了。

那天，我在戏院门口碰着他了。他可并不尝看见我，他正一心一意在叫卖呢！但是，可怜，这时还是上午，他为什么到戏院前来卖呢？他不知道这时应得在电车站或十字街角上么？好一会儿，没有人来买一份。忽然我听见他在叫喊了：

"申报，新闻报……"

唉！唉！他叫得多么可怜！他虽然张开大口，但他的声音是那样的微弱而羞涩，更带着嘶破的尾音。他往日在千万群众之前，大声疾呼，痛快淋漓地演说的吼音是何等壮健，何等洪亮。他往日的声音是不是很感动人而带着威慑的意味？现在竟连几个字都喊不出来了。

我看他喊了几句，向四面望了一下，便拔开步走了。我想招呼他一道在电车站上卖，便赶上了他。怪可怜，他只卖了两份大报，而我可卖了十几份了。

我们一同走到一个筑在街心的月台上。不知怎的，我这时又觉得饿了，肚肠又在绞痛了，而且痛得紧。自自然然的，我又伸手去摸着袋里的半磅了。一会儿，我觉得快站不住了，便气愤愤的起了一个念头："管得许多，吃完了再说。"这样一想，便把面包从袋里掏出来了：

"老朱，你不饿么？"

"不，还可以。"

"我觉得非常饿，我想把面包先吃了，你不吃么？"

"不，我等一会吃。"

"不，我知道你亦在饿着，一道吃罢！把各人的半磅吃光了，回头我们再买一磅去。"

"不，你吃好了，我还不饿。"

他还不饿，那我就只好不客气的一个人吃了。面包还没有拍开，口水就先涌出来预备等面包一进口就把它送进去。但是朱同志难道真的不饿么？我疑心他在咽口水呢！他的神情是那样的慌张，像是魂不附体的样子。为什么当我在嚼面包的当儿，他竟至于忘记兜售报纸呢，他好像在出神地听我格的一声吞咽的声音呢！不，他在饿着，饿着，很凶的饿着！但他为什么不把那半磅吃了呢？

呵，呵，我发觉了，他的衣袋一点亦不隆起。他敢是把那半磅先我而尽了么？不错，他一定是把他的份下先自吃尽了，不好意思对我说出。对啦，他袋里一定没有面包！但是他正饿得紧呢！

我把我吃残的小块给他么？不行，我还是再买一磅去，再给他半磅，他就不得不吃了。我告诉他在那里等我一下。

完全没有错，他那半磅是先吃光了。我拿给他新买的半磅时，他接过手就吃了。他把面包劈成两半，先把手里的碎屑向张开着的口一拍，随后就一口一口大塞的咬着，老是那样快，那样凶狠。差不多一进口就吞下去，连咀嚼的余裕都没有，他的口水一定是流得很多才能吞得那样快。我已吃过半磅，本来是很可以了。一看见他那种样子，便又觉得饿。

朱同志的张皇失措的神情好一点了，我的肚肠亦不再绞痛了，我们便各自分开的再卖报去；因为在一起喊卖起来觉得有点不便。当我看见他伶仃的背影在人群中出没时，我心中又觉得一阵难过！

但是，不要紧，只有十天。难道我们竟连十天亦站不住了么，虽然我们已是这般枯瘦，十天以后，我们不就又可以一天三磅，外加烧饼了么？

晚上回来，我们都呈现笑脸，并且说些带一点滑稽意味的话。无疑的，我们是想互相慰藉。不过我们的笑脸为什么是那样的不自然，为什么都隐着悲惨的阴影？只能使对方人看了就笑得更加难看。从朱同志的难看的笑脸中，我就知道自己的亦一样。不错，我们一点亦不想笑，我们脸上的笑纹是用力勉强拉扯而成的；并且，我们的笑是在日里就老早预备着的。但是，无论如何，我们这样的笑了，总比阴惨惨地垂头丧气的相对着好些。至少，我们亦借此知道对方还不曾丧失了勇气，还有力量来鼓励别人！而且，这个意思我们亦都会心，我是觉得一点安慰和满足，倒真的有些微微的笑意来在颊上了！

"我们真的可以站得住十天么？"

"怎么不能呢？二十天亦可以，三磅两磅，差不得多少哟！"朱同志这样慷慨地答了。但我心中却不免在暗笑。他真饿得很可以了，今天不是偷半磅在距离午饭的时间还很远时就先吃了么？还在说硬话喔！要是有一天把两磅缩成一磅时，那时亦还有勇气说两磅一磅差不得多少么？但，但愿这样的日子不要来。

照经验，我知道朱同志在吃完晚上这半磅约莫一点钟后，他又要浑身的颤动了！今晚上，他坐了一刻，便倒下去，拉了一角红毡盖在肚皮上。他想睡了么！我就不信他合得上眼。他还没有经过像疟疾发作一样的一场大抖颤呢！但是奇怪，他竟好像安然的睡着！而，那可怜的颤动，竟侵到我的身上了！

我连忙呷了两三杯开水。吃得太饱了，开水可以使肠胃减少闷塞；但空的肚子，开始不过是一些油，浇到火上罢了。唉，只要再有半磅，半磅就够了！我可以背着朱同志去买半磅么？我买了回来推他醒来一道吃。我这样打算着，肚里就更加绞得痛了，两手亦颤得更加厉害。为什么今晚是饿得这样难受呢？这是前此不曾有过的。煎熬了一会，我实在忍不下去了，我决定出去买半磅。

将半磅面包拿在手里，心中是如何的狂喜哟！我心中只有一个单纯的念头：面包哟！面包哟！我要把你吞下肚里去了！

推门进来，朱同志正在喝开水。原来他并没有睡，他一定喝了好几杯水！我不禁又在暗笑。

"老朱，你看，这是什么？"

我把面包抛在桌上，我们都会意地微笑起来，一声不响的吃着。

一个礼拜不觉过去了！我们都还能跑，还能叫卖，还能在晚上说几句半滑稽半牢骚的话。看朱同志，还是差不多一个样子，大概是已经瘦到不能再瘦了！

那几天真热呢！下过了一天大雨，天气就骤然的蒸郁起来。住在我们这样的小房子里，又低又狭又不通气，正和闭在棺材里差不多。虽然我们白天用红毡子遮住了西向的窗口，但还是闷得令人头脑发昏。在房子里，简直流汗亦流不出，直到跑出晒台上了，才满脸满身都是。

　　还好，我们住在房子里的时间究竟不多。白天大半在外卖报，晚上却又凉快一点了。并且热一点亦好，我们的红毡子可以进当店了。

　　但是，可怕的事情终于到头了！

　　一天晚上，朱同志忽然头晕起来了。平日拿起就吞下的半磅这时亦吃不下了。我用手去按他的脉搏，跳得很紧，额上的热度亦非常高。但我一时并不慌乱，这种常识我们是懂得的。只是一时感冒，明天吃一点爱司匹林，发一发汗亦就会好的。

　　这天晚上，朱同志老是呻吟着，说是头非常沉重，又好像一胀一胀的很难过；但在半夜里亦想不出什么法子，只好教他多喝几杯热水，希望出一点汗，人就可松快一点。到明天就不要紧了。像爱司匹林、如意油之类亦还勉强可以买得起，而且不买又怎样呢？

　　“我恐怕要长此病倒了！”朱同志用微弱的声音向我说。

　　“不，哪里会呢，明天就好了。”

　　“你不知我身上有多么难过，恐怕一时不容易罢。”

　　“不要紧，你安心好了，我们现在怎么可以让病魔把我们屈服呢？”

　　“对啦，我不能像这样的就病倒下去，我们就要到F地去呢！”

　　“对啦，你明天就好了，现在睡罢。”

　　实在我本来心中已不很闲暇，被朱同志这样一说就有点慌！要是这样的病倒了，那怎么办，怎么办，怎么办呢？

　　但同时我极力宽慰着自己：他不会就此死了的，他还要同王见明再会着，彼此再痛哭一场。他至少还得再干十年的革命工作。像这样的人哪里会便死呢？

　　第二天早晨，我一早就醒来了，朱同志却正好好的睡着。我心中好过得多了，很小心的用手去摸他的额，热度是很低了，和平常人差不到多少。这一摸却把他摸醒来了。他定了一会神，就坐起半身来，神志非常清楚。我问他怎样了，他说头不痛了，就是还有点不自在，非常疲乏。

"你今天不用去卖报了。午上我回来看你怎样，用不用吃点药。"

他点点头。他的样子实在太可怜了！就是一个陌生人看见了亦要心中不好过。本来已是那般瘦，一宵的热气更把他那表示着他还是一个活人的晦滞的眼睛黯淡下去了。他的嘴唇已经是一点儿血色亦没有了。他不会突然的死去么？当我把足跨出门限时，我这样一想就把足缩回来了。实在的，我是多么忍心，多么枭情绝义，把一个病体这样憔悴的朋友独自抛在没人照顾的空房子里！但我有什么法子呢，我只得去卖报。要是我有钱时，我还不晓得把他送进大医院里的头等房间么？可怜的朱同志，我就这样的对不住他了！

我夹了报纸在街道上走着，心中异常凄苦，亦不晓得叫卖了。我实在十二分担心着朱同志，他那样衰弱不堪的身体经得起病么？但一想起他早上的神志和平日一样的清楚，热度又很低，我又觉得放心了。疲倦没有什么要紧，他可以几天不卖报，我们的钱又差不多够了。

我走着，心中弥漫了哀思。又想跑回去和他作伴，并且买了一瓶爱司匹林去让他先服。买药的钱还用踌躇么？房东的钱可以先缴三元或一半！回去！买一点好的东西给他吃，我们有许久不知肉味了！买一罐沙丁鱼和一磅上等的面包！这样一来，亦许他的精神振作了一点，病亦就好了！

这样兴奋地打算着，我不觉又跑到我常在那里叫卖的月台了。回去，应该回去！沙丁鱼和上等白面包。但是今天贩来的报都没有卖出去，不是平空亏了许多本么？这又未免太可惜了，我又才决定竭力卖多几份后再回去。

"申报，新闻报……"

电车来了，正是我叫卖的时候，我正大声的叫着——呀！那翩然从电车上跳下来的不是方同志么？

"方——！方——！"

不错，那正是他。他立刻回过头来对我愕视了一下，便走来和我握手。他的眼光一直从我的头发溜到脚跟上去，仿佛是要细证明我就是他的老同事呢。他戴着草帽，穿白布长衫。脸色比先时黯淡一点，不过，一看就知道他还很好呢！

亦和我遇着朱同志时一样，我们都不知道应该说怎样的一句话，而且那月台亦不是我们可以细谈的地方。

"到我的寓所去吧！"

我这样一邀，他就答应了。我们都时不时互相对视，从对视中，便会意了许多事情了。

"怎么就沦落到这样了！你知你瘦得多么难看哟？还亏我认你得出！"

"在我一方面，觉得能够这样的支持着已经是很足以自豪了！这里一个熟人亦没有。"

"已经多久了？"他指着我手里挟着的报纸。

"两个多月了，不这样做就只好饿死！"

"唉，其实我们并不敢希望你还活着，我们老早当你是死了的，在H地。"

这时我们已经走到一条颇僻静的小巷了，因为谈话起了很动情的情绪，脚步便故意的放缓了。

"你说你们，你同什么人呢？在什么地方？"

"就是我们。你大概还不知道，我们都聚集在F地。"

"在F地！"我几乎大声的嚷起来，"你们真的在F地？我亦听到一点呢！"

"正干着呢！"

"哦，我们——我和朱——正常常在谈及，不久就预备到那里去的！"

"什么？什么朱——？朱——还活着么？你见过他么？"

方同志的惊异正是非同小可！他立住了，惊异地望着我。

"还活着，正和我住一块儿，你等一会就可以看见他了！"

"报纸上亦有过他的名字，唉，当我们看见他的名字时，我们是多么伤心哟！他还活着，唉！唉！"

方同志有点喜不自禁的样子了。我把我怎样遇见朱同志的话告诉他，一直说到朱同志昨晚的热病。

"你说我瘦得难看，朱同志才会教你吃惊呢！——呵，我忘记问你一句话，你说你们都在那里，那么王见明怎么样了？在一道么？"

"王见明？你还不知道么？真可惨呢！在渡江那一役丧失了！"

"呵，死了么？的确？"

"的确！"

我心里往下一沉，眼里差不多涌出泪来了！王见明死了！真的死了么？唉！唉！可怜的女同志，可怜的朱君！

"你听了自然伤心，我们哪一个听了不伤心呢？我们丧失了一条有力的手臂！"

方同志大概亦不尽知道她和朱同志的遭遇。我照朱同志那晚上告诉我的话通说给方同志听了。大家便不知不觉的都在拭泪。

"他不知从哪里听见王见明尚在F地的消息，他现在正天天在盼望有可以到F地去的机会。他确信王见明还活着。渡江一役的消息他亦知道，但他不相信。他到F地去的心念非常之热切。"

"你说他现在病着，那我们恐怕未便将王见明死了的话告诉他，要是他问起时。"

"他一定要问起的，还是不要告诉他好。"

方同志只是嗟叹着。后来他说他发现我们两个都还活着，非常欢慰。说他来这里只有三数天，事情一完结，就要回F地去。那时自然带我们一道去。我听见真高兴得了不得。

"那么我们对朱同志就说是只要等他的病一好时，我们就可以到F地去了。"

"很好，这样他或者就好起来了。"

我们走进一间食物店，买了两磅白面包，一罐沙丁鱼，一匣牛油，方同志拿十块的钞票出来找。便一直向我的寓所走来。

推开门，一间零乱简陋的房子就现在我们眼前，朱同志应该一点亦不觉得惊异的。使我们顶快慰的是当我们推开门时，朱同志正坐在地板上，手里拿着一个杯。

"老朱，这是方同志！"

"呵！呵！方同志！方同志！你原来在这里！真奇怪哟！"朱同志欢喜得跳起来，连忙上前握着方同志的手。

"我是前几天才到这里来的，从F地来！"

"呵，是从F地来的，那么王——不，那么你们都好么？你们正干着是不是？"

"都好，正干着！"

"方同志，我问你，王见明亦好，亦一道干着？"

"一道！一块儿做事！"

朱同志这时简直跳起来了！他仰望着天花板，望着窗外的天空，长长的呼吸着。他满脸发光，看去不像平时那样瘦。他简直没法子收拾那脸上的笑纹。真的，我自遇见他后，不曾看见他这一次一样的笑着。

"那么我立刻就动身到F地去了！你们不去吗？"他真没有更好的法子来表示他的快乐，只在这间小房子里旋转着。

"你忙什么呢？过两天后，你的病好了，方同志的事亦清楚了，我们就一道动身到F地去，乘轮船去的。"

"好，乘轮船去的。但是你看，我的病老早就好了，一点热都没有，你摸摸看。"他一面打着回旋，一面很流利的说着，听去又好像是往日在集会里的朱同志的声音了，"坐船去的，有了钱了么？"

"你看，这是什么呢？白面包，一共是两磅；沙丁鱼，牛油。"我一件一件的打开给他看，大家都充满了不可言喻的新鲜的喜悦。

"现在又有钱，又要到F地去，沙丁鱼！牛油！唉唉！"他小孩子一样的捧起了沙丁鱼罐头，像对着情人的面孔一般的看着。

"我们吃罢！"

朱同志应该是没有病。他吃的并不比我少，只有方同志却随便吃了一些。他对于吃并不比对于我们的吃法更有兴趣。他只是奇怪地注视朱同志和我的手和嘴。他微微的笑着；但他实在不尝像我们一样的饿着，他若尝饿过一次就知道这并没有什么可笑了！

朱同志只是贪婪地吃沙丁鱼和抹牛油。他一气吃了将近一磅的面包，还咽了好几杯开水。他应该是十分饱了。我们的眼光偶然的相碰着时，大家都会心微笑了。以后不用可怜地珍重着那粗硬的半磅了。不用站在月台上喊卖那些他妈的报纸了。以后不用再饿得头晕足轻了。以后一定可以有沙丁鱼、牛油、蛋炒饭之类。而今天我们实在饱得很可以了！

朱同志揩一揩嘴，高兴地说：

"唉，有点饱了，太饱了！真想吃一点酸的东西。有一点鲜水果吃一定很好的。"

他看着天花板只是满脸发光的笑着。看了他的样子我们亦就笑了。

快乐的午餐算这样的过去了。方同志说他应得赶快料理点事，他要我和他同往。朱同志亦坚执着要同往。但是我们不肯：

"你要知道，我们就要到F地去的，要是你再感冒了，那我们就得停滞几天。"

这么一说就把他说服了。

那又是一件多么令人快慰的事哟！有两月不穿上土布长衫这时亦居然的重上身了！一穿起长衫就觉得自己已经预备着去做更有价值的事，不再是公园门口的小叫卖那样的无聊了！下楼梯时，有些翩翩然的感觉。

但是——但是——我将怎样说呢？

谁料得到呢？谁料得——唉！那真是意外的悲惨！意外的……

我们从此便不再见朱同志了！

他不尝死于狱场，不尝死于医院，鞭挞和枪弹他都幸免了，但是，他却在一个钟头之内，教虎列拉①断送！

傍晚时分，我和方同志把两天内应做的事都一气赶完了，正满心欢喜，想明天后天就可以动身往F地了；并且手里还都带着食物，高高兴兴的跑回到我的寓所来。

一进门，女主人就迎着说：

"你的朋友刚才在喊腹痛，你快点上去看看吧。"

"现在不喊了么？"

"现在没有听见了，刚才喊得真紧。"

我和方同志一步一步的跑上楼来，心里一点惊慌都没有，我还存着一个滑稽的感觉；我想他一定吃了太多的水果了，可是他若还是痛着，晚上的腊肉就只好垂涎三尺了！

推开门！我差不多向后倒退了几步。那是个什么情景！……

朱同志直挺挺的睡在地板上，马桶放在他的身旁边。地上满是黄色的液质……

一看见这样的情形，我们都猜到大半了！我和方同志连忙跑上前去把朱同志抬到一个较干净的地方。可是直到此时，我还不尝有朱同志已经死了的感觉，我们正想施救和请医生。我发觉桌上有核桃和西瓜皮。

方同志俯下身去试朱同志的鼻息。他呀的一声的跳起来，眼里立刻涌出两行泪，并且呜咽起来了！

① 虎列拉，即霍乱（Cholera），早期译作虎列拉、虎力拉等。

接着我亦连忙去按朱同志的脉搏，沉静了！手亦冰冷了！指尖的皮都皱下去了！指端的螺纹都变成紫黑色了！

这时我们都从慌乱中意识到朱同志已经死了很久了，他浑身的皮都皱了，眼睛深陷下去，嘴唇灰白了，脸色像一张银纸！

我们竟不知不觉的大声嗬嚎起来……

以后的事情是不用说了。女房东替我们请寿堂来收殓……

第二天我和方同志就动身到F地去，抱了一个沉重的、决绝的、伟大的心！

一九二八年六月六日作于病中

（原载《我们月刊》第3期，1928年8月20日出版）

红霞女士

李一它

一

一个初冬的下午，约莫六点钟的时候，太阳差不多已经逃到地平线下去了；C城的街上的电灯，放出它那惨绿的光焰；路上的行人，都现着十分惊慌恐惧的形色；城内各处都站满许多武装的兵士；没有电灯的黑暗的僻静的小路，有了一堆一堆穿短衣的人们。

距这C城不远的一个小乡村。许多精神活泼，身体健壮穿短衣的女工，手里都执着一把短小的红色旗子，群聚在村里的一间破旧的草屋的里面，静待女工领袖红霞女士到来报告好消息，等她的指挥。

二

红霞女士姓林，是C城本地人。她是C省的大学三年级的学生。她的家里很是有钱。她是个面貌端庄的聪明人。她的性情十分沉默好静。她虽是一个富家的贵小姐，她穿的衣服却很是朴素，这样更显得她的自然美。

并且她生长的地方是革命的策源地C城。她每天所看见的是革命的事实，耳里所听见的是革命的理论。时长日久，她渐渐被响亮的革命的呼声所唤醒，渐渐受热烈的革命的空气所熏染，渐渐给伟大的革命的环境所同化。所以她在最近的两年间，渐渐把小资产阶级的色彩洗除净尽，踏进了无产群众的革命队里，变成了一个为劳苦的群众谋切身利益的勇敢而忠心的革命青年。

去年初夏的一个暴风雨的夜里，街上的各处都站着许多握着长枪的恶魔，路上的行人全都被他们吓得缩紧了头逃匿到屋里去。街上的商店，像是被抢劫过了的一般，都紧闭了店门。这时城内虽然十分恐怖，却没有听见枪声。

红霞就在这个黑暗的恐怖的夜里，背了她的慈母，抛弃了她的幸福的家庭，同着她的丈夫M君匆匆忙忙地逃开了C城。

她们离开C城不到两个月，就都回来了。可是都没有胆量再进C城里，只在城外僻静的乡村里住着。

她每日只在僻静的乡村里面，同着许多劳苦的女工，干她的重要的事情。

她的丈夫M君，终日只是匿居在人足少到的地方，做他的革命工作。有时他还很勇敢偷进城里去。

她们俩虽然是初婚的亲爱的快乐的新夫妇，现在却为了劳苦民众的利益而分居，牺牲一切甜蜜的快乐和幸福。

三

在这个初冬的下午，快要到六点钟的时候，她离开了她的住所，行过了盖满灰色的草根的旷野，又穿过了一条泥土被北风吹得坚硬了的土泥小径，来到一个距C城不远的地方。

她离开亲爱的女工们，很惊怕地向着她所要到的C城里跑去。她觉得街上的情景变得很厉害。一切她平素最爱的东西，都在向她扮鬼脸；一切她往时所喜欢的东西，此刻都变成了妖怪。路上的行人，都给这些鬼脸和这许多的妖怪吓得通身战抖，几乎不会走路。

她到了她的目的地，她会见了她的最亲爱的人们。她见他们群聚在一间破黑的屋里，个个面上都现着激昂有希望的颜色。他们人虽是这么多——约有三百多人的数目，却静得连呼吸的微声也没有，这使得屋外的行人，都误认这间群聚了许多人的屋为空屋子。她静寂寂地行进这间屋，她侧着身挤入人群中间，她高张了耳朵静听对面上首的一个人作报告。她听得很详细，她十分高兴。她又认得这个穿短衣在黑暗中作报告的人是她的M君。她这时通身像吃过了葡萄酒一般，脸上现着玫瑰花的红色，心里一阵凉快，很觉得快乐，又很觉得光荣。她觉得她的前途有了无限的幸福。

时候已是不早了，差不多有九点钟左近了。破屋里面，没有点上灯火，越显得黑暗。黑暗得望进去好像看不见一个人，像一间充满黑色空气的空屋一样。她跟着许多人在黑暗中静听那激昂紧张的报告。又跟着许多人间断地从黑暗的屋里，跑出一条有点恐怖的颤动的放射出灰色光的电灯的街上。

她顺着街跑去，她很急促地向乡村里跑。她恨不得即刻就到了那个群聚着女工的乡里，把好消息告诉她们。

她的心跳得很厉害。她看见许多房屋在黑暗的世界里，放出它的恐怖的白色来。她看见街上没有一个行人，除了几个车夫外。她看见刚才看见的恶魔照旧握着长枪站在街头，用着他们的狰恶的眼光，直注视着她，好像要扑向她的身上来。她很觉得害怕！

但，她换过了头脑。她知道在转瞬的一刻之后，这个黑暗的世界，就会被太阳的光线所克服，变为光明的大地。那些站在街头的恶魔，将被许多亲爱的勇敢的朋友们所扑灭，那些放出恐怖的白色房子，将会被光明的烈火烧掉，放出美丽的红光来。

她很是快乐，很是高兴，很是勇敢，很是激昂。她通身像发热一般，急向乡村里跑。

她从黑暗中行进了乡村里。她并不觉得恐惧和害怕。她觉得在她前面蜿蜒着的路，不是黑暗的恶路，亦不是灰白的小径，而是一条点满快乐的火的光明大道！

她转侧了身子，轻轻地踏进了群聚着她们的那间破旧的草屋里面。她在暗黑的房里虽看不清她们的脸，但是她用她的热烈的心照见她们的表示欢迎的笑容。

她们都站着不敢呼吸。她亦静得只看见她的慧眼的闪光。她用了万分激烈，万分勇敢，又是万分轻微的声音对她们说道：

"亲爱的，勇敢的姊妹们！我们过去的生活，并不是人的生活，简直是比地狱还要苦的生活！世上的人们，除了那些像我们一样劳苦的人外，一切都不配做人，都是吃肉的猛兽！这班猛兽的行为，只以杀妻逐子为第一；它们的善事，只以杀人放火，抢劫贫苦的金钱和汗血为首要；它们的娱乐品，只是一块肉；它们的食料，只是腥臭的血！现在的世界，不是我们的世界，乃是这些猛兽专横逐鹿的天下。

"我们到街上走，或是到无论什么地方去，随便都可看见许多猛兽在吃人；有时连我们自己亦都会被吃个净尽！我们若不合力起来把这些充塞街衢的猛兽扑灭，我们到处就都有绝大的危险，就没有立足之地了！

"亲爱的，勇敢的姊妹们！起来！不要怕！起来！紧握了我们的拳头，向前冲去！在不久的刹那间，它们这些猛兽，就全都要灭亡！太阳的爱的热光，就会把这个黑暗的世界统治了！我们的生活，即刻就会从地狱里跳出，上升天堂！

"起来！大家起来！城里的一切都准备好了，我们的亲爱的朋友们，都在城里等着我们的先锋！起来！大家起来！向前进！勿落后！勿退怯！勇敢地向前猛进！"

她说完了。她们都紧握着拳头，高举了手，面色红热地，很激昂地，跟在她的后面，离开了草屋，向光明的路上跑去！

四

黑漫漫的深夜里，忽被满天通红的光所征服，骤变成了明亮得像白日般的宇宙。金红色的火光，照彻了全城，以至城外的荒野。借着火光的照耀，可以看见如蚁的群众，在胜利的前面很勇敢地动作。

东城火起了，西城火光烛天；南城火亦起了，北城火焰通天。如蚁般的群众，像狂浪一样在猛烈的火焰中，勇敢地，猛烈地向前进。

一声轰天似的大炮响了，震得放恐怖的白色的屋宇，都在发抖。各处如密雨一样的步枪声，盒子炮声，马枪声，手枪声，土式枪声，猛烈地响了，把一群站在街头握着长枪的恶魔，吓得将枪掉去在地上，抱头鼠窜，急急逃命去了。

在这炮火连天，枪林弹雨，烟火弥漫的中间，大浪般的群众，个个都表示得很快乐，很勇敢地向前努力，向前奋斗，向前冲锋。

这时候，热烈的激昂的红霞女士，率领了一群她的亲爱的勇敢的姊妹们，从城外的混乱中跑到城里来。她们高举了左手的小旗子，在火光中招展。她们的勇敢的精神，足以鼓动群众的胆量。她们又高举了右手里的短枪，猛向一群一群的猛兽射击，再向许多许多的恶魔射击。她们的热烈的血，很足以激励群众向前猛进。

数点钟血肉相搏的剧战，把一切黑暗的，野蛮的，卑劣的，羞辱的，可鄙的，可恶的，可恨的，龌龊的，污浊的恶事物，全都被征服了，全都被消灭了，被铲除净尽了。都变成了光明的，文明的，高尚的，美好的，可爱的，可敬的，清鲜的，明洁的好景象。

火威停止了之后，枪声停歇了之后，继之而起的民众的欢呼声，和着一片奏凯的歌声！

光明的曙光，从天上直射到大地来，一切的人们，都觉得快乐，优美，和欢欣！

五

第三天的下午，黄昏的时候，城内骤形紧张起来，街上来往的人们，都好像觉得不久就有大祸临头一样，脸上都泛着惨白的颜色，拼命地逃到屋里去了。街上都布满了武装的群众，很惊心地在预备恶战。

城的东南面大河的远处，忽有一只汽船，用着十足的马力，从那边驶向城来；它没有灯，也不吹汽笛，逆着水急促地向前驶来；它如预示恶兆的怪物一样，由S县冲到城的南岸来。汽笛一声的怪叫，汽船就停泊在码头的旁边。

有许多脸色苍白的人从汽船里面跳上了码头，又跑到南堤上，带着失望的口气对群众大声叫道："朋友们，亲爱的朋友们！一切都完了！什么都完了！S县已被取去了，铁路亦被截断了！我们不能乘坐火车逃走，只得拉了这只汽船驶跑来……一只载满武装兵士的兵舰已将驶到来了。"

他们说完了话，就杂在群众里面，进入城里去了。

南堤上骤然之间，顿呈有骚乱的情形，许多许多的人，听见刚才的叫声的，都从四方八面跑来。红霞女士这时候带了一个白色受惊的脸，跟从人群前进亦到南堤来。在骚乱的热闹中，不时有失望的叫声可以听见。她似乎觉得即刻就有什么可怕的事情发生。

红霞女士早已听见了一切了。她好像是惊散了魂魄似的。她痴痴呆呆地站在人群中间，用她的奇异的眼光，注视在她周围的人们，又向河的远处望了一望。

过去了一会的工夫，骚动似乎已经静止了，危机亦像是已经过去了。然而群众又证实了刚才的那个消息是真的。大家又骚动起来。但惊怕的感觉，却被愤激与勇敢不怕牺牲的决心所占据。红霞女士已回复了原状，脸上泛着玫瑰的红色，静心在寻找她的姊妹们。

夜已黑了，南岸一带堤上的街灯都被熄灭了。一堆一堆的黑形，在各方面又有了一阵大骚动。群众开始在南堤上堆积了许多沙包，有的执着铁器向地上掘开战壕。一大群的纷乱的黑形的人，突然从城里冲出南堤上，手里都握着长短不齐的枪。

红霞女士在这时候，知道她的责任到了，她知道她的姊妹们正等待她去指挥。她从这边的人群，急行到那边人群，去找寻她的亲爱的勇敢的姊妹们。她从一堆很高的沙包的后面，她寻到了她们。她指挥她们蹲伏在商店的骑楼下面，借很高很厚的沙包所掩护，很安适地蹲伏下去。她们举起各人的枪，枪口向着河；并且都用很注意的眼光，望到河的远处。她亦蹲伏在骑楼下的沙包的后面，静吸着气。

"来了！来了！"前面的声音喊起来了。一个一个的头，都从沙包的上面缩下去。

红霞女士向着河的东边望去，她见有一只像恶兽一般的黑色大船，很快地驶近来。它的上面没有点着灯火。黑的大船，逆破着水浪，快驶近这边来了。它的响声好像完全没有，只看见在它的后面是一条很长的白水浪。在南堤上，一切都沉静了，仿佛没有一个人在。

那只大船，当它驶到距岸差不多三里远的时候，就停止了。河里都很静寂，小浪波动的声音都没有。黑色的大船上，更是十分沉寂。

红霞女士蹲伏在沙包的后面，全身都麻木了，但她并不觉得痛苦。她充满了惊惶的感觉，只是注视那只黑船。它的上部有许多黑色的小动物在走动，它的下部也有不少的黑形。

夜色很快的更深了，一秒钟，一分钟，慢慢的过去。忽有一门枪从她的耳边经过，这是一门挑战的号枪。她的胸部却被吓得不断地起伏，她知道痛苦和悲哀就在跟前了。

接着船上就放起枪来，这边沙包后面的人们，亦扭着手里的枪的扭动机。轰轰啪啪啪的枪声，在她的四周响着，几乎把她的耳朵震聋了。河水的上面，有许多来回奔走闪闪的微火。

红霞女士看见她的前面的一个胖子，忽仰过头来向她狰笑，他的脸色是白的。她知道他是不醒人事的了。后来他就倒下地去，脚伸直了，全身僵硬了。他的手枪，无意识的插在地上。她的脸色越发惨白了，通身战抖，从眼眶里流出了许多热泪来。

像连珠一样的枪声，猛烈地继续地响着。越久越厉害了，有时还间着震天动地的大炮声。

她身旁的一个妹妹，像孩子要得母亲的安慰一样，倒在她的身上，脸向着她。

她的心不断地跳动！她很机械地只管朝着黑船开枪。

那边倒下一个人了，这边又倒下了两个。连接地倒下来的，在转瞬的刹那间，她看见倒下了百数十个人。红霞女士的身子麻木得动弹不得了，又不敢站立起来！她像发昏一般，听不见一切，看不见一切。

她缓缓地又醒转过来，不敢再去看那些死尸。她努力地在预想她将来的命运。她不知道是痛苦呢，还是悲哀，或是恐怖，或是惊吓？

她看见满天尽是烟火，又闻得到处都是火药臭。

刹那的时候，那只黑色的大船，忽又走动了，它很快地驶到近岸边了，许多许多的恶狠狠的兵士，都持着枪向岸上扑来。猛烈的枪弹，向群众们乱击。

一阵混乱的喊声起了，大家都骚动了，一群一群的黑色的人，像波浪般退进城里去了。后面跟着的是恶狠狠的兵士。

红霞女士通身不麻木了，亦不战抖了，她乘着猛退的波浪，亦退入城里去了。

水上的剧战，变成巷战了。各处的街上，都倒下了许多可怕的尸首，睡在腥臭的血泊中。商店的店门，都成了大麻子，每一个小孔，都曾被一个子弹穿过。居民的住屋，有的被炮弹毁去了一半，有的屋顶冒出猛烈的烟火。

夜色更深了，天亦快亮了。忽从城的北门，一支军冲入城来，在猛烈的枪声中，不知道他们究竟有多少人。他们很凶恶的把城里的群众冲开为两部分，首尾不能相顾。

西城门外，忽亦冲进一支军来，将城里的群众，再冲而为四部分。群众们被冲得乱七八糟的，不敢恋战了，一声呼啸，都向东门外逃走去了。

剧战的始终约有十点钟，在这个长时间的剧战中，不知倒毙了多少人，也不知道流了多少血！

在黑暗的退乱中，穿灰色衣的兵士们，在空阔的街上跑，捉住了黑色的人影，摔倒在血泊里。他们对他们所做的事，是怎样地残忍，是很明白的。一段一段的倒在血泊里的黑块，到处都有。街头巷尾，墙脚水沟里，没处不有。

这是一件怎样可怕的事！竟使红霞女士通身发冷，遍身战栗！她非常的惊惧害怕，尽着她的死力，沿街向东门外飞奔跑去。城根的两旁，忽闪出来了两个深目高大极其凶恶的兵士，截住她的去路；后面一两个瘦长的兵士跟着她追来。他们穿着灰色的军衣，手里执着长枪，枪口插上一把明亮的刺刀。他们都把他们枪的枪口，对准她的胸部。红霞女士就在这一瞬，被他们捉住了：

四个灰色的兵士，高背起了他们的枪，将枪口朝向地面，得胜似的，合力围着红霞女士，拉她从前街上奔去。他们各人的脸上，都现着狰恶的笑容。

六

天尚没有亮，夜深的黑鬼脸，张开它朦胧的大眼睛，窥望着黑漫漫的大地。红霞女士两只包满嫩肉的手臂，给粗大的绳子捆缚着，紧急地捆着，几乎使她的两只柔嫩的玉手，麻木得疼痛。她被四个凶狠的兵士，簇拥到一个军部里面去。里面住有很多灰色的兵士，各人都把枪丢在地上，杂着许多的杂物，一见就知道他们是刚才到这个地方来驻扎的。里面的厅上，屋顶已被子弹打得破碎了；中间的桌上，点了一支洋蜡烛；从烛光的微小飘拂的火光望去，她看见厅的中间壁上尚挂着一张革命领袖的肖像。她知道这间屋，曾一度作为民众的最高级的办事所，现在已被他们所占了。里面的人多得臭气窒鼻，声音亦极嘈杂。在这嘈杂的声音里，不时听见有从空中传来的枪声。广阔的天空，不时有多少金红色的火星在上下飞舞着。这可证明临近的房屋，尚在火焰中延烧。

红霞女士被他们拥进到这个地方来，她的臂上的捆绳，他们没有给她解开，痛得几乎使她发昏。

当初，红霞女士被捉到军部的门外，站在寒气刺骨的空气中，她已知道她将到的命运是怎么样了。她的后面，亦是许多兵士围住她。她的左右边站着直立的黑影，亦是许多兵士。她被吓得眼睛张开了，忽又闭了！全身没处不颤抖。她忘记了一切了，她亦不知道她的身体在什么地方。站在她四周的黑影，她亦不认是什么东西。她的两只手，全都痛楚了。她的受伤的心，急跳得厉害。她再忍不住了，她不断的摇头，发光的惨泪，从源头流到出口了！

站在她右边的黑影一阵移动。她看见八名兵士捉到两个男子，冲过这一排黑影，就现在他的面前了。

"他们两个都是叛乱的领袖，现在给我们捉住了！"八名得胜的兵士齐声向一个站在她面前的军官报告。那个军官长着一个怕人的鸡皮脸。

"啊！就是了！两个都是你们捉得的？"那个军官张开了鸡皮嘴这样说。

一个独手的兵士离开了队伍说道："报告！这两个犯人真的是我们捉来的，他们手里还执着凶器。"

"哼！可恶极了！"军官高声喊叫。

红霞女士看见站在他对面的犯人，一个她不认得，那一个强壮些的人，就是她的亲爱的忠心的好伴侣M君。

她怜他不幸亦被捉住，她又怨他不快些逃走……她哭了，忍不住地大哭了！她那受满创痛的心，已完全粉碎了。

"把他两个拉去收拾了！"军官气愤地命令他的兵士。

四个恶脸的兵士，捉住他们两个的手臂，引他们走开去了。M君这时已经发觉了她亦被捉到他的面前了，他满脸洗着很多条的热泪，脸色惨白。他曾四面望了再望，好像要向她说话，但酸楚塞了他的喉头，终于默默不言，被拉到什么地方去了。

红霞女士眼看她的亲爱的丈夫被兵士拉开去了，又听见鸡皮脸的军官下了一道没人道的命令，她被吓得发昏了。她痛苦了！她好像跟在他的后面，追着他要向他哭诉死别！

她觉得两臂发痛，她忍不得了，她醒转过来，她知道自己的身体，尚未曾离开原位一步。

鸡皮脸的军官，用着一个高傲的微笑，向他旁边的一个矮而瘦的军官笑了一笑，就展开他的穿着皮蹄的脚，摇来摆去地在一排一排的黑影中间闲步。

连着就是一阵短时间的静默，静默得没有一点声息，只有鸡皮脸军官的皮蹄声嘎嘎地响着。兵士们的听觉，都集中到这个稀有的蹄声来。

远处隐约的枪声，接连响了几下，红霞女士的脸骤然变成了死白色，通身颤抖得厉害！

鸡皮脸的军官，用他的冷酷的眯眼望着灰色的兵士们，胜利似的笑了一笑，他们亦跟着他狞笑。

静默的时间已经过去了。排列着的黑形，有了一阵的骚动，隔一刻，就都没有了。红霞女士被他们紧握着两臂，跟着进到军部里面。

红霞女士独自站立在混乱的军部里的东首的檐下，她觉得她的惊惧，恐怕和危险都已过去了。她这时觉得很是勇敢。她看轻他们，她鄙视他们。她不知道因为什么缘故他们不把她捉去枪决，她以为他们胆怯，她觉得很高傲。

她又转一想，她知道他们不把她捉去枪决是不怀好意的，她开始觉得害怕了。她看见他们像许多恶兽一般扑向她的身上来，要吃她的肉，要杀她没命。她害怕到了极点了，她好像被浸在冰窟里，通身发冷，颤动得非常厉害。

她想到她的慈爱的母亲了，她用她的布满伤痕的一颗不完全的心，痛念她的在家里过着孤单凄凉的生活的母亲。她知道她的母亲此时或许逃避到别处流落去，过着非常穷困和危险的生活，她必在想念女儿之归来，或许她以为她已经死去了，死在炮火连天的恶战中，或死在兵士们严酷的手里。她必不知道她被人家拘禁在一个冷酷的地方，还活在人间！

红霞女士想到这里，凄惨极了。她痛恨自己太过于没主张，为什么要跟着人家干革命呢！？致使年老的慈母遭受家破人亡的累。她不知道母亲这时是死是活？又不知道她流落到什么地方去？她的心暴裂了，她通身的肉在跳跃着，她很凄惨地啜泣着！

她又反一想，革命是应该的，生在现在的中国的青年，是应该要革命的，尤其是受过多重压迫的女子，更应该干革命的。为着革命而牺牲家庭，是必然的，不怕的！为着革命而连累及母亲，亦是没有法想的。究竟她在政变的时候，早已无形的脱离家庭了，年老的母亲，或许在家里很平安吧！

红霞女士站在原立的地方，足跟没有稍微移动，努力去集合她的思想。她的过去的生活的历史和变迁，一切快乐与悲酸，一切安适与危难，一幕一幕都从她的脑里很快地飞过去。

过去的事情，过去的行为。

突然，红霞女士的脑海，忽泛上一幕她认为最凄惨的悲剧来。她想到她的亲爱的勇敢的M君惨死的伤心事了。

当红霞女士在大学一年级，开始做实际革命工作的时候，她在工人队里和他认识。她见他是一个思想进步、不屈不挠、不懦怯不妥协的有为的青年革命志士，所以她一见就倾心于他。她每次逢着他，总是羞红着脸，用她的动人的媚眼注视他，想引起他的注意，使他知道她的心。每次集会的时候，他站在主席台上作报告或演说的时候，她必坐在会场最前列的椅子上，用着她的求爱的眼光，仰视着他的可爱的脸。她没有听见他说的是什么，她只是在观察他的使人一见就爱他的举动。虽然是如此，他却没有注意到她的渴望爱情的苦心。

差不多过了五六个月后，他才知道她的苦衷，遂以他的不轻易予人的爱情给她，她亦就即以热烈的情爱报答他。

红霞女士嫁得这样一个很爱她的M君，她的一颗快乐的芳心，时常含着玫瑰苞的微笑。她极愿长生享此大福。但，她是没有料到她的结果是这样悲惨的。她没有预知他是要被人家捉去枪决的。她初见他被捉到她的眼前的时候，她还以为他已逃走很远了，被捉的人不是他，是她的眼花看错。但，疑问终于过去了，她已经用自己的视觉的辨认证实他就是他。她被这一吓，早已魂飞魄散了。可是她还以为他不久就可得释放。及至她听见兵士对军官的报告，又听见军官没有半点迟疑地就下了把他枪决的惨令，她那时早已惨得面色完全青白了。她见他被捉开去了，她的心真像被刀割一样。她没有看见他死时的惨状，在沉默中远处枪声之飞来，会使得她通身肉跳，不醒人事。

红霞女士又想到她本身的恐怖来了。她知道她暂时虽还活着，不久她亦是要被枪决的。"是的，"她想道，"我是不怕死的，不得志而生存，受屈辱而生存，是怎样地可羞可鄙啊！莫若激昂死去倒干脆些！"

她想到这里，她觉得她的喉咙好像给什么东西塞住了，呼吸非常窒急。她很想痛哭一下，但终于哭不出来。她不知道这是什么缘故。

她低下头去注视着她自己的脚尖。她静寂地流着苦泪，没有一个人看得见。

这时天已经快亮了，它微露了它的惨白的脸，窥视着她，陪着她伤心流泪。忽有五个兵士走到她的身旁来，一声亦不响，急拉着她就走，她这时被吓得心房乱跳，不知道要被拉到什么地方去？亦不知道要被拉去做什么？他不知道这是何故？

她被他们拉着走，她没力反抗，亦没法反抗。她被拉着急走了很多路，跑得她的脚通肿了。她没力再行了。但，他们并知道她的脚已经肿了，只管死命的拉着。拉了许久，她终于被他们拉到野外的一块荒地去。

这时，她知道她的不幸的命运到了。她并不怕，她只求快死，她合上眼睛，想求快死。可是，他们却不把她弄死，他们都扮着鬼脸向他嬉笑。她知道他们的恶意了。她知道她此刻尚不致死。她急了！她哭了！她很想拼命挣脱。但，她却没有法子。

她臂上的绳子被他们解开了。虽然如此，她倒觉得剧痛。她的上衣被解开了，她急了，她羞红了脸，双脚乱跳。她的裤亦被脱下了，她哀哭了，却没有人救她。她又没有法子。

她被按倒在地上了。他们以灰色的草给她做被褥，以没人道的青天给她当帐幔！她的两只手被两个兵士按住了，她的两条腿亦给两个兵士拉开了。她没有气力再哭了。她只是合着眼，泪泉亦枯竭了。她觉得身上被一个兽类般的动物压住，通身发痛。她不醒人事了，她不懂得一切。

她看见她的亲爱的M君，站在她的面前，说他已经逃走了，要她即刻跟他同走。她欢喜极了，她真地跟着他急跑。他跑得太快了，她追不上。跑了许久，她的脚已经跑得酸痛了，终于跟不上他。

她睁开眼来，她发觉她睡在一个别的地方了。她看见她身旁还有两个和她一样，被恶兽轮奸过，赤裸全身的女士，亦睡在地上。她认得她们是她所领导的两个女工。她又看见十多名灰色的兵士站在她们旁边，周围围着很多很多和他们同类的人们，在观看热闹。

她又看见她的亲爱的M君立在她的面前了。他拥抱着她，与她亲嘴。他用他的手，拉住了她的手，要她跟他到快乐的园地去度甜蜜的生活。他微笑着，她亦向他微笑。

四周围看热闹的冷酷的人们，看见她们三个通身青肿，生殖器的中间，插着一枝半寸直径大的木棍。他们很是欢喜，都笑说着，都在怪声叫好。

他们又看见灰色的兵士们用锐利的刺刀，割下她们的乳房。他们并不伤心，他们都以为这是一件无上的乐事。有的说这比看戏法还要好！

他们又看见兵士们用棉花包住她们的全身，他们不知道这是什么用意，他们心中很觉得奇怪。但，他们却不顾及她们被闷死，他们却以这比看雪人还要有趣味。

他们又看见兵士们用着煤油浇在她们的全身。白色的棉花，都变成油色了。他们知道再下去是怎么一回事。但，他们却以为这是很好的，有趣味的玩意儿。他们并不觉得凄惨。

他们又看见灰色的兵士们手里擦着洋火，点着棉花。他们看见棉花都冒烟出火了。他们都拼命地鼓掌，高声欢呼。

远处的人们，在隐约之中，听见一片热闹的掌声和欢呼声，不知是什么在怪叫。又闻到一个很臭的气味，都以为是？

一九二八，一，二八日稿于上海

（原载《泰东》第1卷第10期，1928年6月1日出版）

219

穷 孩 子

李一它

在隆冬的时候，有一天的早晨，他从一个潮湿的地方，破旧的草屋里面醒转来。他身上只穿着一件又破烂又单薄的短衣。他紧缩着他的头，全身很剧烈的战抖着。他的手足都已冻硬了。他的脚在地上乱踏，很用力的往地上踏，增加他的全身的热度。他又将他的手拿近他的嘴，从口里呵出一股白色的水气来，呵去手上的寒气。

他已经是很饿了，但是他找不到什么来充饥！他只是眼巴巴的望望屋顶，又望望地下，再望着四周透光的草壁，最后注视着他的病倒在床上的母亲。

他唉一唉口里的涎沫，终于是觉得饿煞！

屋外的北风很猛烈地呼呼地刮着。风真的大极了，这样的凶猛，几乎要将草屋吹倒，或将它刮到半空中。

草屋时或很厉害的震动着，并且壁上每个透光的小孔，不断地从外面钻进来了刺骨的寒风。这样的天气，他不但挨耐不住，同时还觉得害怕。

这个可怜的孩子！

他再没有胆量坐在屋角了，他很战栗地站起身来，他通身震动，又颤抖着。他的颈是缩得这样短的，他一步一斜的行近床前去。呼了一声"妈妈"！他的声音是这样的微弱和低细。

屋外的北风仍继续地刮着，刮得砂飞石走，真是狂暴而且可怕，可是屋里却静默得很，除了他的病倒在床上的母亲的微弱的呼吸外，别的声音再没听见了，或者中间还杂着那从壁孔钻进来的寒风的呼啸声。

他站在床前眼巴巴地望着他的母亲，他觉得她比前几天更瘦得厉害了。她的眼睛凹入得很深，又是这样的黯黑。她面部只留着很高的颧骨和可怕的颚骨而已。外面却包着一层黄而苍黑的，满着皱纹的表皮。因为病得太厉害的缘故，她的前脑和两鬓的头发，都已脱得精光了。

像这样的存着些微气息的尸身，谁看见了不觉得害怕而又觉得可怜呢！

她这样的躺在床上，她没有棉衣穿，她盖在身上的是一条破旧的薄毡。在初时她还觉得怪冷，她觉得她周身都冰冻了。但是现在，她的下身已经冻得麻木了，没有知觉了。

她今年才二十七岁，儿子是在她结婚后一年生的。

他喊她不应，又再喊了一声"妈妈"！他的声音更高了。接着喘着气。

她照旧像没有听见一样，没有打理他，眼睛也没有睁开来。他失望了，他终于哭了。他的声音很无力，又是这样的微弱。

"妈妈！我肚子饿了！"他已经挨耐不过了，他又喊了一声。这一声真是凄惨得令人听见了就要掉下泪来。

当冷酷的北风，怒刮过这草屋的门口的时候，它全没有注意到这屋的主人是怎样的凄惨和痛苦啊。它只是板着冷酷的脸孔，很威风地卷将过去，好像要将这草屋和屋里的人们都卷到黑暗而且冰冷的天空去。

这时候，屋里只充满着饥饿和寒冷！

他竭力想喊醒他的母亲，已经有好几次了。可是他的母亲终于像没有听见一样，直躺在床上，眼皮动也不一动。

害怕又征服他的心了。他不懂得人死是怎么样，他也没有看见人死是怎么样。但是他有一次听见邻居的大孩子说过人死了是直挺着不动。所以这时候，他的脑里遂起了一种可怕的幻想——死的恐怖。

于是他全身打颤着。他不敢再坐在屋里了。他不顾一切，跑到草屋外来。

天气是这样的冷，街上已经积下了一寸厚的白雪了。他从草屋里缓缓地行到街上去。他的没血色的小脸孔在北风的怒号里，在白雪的照耀中，更是来得苍白了。

他无目的地在雪地里走着。恐怖仍包围着他的周遭。一片一片像白蝴蝶一样的雪花在空中乱飞着。他的小脚已被冻僵了，他的手指亦不觉得疼痛了。他只是觉得通身没气力，脚手像都已经不是他的了。他不能够再向前面走了，他跌倒在地上，片片的雪花把他掩埋起来。

他觉得自己已经走进市内了。他在街上不停歇的向前跑着，由大街跑过小巷，最后他走到了一家豪富人家的门口。他不自觉地在那里停止了脚步，他听见从空中吹来了一阵儿童的歌声，又来了一阵孩子们的笑闹声。他心中觉得很喜悦，又是这样的高兴。他很想跑去和他们在一起游玩。他觉得喉头十分痒，他不自觉的唱起母亲教给他的童歌来，他的手亦舞了，他的足亦蹈了，他很是快乐。

他从左边的墙洞望见了里面有一个宽广的草场，场上有着不少的孩子在那里做着各种游戏。有的在打皮球，有的在踢毛毽子，还有的是捉迷藏，有的是打擂台，有的是拉着手在打圈子。他看得呆了，他觉得他们都很快乐，他很想去同他们游玩。

他仿佛地已经走进那满着笑声的草场上。可是他行到他们的身边的时候，他们就都不玩了，有的跑开了，有的用小石子打他；有的胆小的早已哭了，一面哭一面嚷着："小乞丐，我怕呀……我怕啊，小流氓……"他这才觉得自己是一个与他们不同的穷孩子！他悄悄地离开了他们，又逃到街上来。

如飞一般快的电车过去了，后面又来了一架。像老虎一样凶的汽车亦过去了，跟着又来了。他觉得这些都是会吃人的怪物。他又害怕了，他不敢再看了。

他很畏缩地靠着街的一边跑着，他怕那些怪物……

他看见在一家菜馆里面，中间的一只四方桌周围坐着五六个穿着华丽的衣服的孩子，他们都很快乐的吃着菜，吃着面包，吃着水果。他很羡慕他们，他极想到里面去和他们打招呼，和他们做小朋友，他满想着他们都很欢喜的欢迎他。可是第一步行进店门的时候，掌柜即时在上面丢下一个铜元来，并且很冷酷的很严厉的喊了一声："出去！"他的心灵又受到了一次恫吓。

他又悄悄地走出了店门了。

天快黑了，横暴的北风越刮得猛烈，白雪亦越积越厚了。

他呆立在这银灰色的雪地上，用着最后的没气力的、最低微的声音哎了一声："妈妈！"

第二天的早上，市上忽来了一阵的骚乱。各街的人们，都在谈论着一件可怜的，又是稀奇的新闻：

"东村大路旁的草屋里死去了一个寡妇，她真是死得可怜……现在善堂已经派人去收尸，县官亦到那里去验了。"

"更奇怪的，市口的大路上雪堆里亦死去一个孩子……"

"……"

"听说那个寡妇是S县人。她的丈夫是一个最纯朴的读书人。他待人极忠厚，又极和蔼。他很怜恤穷苦的人，并且时常帮着穷人说话，或是做事……后来不知因为什么，就被官兵捉走，用乱棍打死……"

"可不是吗？听说他犯了反革命的大罪。……他妈的，什么反革命？不抢银的就……他是被乱刀刺死的，不是……"

"是的，她死得太可怜了……"

"那个孩子不知是谁？……"

"唉！该死的人多着呢！……"

"……"

街上的骚乱渐渐消沉下去了。北风继续的刮着，雪已经不下了，天气越是冷冻得厉害。

隔了好久之后，就没有人记得这件凄惨的事情了。

一九二八，六，一四日

（原载《我们月刊》第2期，1928年6月20日出版）

立契之后

罗克典

"这还了得！"当长光看见他的稻被人家割去的时候，他用着粗重而惊喊的语调叫了这一句之后，就好像木偶一般地立在田陌上。

残酷的太阳，放出万道的热光，晒得他的棕色的皮肤流出点点的汗珠。他虽然还是个中年人，而他的憔悴的黑脸上，已现着很多的皱纹了。那些皱纹就是他劳苦半生所赢得的。

他呆呆地立了半天，忽然用劲地将他肩上的锄头和两只簸箕向地上抛下，又恶狠狠地骂道："入娘的，人家劳力半世，你们这班无良心的狗，一夜就将全亩的稻偷割去了！"他又好像大祸临头的样子，蹙着眉头，注视着田上刈后寸来长的稻茎。于是他忆起他的狞恶的佃主来——

那是去年收获后的时节，他刚从晒麦藁场里回来吃午饭的当儿，佃主的仆人阿松忽站在门口呼三叱四地向他的妻子示威道："长光在家吗？怎么这样久田租还没有送去呢？看你们这样的赖皮！"

他在里面听见了这声音，急的放下饭碗迎将出来："阿松兄，真对不住！本来……"长光说到本来两个字，又开着笑颜请阿松到里边坐下，然后他才继续着道："本来就该早点送去了，可是今年天公不做美，几个月没有下一次雨，禾苗长得不茂盛，收起来的谷子，都不及常年的一半，所以还未尝……"

"鬼话！谁知道你们的狗当！管你娘的半不半！现在不即刻送去，就一同到大老爷跟前去！"阿松凶猛而骄傲地，高声向长光威叱着。

"松兄！原谅我吧！那么就请你向大老爷说迟几天一定送还去。"

"不行！我没有这样的闲工夫同你传话！快跟我去！快跟我去！"阿松说完了话之后，立即站起来，好像老鹰攫雏鸡一样，不由分说拉着他的手臂去了。

佃主大老爷，是个高鼻子、黄脸皮的人，他的嘴唇缀着几根细的胡子，他架着一个二寸直径的黑晶眼镜，戴着一顶半截橄榄形的乌缎小帽子，穿着短褂长袍。他盘着两腿，嘴里含一根嵌着绿玉的烟斗，坐在椅上，简直像一位神圣威严的裁判官了。

他呢？不用说是像犯了死罪待决的囚徒，低着首，颤声的恳求着："老爷！大老爷……"

"哼！"大老爷发起虎威了，"你这不知好歹的东西！难道老爷的租能够不还吗？快拿绳子来，看他的肉和老爷的藤鞭较一较罢！"

那助虎为伥的阿松，即刻动手将长光绑起来，田主大老爷就用着藤鞭尽力地抽着长光的身体。

"哎哟！哎！哟！"长光的哀叫，与大老爷的怒骂声、藤鞭击肉声相和着。长光的背上的青肿的鞭痕纵横地排着……

他自从被田主大老爷毒打之后，他回家便病倒了，直至浓冬的时候才痊愈。

同时田主大老爷日日命阿松向他收讨旧欠的田租。

他自被打之后，偶一想起那高鼻子，黑晶眼镜的田主就要打起寒噤。

有一天正当他久病新愈，形容憔悴，依在门旁同他的老婆说话的时候，阿松又狠狠地走进他的屋里来。他不觉全身的毛都直竖起来。

"长光！大老爷叫你去！"阿松说着，不由长光回答，拉起他就走。他心惊肉跳地跟着阿松到田主的家里去。

大老爷满面堆着狡猾的笑容，使他初见时觉得万幸了。

"长光你病好了吗？所欠的数怎样办呢？"田主大老爷从容的问。

"大老爷，我实在该死，不过……还望大老爷开恩罢！"

"哼！我想你断不能偿清，我倒有个法子。"田主大老爷说着就走进里面去。

长光以为他又是去拿藤鞭了，心中满是惧怕。

一会儿，大老爷的手里拿一张纸出来，郑重着声音道："长光，这是一张契据，只要你答应，你便画了花押就完了。须知我念着你是我的老佃户，不然，我定将你送到县里去！你知道吗？我现在先念给你听：

为立卖断根契人吉长光，承祖遗有竹竿巷瓦屋一间，坐南向北，今因需要款项，愿将该瓦屋出售，遍问亲房不就，凭中招到财进大爷前来就买，议定时价洋四十元正。立契之日，价银一律照契交清，瓦屋即由财进大爷前去管理，此系两愿，口恐无凭，立契为存照。

立卖断根契人吉长光。中见人阿松。

中华民国十六年十二月五日立。

长光听了，垂泪说道："大老爷！可怜我……"

"那听你的便，县里的牢狱还宽着呢！"大老爷变起脸来了。

"可是，大老爷！叫我家五人到哪里住呢？"长光乞怜着。

"你欠我四十多块钱租，现在只算你四十块钱还给我了，还不够吗？"田主狠狠地瞪着长光。

"可是，我们没地方住了！"长光用手拭着泪。

"亦可以的。就你住下，只是一年给我十六块钱屋租罢！"他拿着烟袋抽烟。在他吐出来的青烟里，他的样子更加的狞恶，好像野兽一般。

"可是……"长光柔声地哀求道。

"可是什么？可是什么？你这个人真不知好歹了！"田主把烟袋放下，大声地说。

"叫我们种田的穷人，哪里能够要还田租又要还房租呢？"

　　"哪里能够？！谁叫你穷呢？！你愿意便把契据画了花押，仍旧用心种田去，再不然，我就把你捉去坐监，把田地吊佃就是了！由你打算！"

　　长光没法，只得在契据上画了花押……

　　长光想到这里，被远远的草地上的牛马鸣声唤醒了。他缓缓地拿起了他的粪箕，仍向他的绝望的人生之路挣扎着。

　　　　　　　　（原载《我们月刊》第2期，1928年6月20日出版）

决　心

克　典①

这时正是夏天的一个中午，太阳像火一般的残暴地射在地上，郁腾腾的热气一阵阵逼袭着人们。在这车马扰攘，嚣声震天的C城的H路，闷热的程度更来的要命，许多许多负有非常任务的工人，无目的地假装着照常在马路上忙碌地工作着，其间杂着荷枪的警兵在走来走去，情形非常紧张，似有什么严重的事情就快要发生了。

临这H路的一座精致而不甚堂皇的西式住宅，平日时常可以听见里面一群青年人的高声胡闹和狂笑，夜里，在车马声静了的时候，也还是杯盘的声，仆人来往的声，和因酒醉而狂叫的声，不知怎的这样令人羡慕而又令人妒嫉的声音在这一星期中忽然停止了，好一座充满着生气的宅第，现在变成死沉沉像丧家模样了。那一群风雨不改的年轻客人也绝迹了。大门闭着了。仆人虽然照常的机械的工作着，不过在他们的脸上不能够寻出笑容，然而也不是忧伤，只是现出一种勉强和不安的表情。

便是门口，以前如果有人在门口叫卖或噪闹，立即便听见前楼的粗暴鄙蔑的咒骂："你们这班猪猡，快滚去，不许在这里喧闹呀！"于是惯会打马屁的忠于主人的门房，便拉了木杆出来示威。现在呢，门口也和别的地方一样了。有小贩的叫卖，有论价的喧声，而这粗暴的鄙视的咒骂终于没有听见，只有像因问题无从解决而发出无可奈何的叹息，恍惚时时从窗户里透将出来。

---

① 即罗克典。

在这西式住宅面着H路的窗前站着一位中等身材的人，他便是年轻的主人烈人。在他苍白的脸形，呆滞的眼睛，急蹙的眉头，可以看出他是受过非常的激刺，而陷入于彷徨的状态中。他还穿着睡衣。蓬松的头发覆在额上，两臂交搓在低垂的颈脖，这样像木偶般的站着，虽然他的视线射在马路上的满体汗珠的工人群众里，脑里却像万丈波涛般起伏着。他觉得他的朋友凌霄君真能干，在这快要大流血的几个钟头以前还能够维持着这样一似无事的秩序，但同时他又痛恨他们的计划太残酷太惨烈了。他愿意加入他们的战线，但他又觉得不能放弃以前的荣华，以前他的尊严和不易得到的产业。他想像着今晚的可怕的流血，他又想像着以后C城的新政府，不知又要弄到什么田地，这样一起一落的混乱的想像着，烈人真弄得发昏了。他觉得进退两难，时或用手击着他的脑袋，像要将这迟钝笨滞的判决力提清一点。

"我决意拒绝他们！哈哈！我不是傻子，我应该决然的拒绝他们！"烈人忽然举起右拳向空中乱击，又继续的嚷着，"真险狠呀！不守分的强盗！革什么命！解除什么民众的痛苦？不行，我要拒绝他们，拒绝这班扰乱治安的强盗！"

"唉！凌霄君，你太毒了！你要是人，就不该做这杀人放火的勾当！告发去！告发你的阴谋，告发你们惨毒的暴动的计划去！"烈人现在兴奋极了，他像小孩一般狂跳起来，他觉得难题已经解决了。他的痉挛着的脸变成狂笑了，呆滞的表情也顿时活泼起来。一星期来的苦恼烦闷、忧伤、愤怒尽都忘却了，他跄跄踉踉地、无目的地走遍全室，又走到窗前来。

"哼！朋友，你们绝望了！你们还不知死活！我快到警备司令部告发去，看你们还弄什么把戏！"

"我告发去，我不但保存以前的灿烂的生活，而且我还有无穷的希望……那些粪蛆般的工人，他们是多么可厌，多么卑贱啊！他们满身汗臭，满身肮脏，衣服又褴褛，又污秽，一闻便令我作呕，这些粪蛆杀掉了倒还愉快，横竖社会用不着这架饭桶，该杀！该杀！这些粪蛆！衣架！饭桶……"烈人这时像患了歇斯底里病了。他的那样过度的狂喜，那样粗暴的喊叫，致使他断续地急喘着，以致内脏迸裂般咳嗽起来，但是他仍继续地狂跳，他恨不得立刻就跑到警备司令部去，将他的朋友数月来一切的筹谋，运动，鼓励，劝告，尽量地告发。于是他急急的穿了衣服，便匆匆的想跑去告发去。

　　但是当他跑到会客室的时候，他看见今早送来的那封重要严密的信，又立刻停住了，好像失掉了什么重要的东西似的，在他的眼前幻现着无数的血淋淋的头颅，这些头颅用着愤怒的眼睛在狞视着他，同时，他的朋友凌霄君，手举着刀在指挥着一队没有头颅的工人向他冲杀过来。他们的冲杀完全是为着报复。他们虽然没有枪械，但是他们有他们的斧头，有他们的锄犁，有他们的竹棒，和他们的拳头。他们虽然鲜血还不断地在颈脖上喷了出来，而他们总是继续前进的，愈迫愈近。于是他刚才的狂态被吓得消失了。沉闷的、恐怖的气息渐渐地从他的胸膛透出；焦急和羞歉，忧郁和悲痛的感情也骤然从他的脸上表现出来。他又觉得他的朋友是为着正义，为着可怜的工人。害死正义的健将是多么可耻，自私，罪恶，而且卑鄙啊！

　　"而且他们这次的暴动，是反抗无人道的压迫，是挣扎着被剥削的自由。他们的暴动是正当！他们的暴动是必然！我自己如果不能够帮助他们，指导他们，至少也绝对的不能够妨碍他们，谋害他们呀！"

　　于是他突然对那封信抓起，急急的抽出那像血一般红的揉皱了的信笺，从头到尾地重读一遍：

　　"朋友，已经决定了吗？我们的伟大事业，就快要开始了，一切已经严密地布置清楚了。我们约定在今晚，以鸣炮为命令。如表同情，便请你听号举火。"

"朋友，事情严重万分，你要暂时守秘密，如果被你泄漏了，那你便是全城的平民的公敌了，你要留意你的头颅！"

啊！他全身的血膨胀了，心房像要暴裂般的狂跳起来，血也在颤抖着。他感到一种强迫的、压制的、不可捉摸的侮辱，同时又觉到一种受屈的、忧伤的和愤懑的恐慌，他已经完全失去了判断的能力了，他再也没有气力站在会客室了。他急忙地跑到自己的卧室里，也没有脱去外衣，便直挺挺的躺在床上。

"全城人民的公敌，这是多么可怕啊！他在一星期前不是也对我这么说过吗？这强盗！连我父亲遗给我的产业，也要我无代价的牺牲了！而且要我自己去放火！那除非我是一个傻子或白痴，不然，哪有笨到这步田地！烧掉自己的房屋！毁灭自己的产业……强盗！什么是全城人民的公敌！我愿意做这公敌，做这班粪蛆的公敌！"他的颓丧的心，忽然又兴奋起来，他觉得非先发制人不可！非立刻去告发不可！

"你这班强盗！粪蛆！我断不轻易放过你们，放过你们的……"铃声突然响起了，跟着的是急遽匆忙的脚步声，烈人像患了罪似的吓了一跳，他知道凌霄君来了。他将要怎样应付他呢？他想要避开他，但是已经来不及了。魁伟而丰润的凌霄君像暴风似的跨进来，他的湿遍了汗珠的脸上红得血都像要迸出来了。他穿着一套灰色粗布的学生装，在急忙中还带点微笑。

"啊！"烈人引长了声音说，从他的语气里，便可以听出他对于这进来的凌霄君不甚欢迎，多半是因为窘急。

"怎么样？已经决定了吗？时候快到了，我想你老早就决定了。"凌霄君刚进门便气喘喘的这样问，同时他现着一种急切的，热望的，而又非常关心的表情。

"……"烈人只低着头，惶恐而又焦急，好像怕被一种威力的压逼，而要有以抵抗而没法抵抗的样子。

"难道一星期的时间还没解决？究竟怎么样？我请你快些答应我！"

"那么，朋友，再容我一些时间想想再说吧。"烈人用着恳求的口调，快快的说。

"呸！"凌霄气忿忿地唾弃着他，"你这人不中用！我再没有空时间了，我所要向你忠告的已在一星期前说过了。那听你的便。参加与不，横竖我们怎样都会成功的！"凌霄用着不耐烦的却带着轻蔑的口吻说："亏你是一个青年，连一点事情一星期还不能决断！"

烈人站起身，脸上现出了交战的表情在房子里旋转着。

"现在已经完全资本化了，资本的毒液已射入你的全体，真不可救药！"凌霄仿佛从内部用迫气筒紧压出来般的说着他的话，声音越来越高。

"你空费气力的，你苦死我了！凌霄君。"烈人用了从悲伤而来的气忿说，"叫我将自己的房屋放火——这自然是……容易……但你要知道……"

"你愿意到那适当的时候放火了吗？"凌霄迅速地问。"只要你愿意，后来一切的事都没有问题的。"

"但是，这次的暴动，不一定能够成功罢？"烈人疑惑的问。

"万分有把握，我敢向天发誓！"凌霄忠诚而恳挚的回答。

"然而我所有的都牺牲了，便是成功，以后我将怎样活下去？"烈人无奈的说，"而且不幸失败……"

"啊！算了吧……只要大家团结，共同努力，将来的生活，都用不着打算的！"

烈人愈加窘迫的低下头去，沉闷地、痛苦地呼吸着。

"在你也许用不着打算……在我却不是这样……你正可利用这机会……对于我，那可是怎样的危险啊！我希望你原谅我，原谅我……不能够……"

"你这人！虑前顾后，这是什么时候了，你还做温暖的梦吗？"凌霄的确耐不住了，他的射人的视线直注在烈人的身上，带着一点忿怒而且焦躁的神气。"朋友，"他继续着说，似乎已准备了他的一切的牺牲了，"那我也不能够强迫你，不过你要记着全城的平民啊！再会吧。"

"……"烈人默着，没有举起头。

凌霄突然抓起帽子，愤愤地径自跑出去了。

是黄昏的时候了，烈人从床上急忙的跳了下来，他的错乱的思想如乱丝一般的纠缠，他的脑儿，他的心也在胸膛里急跳着，仿佛要裂了的样子，他的眼前旋转着红的和金色的圈儿，他全身都流满了热的粘汗。他想睁大了眼睛，定一定神。但眼眶好像有千斤重似的，不受他的支配。于是他仍倒在床上，闭上了眼睛，抽搐着，蟠屈着。他的心头剧痛起来。他像负伤的野兽似的呻吟着。

"我要怎么办呢？……放火呢，还是拒绝呢？这是最后的时刻了！"

"放火？是多么可怕的事情啊！拒绝？我会变成人们的公敌……唉，怎么办呢？怎么办呢？"他觉得有一阵冷气骤然从他的脚下涌到他的头上来了。

外面的车马仍是不息的喧闹着，路灯依旧是明亮亮的。室内呢，却是死一般的静肃而且黯淡，忽然，烈人的恐怖被那愤激，几乎是憎恶所驱去了，他机械地放开眼睛，从床上跳了起来，惘然立在屋的中间。

"怎么？已经是时候了，还不见动静，大约……"烈人刚自庆慰，突然的一声震天动地的轰隆的炮弹声，像电光一般的突进他的耳朵里，接着就是群众的像狂涛般的咆哮，逃避者的惊喊，杂着商店的闭户的撞击。警笛也哀叫起来了。突然间全城的电灯又熄了，拍拍的枪声比元旦爆竹还要来的多。全城立刻陷在战乱中，熊熊的火光和浓

黑的烟气，在夜天里旋转着……伟大的革命的声音，把全城笼罩住
了……

　　烈人早已不能够想像了，他的全身打着难当的颤栗。他全不明
白，他全不知道他是在什么地方，现在是死还是活。他只是自然地等
着那可怕的命运的判断。他的惊惧的脸儿，苍白得可怕，发抖的腿
儿，再也站立不住了，死的恐怖笼罩着他，他昏倒在地上……

18，8，1928于上海

（原载《我们月刊》第3期，1928年8月20日出版）

降　贼

（四幕剧）

林少吾

角　色　阿　金（中年农夫）

阿金嫂（年龄与阿金同）

蔡　伯（老农）

张四哥（中年农夫）

王二哥（中年农夫）

阿　锦（少年农夫）

阿　朱（少年农夫）

谢炳文（少年农夫）

蔡三爷（地主兼劣绅者）

黄法官（县公署法官）

卫　兵

其他配角

时　代　现　代

地　点　南中国的一部

第一幕

一角午前的山野。舞台左侧山下，有新开地一片，约二丈。前面有羊肠小径绕过台前，转入后台。山上下林木无数，菠叶咸呈枯干气象，约在中夏时候。

农夫阿金一个人在新辟地上工作：两手拿锄，头戴竹笠，赤足，腰际绷黑色围巾，上下身赤裸着。

幕开时，阿金紧握锄柄，一上一下锄地下土。

蔡　伯　（从后台小径上，穿短裤黑衫，赤脚，戴竹笠，肩上担锄，右手按锄柄，缓步走近阿金处）时候不早吧？阿金，我来迟了；你很早就来了吗？

阿　金　（停锄，左手握锄柄，回头望蔡伯）是的，蔡伯，我早就来了。你来了？现在怕有九点多钟了。

蔡　伯　（看日影）差不多吧？日影还没有靠中哩！（四顾）阿金，你掘这么多了，大约一千五百条没有？（注：南方农人称一亩为三千条薯秧）

阿　金　（随蔡伯视线望去）怕没有吧？现在才二锄柄四方，大约千条上下。

蔡　伯　这里土色还不错，阿金，你要种什么呢？

阿　金　（摇头）唉！外层看来很好，内格可糟极啦！前天王二哥说：这里地质很坏，最好还是种竹，种薯……种香草是不行的……（锄土）你看，一点红泥都没有，就是种薯怕也不容易……

蔡　伯　（也举起锄翻土，摇头）是的，底格歹得很，草（注：香草缩称）是不能够种的，不过种薯还可以。阿金，这里多少钱一亩？

阿　金　他妈的！一亩租十三块钱！

蔡　伯　唉！从前一亩才五块钱，现在却贵到十三块了！

阿　金　是的，现在贵得很了！这几年年情不好，田租又升得厉害，大家都耕不起水田，出死力来掘山地，所以地租也就贵了。

蔡　伯　唉！我们贫人真苦，好好的田园都耕不起，出了许多钱和力来掘山地，将来又要给人家收回，你道——

阿　金　这也无法，比如我们耕田，从年头辛苦到年尾，所得到也不过三两石粟，几担土薯……半饿半饱的度日子。有时天公不作美了，田园一点都收不起，又要纳地主们的租粟，受他们的催讨，嘲笑，痛骂……可怜我们一年到底，便是得到辛苦，饥饿，耻辱……

蔡　伯　啊！没有钱的人终归是要吃亏的！去年阿乾借蔡三爷三十块钱，本来讲明一个月五块钱利息的，可是到了第二个月，蔡三爷便升起价来了！那时阿乾给他们迫得不过，卖了他十四岁的一个小妹，把四十五块钱通通送了过去，但是他们还说不够，要阿乾再多拿十多块钱……你想阿乾哪里有什么钱？他们便把他殴打了一场，拖了两只猪去……（蔡伯抬头看阿金，装出一副苦脸）

阿　金　不过有的人说他后来放了回来？

蔡　伯　哪里的话，你看蔡三爷这个人，都是横行霸道，目无天理，岂有放还之理！

阿　金　那末，万之的事情也是真的吗？

蔡　伯　那不是真的，他们拉玉珠——万之的妹子——的时候，我还在那边呢。

阿　金　究竟他们是怎么一回事？

蔡　伯　说来话长。起初是万之同蔡三爷耕三亩水田，一连荒了三个年头，一共欠蔡三爷二十多石粟，到第四个年头，虽然年情比较好点，可是除了一年八石铁租（注：铁租是南中国一种必纳的租约，虽在凶年也不能减少）之外，所剩的也不过一二石粟，又要供给一年的生活，哪里有余租可以完纳老债？所以蔡三爷大怒，说他目无王法，有心拖欠，叫许多恶仆把万之殴打一场，并到他的家里搜查一遍，可怜万之家里哪里有什么东西，他们便把玉珠拉了……

阿　金　听说玉珠后来给三爷卖到上海呢？

蔡　伯　是的，有的人说是卖到上海，有的人却说是给蔡三爷打死了……啊！啊！那时蔡三爷见到玉珠后，便把她收做十四房妾，后来不知怎么——有的人说玉珠深恨蔡三爷，有心谋杀他，不幸事机败露，给她打死了。也有人说是蔡三爷厌倦了，把她卖到上海去……不过玉珠在二年后，连一点影儿都没有呢……可怜万之也不敢去探问一声……（蔡伯说后有无限的伤感！）

阿　金　（叹息）……

蔡　伯　（顿呈兴奋）现在的世界，有钱有势的人，他的生命便是金的银的生命；没有钱没有势的人，他的生命便是猪的狗的生命，你今天要杀便杀，像杀猪、杀狗一样容易的杀，把他杀掉，杀掉……（兴奋的愤激已经使他说不下了）

阿　金　（不知所答）……

蔡　伯　（许久以后）没有钱的人，性命的确是和畜牲们一样的……

阿　金　……

蔡　伯　……

阿　金　（停一会）蔡伯，这是没法子哟！他们有钱有势的人，一点功夫都不干，坐在家里话闲天，享老福；我们贫人家，一年替他们耕田——当牛马，还要给他们责骂、殴打……这有什么法子呢？

蔡　伯　没法子想呢？是的，没法子想的！我今年六十多岁了……唉！我饿也受过了，苦也挨得多了，没有法子！当牛马就是！当牛马就是！还有什么法子想呢？还有什么法子想呢？

阿　金　唉！当牛马怕也是很难当的，这几年年情不好，牛马们不是都没有牛马当吗？牛马们不是都挨着苦吗？那一般掠夺农户的地主们，他们不是利用土地集中的缘故，今天利用这一个佃户，明天又换掉他，后天又再掉过一人吗？他们是这样操纵着，使到可怜的我们——佃户，天天闹着耕田的恐慌，拼命去给他们做牛马，给他们掠夺吗？是的，我们拼命去给他们掠夺——掠夺到再也没有法子给他们掠夺的时候，我们便算宣告死了，牛马当不上了，受苦了……唉唉……

蔡　伯　（摇头叹息）……

阿　金　还有呢，官府们又天天要钱，田主们，绅士们，又天天要讨债，还有什么鸟保卫团，不时又要收什么什么钱呢……唉！他们不论贫和富，都是要收钱收钱的……可怜我们穷人家，哪里有这许多钱呢！

蔡　伯　（只是摇头）……

阿　金　……就是前天那个小杂种，他收不到什么公债，便硬要把我拉了去，如果不是隔壁阿庄伯替我讲情，他一定把我拉去的，唉……

蔡　伯　那个收公债的吗？是不是那个说话很凶的杂种！我受他的气不少了！不过没有法子的。横直我们穷人，处处是要挨大苦的！今天不是田主讨债，明天便是官兵收钱，后天又是什么团局要讨粟……我们天天要给人家讨老债的，天天是要受苦！

阿　金　古人说："生为太平犬，勿作乱世民。"的确，我们比太平犬还要苦呢！

蔡　伯　对啦！我们比太平犬还苦得多呢！

阿　金　今年年情看来又是不大好，我们差不多又要受苦了！可是不要紧的！张四爷的水田今年吊了回去，我也省得再受他一场辱骂，横直今年也没有粟收，不种禾倒还干净！蔡伯，我们贫穷人家，我想种禾是不中用的，不如多租几亩山地，多种一点土薯，倒还清心一点：我们肚子饿时，便走到园里把薯当饭吃，丰收时又是自己收入，又不受田主们讨租粟，多随意哩！蔡伯，你道是不是呢？

蔡　伯　租山地我看也是不好的，怪辛苦的！我们把地开辟好了，下过肥料了，看看园子好种的时候，租期快就到了，要再租又是没有许多钱，要领佃更是不大有用，又是靠天公，没有雨便种不起，虽然耕水田也不好，我想还容易些……

阿　金　容易本来是水田容易的，不过铁租就使人怕了！现在的水田哪一亩不是铁租呢？年情好的时候那就不用说，年情不好，我们便上当啦！我们贫穷人家，靠天过日子，天公如果不作美了，我们自己也挨着饿，哪里有粟可以拿来还债？所以免得吃大亏，还是要自己辛苦一点子。

蔡　伯　唉！你们后生人本来是不要紧的！像我们老年人就不行了！我们老年人走起路都很辛苦，又要掘土地……几时才能干得事呢！唉！唉！我们哪里干得下呢……

阿　金　那是当然的，我们后生人，可以辛苦一点，老年人就不能了！我们不愿意贪懒，受人家欺压；我们努力掘山地，种土薯，就是没有粟收，吃薯倒也很好！

蔡　伯　不过年情不好，很久没有下雨，那就糟糕啦！

阿　金　是的，那就糟糕极啦！（两人沉默一会）

蔡　伯　哎哟！时间不早了，我们不要谈天吧。（伸手作举锄势）

阿　金　是，我们快的工作吧。（阿金也举起锄来，二人聚精会神锄土，全场静默，只闻锄声）

阿金嫂　（从后台上，左手拿饭篮，右手拭额上汗珠）今天很热的，一早起来便流汗，日光又是这样强烈，真无法！（自语，走近新辟地）

蔡　伯　（闻声回过头来）呵！阿金嫂，你送饭来吗？是的，对不住你，这样热的天气。

阿　金　（放下锄，望阿金嫂处走来，接过饭篮放在地上）今天迟了一点，我们肚子都饿了。（打开饭篮）呵！你吃过吗？

阿金嫂　（帮阿金拿饭）没有哩，今天迟了一点，因为家里的薯粉弄不好，又怕你们肚饿，一煮好便送了来，我来时阿文还没有吃饭呢！

阿　金　（一面拿碗盛饭，一面和阿金嫂谈话）今天薯粉多吗？怎么早上还弄不好？阿文有没有去拾草呢？

阿金嫂　今天粉是很多的，不过怪黑的，我漂了好几次，还是弄不好呢，到后来把它浸了。阿文呢？他今天很乖的，一清早便出去了，抬了一大担稻草来，大约烧一顿饭吧。

蔡　伯　（也走过来围在篮边）阿金嫂，阿文今年几岁了？很聪明吧？我许久不见他了。

阿金嫂　今年七岁了，一点事情都不肯做，整天在家里淘气；怪糊涂的，一点聪明也没有！

蔡　伯　客气话，小孩子都是这样的，难道你叫他做"秀才"吗？

阿　金　（举起碗筷）蔡伯，请吃饭，没有菜，很对不起！

蔡　伯　（也拿碗筷）客气啦！这样多的菜哪里没有。

　　　　（三人吃饭）

阿　金　缓请！（阿金已经吃好饭，把饭碗递给阿金嫂，阿金嫂也接过蔡伯的饭碗叠在一起，她一件一件装下饭篮）

蔡　伯　（从后脊处拿出旱烟筒，点火吸烟，一面望望新辟地）阿金，等一会我和你锄好东边那一角子，明天才锄蔓草，你说好吗？

阿　金　好的，等一下我们就锄那里吧！今天怕赶不起的，或者明天再锄……

蔡　伯　今天可以掘清楚的，呵！（走起身）我们工作了。

阿　金　好的。（起身拿锄，走近东角工作，阿金嫂收拾饭篮，蔡伯也拿锄走来）

阿　锦	（少年农夫装束，忽忽走出台前，举头望见蔡伯，阿金等）蔡伯，阿金哥，你们来这里吗？我找了很多地方了！（瞥见阿金嫂）阿金嫂，你也来在这里吗？无怪你们一个人都不在家哩，哦！阿金哥，蔡伯，我们回去吧，天大的事情啊……
蔡　伯	怎么？什么事？
阿　金	怎么？（现出怆惶之色）
阿　锦	张五哥给阿兴打死了，他早上到清闲居谈天，和兴爷（蔡三爷的管事）冲突起来，给他叫了许多个恶仆，把张五哥打得通身鳞伤，血流如注，张四哥拖了他回家，已经气断了……现在张四哥也没有办法，请大家和他商量，想想法子。
阿　金	现在兴爷那边怎么？他知道张五哥死掉吗？张四哥有没有到他家里讨命呢？
阿　锦	阿兴老早说过的，他说就是连张四哥都打死还不要紧，休说是张五哥一个人呢！张四哥也因为他们目不看天，不敢一个人便去讨命，要大家和他去商量，商量……
蔡　伯	唉唉！阿五为人诚实，现在竟这样死了！真可怜！真可怜！
阿金嫂	天公没有眼睛呀！张五哥这样好的人，还要给他们打死了！多么凄惨哟……
阿　金	乌天么，乌眼睛，如果真的有天公，有眼睛，那末，这班恶人还得留到现在吗？不是老早就入地狱吗？现在的世界就是万恶，万恶的世界——
蔡　伯	（他像听不见阿金和阿金嫂的话，只是默想张五哥的事情）真可怜！真可怜！
阿　锦	我们快些回去吧！他们等久了，回去吧，阿金哥，回去吧！蔡伯，阿金嫂……
蔡　伯	好的，我们回去吧！
阿　金	好的。

阿金嫂　好的，我们快点回去了。（阿金嫂拿着饭篮，蔡伯和阿金担上锄头，阿锦特别走在前面。 四个人忽忽走下，全场呈现怆惶之色。幕遂下）

第二场

一间稻草铺满屋顶，泥沙砌成墙壁的草屋，左面有大门一，通外面。右侧小门一，通内室。全屋布置极简单：舞台靠面置方桌一具，凳三四只。右侧下手置旧木床一张，无帐。左边陈列长短凳四五只。屋里坐满农夫数十人，王二哥阿朱坐在桌边凳上，张四哥坐在左边凳上。

幕开时，全场角色动作不一，面上大部表现悲愤之色。

阿　朱　（愤怒）他妈的，讲大话，打死人命，天下岂有此理——我们非把他捉来砍成肉酱不可！

张四哥　唉唉……

阿　朱　你不要都是这个样子，张四哥，我们等一下大家到来，一道打到东村去，捉阿兴出来偿命，把他砍成肉酱，不是替阿五报仇吗？

张四哥　（沉默）……

（蔡伯，阿金，阿金嫂，阿锦，进来）

阿　锦　（望阿朱）你来很久么？

阿　朱　是的，来很久了。

张四哥　（起立让坐）请坐！请坐！

（阿金，蔡伯，阿锦，金嫂，放下手里器具，坐下）

蔡　伯　阿四，阿五死得这样痛心，真是梦想也不到的，唉……

张四哥　是的，痛心哩！他死的时候，口里还喊痛呢……

蔡　伯　哎哟！给他打得很厉害啊！

张四哥　是的，起初我扛他回来，还是满身青肿，有的流出血来；后来通通脓肿了……唉唉！一直到他死的时候，全身都是血淋淋的……

蔡　伯　（摇头）唉！唉……

张四哥　（有无限伤感）唉……

阿　金　四哥，到底他因为什么事？

张四哥　我也不大知道，不过他——阿五——在家里跑了出去，昨天许久不见回来，我以为他到二哥那里去了。哪里知道他跑清闲居，和阿兴发生冲突，给阿兴殴打着呢……

阿　金　究竟怎么一回事？（依旧不明白）

张四哥　……

阿　锦　（抢上前说）因为阿兴和阿玉闹着迁风水，阿玉老是不肯迁的，阿兴又是迫着他迁，他们吵着的时候，阿五恰巧走来，他也看得不大满意呢。他忽然走上前去，没有劝阿兴几句话，阿兴便怒了，叱阿丁和二狗——蔡三爷的家奴——殴打了，可怜阿五便给他们打倒在地！……唉！那时我想走上前去排解一下，后来觉得也是不中用，只得走了回来，报给四哥知道……

蔡　伯　那时阿五对阿兴说些什么呢？

阿　锦　那时阿兴硬说后山是蔡三爷的己业，叫阿玉把祖墓马上迁徙着，不容他说出一个"不"字。阿五便走上前说："后山为什么是蔡三爷的己业，那不是一座公山吗……哎哟！……蔡三爷怎么把人家的祖墓都'己'了起来……哈！哈……"阿兴便发怒了，叱打了……

蔡　伯　（摇头不已）……

阿　锦　（愤怒）他们还说："打死他小杂种，就是多十个都不怕的……"

张四哥　哎哟！他们还说要打死我呢！……

蔡　伯　这样横行霸道，真是目无天理！

阿金嫂　真是目无天理！

阿　金　现在大家意思怎样？

张四哥　大家的意思都是没有一定的，有的说最好向阿兴讨命，有的
　　　　说应该去质问蔡三爷一下，有的是……所以我想请你们再来
　　　　商量一下。

蔡　伯　好的，大家（望群众）意思怎样？

阿　朱　哪里怎样？我们即刻就到东村捉阿兴来偿命，把他打成肉酱
　　　　好了……

蔡　伯　（迟疑一会）打他们不过呢！他们那里人多，又有洋枪，我
　　　　们哪里打得他过，恐怕——

阿　朱　不——

阿　锦　（抢着说）那么就去讨命罢。

蔡　伯　（摇头）不行，他们讲着大话，目无王法，一点道理都不
　　　　讲，就是去向他们讨命，也是不中用的罢……

阿　金　我想到警署去控告好吗？

蔡　伯　也是不好的，这新任的署长听说和三爷很有交情哩……

阿　金　……

王二哥　（突然起立）大家，你们要明白，你们要知道，在这人命当
　　　　头，在这生死当头，我们该是多么注意哟！我们要知道，阿
　　　　兴这样横行，根本是蔡三爷的罪恶，是的，蔡三爷打死人已
　　　　经不止一次了。（停）所以我们更要知道，蔡三爷今天可以
　　　　打死阿五，明天便可以打死你或我，后天又可以打死他，打
　　　　死一切！为什么呢？蔡三爷压迫的对象，便是我们无辜的农
　　　　民，我们便是他随时随地可以杀戮的奴隶，所以我们如果不
　　　　团结，不反抗，不复仇……那么，今天由他杀死一人，明天

由他杀死一人，后天大后天亦是由他杀下去！我们是要给他
杀精光吗？我们不是永远做奴隶，永远做怯弱的吗？

阿　朱　（高呼）对啦！对啦……

王二哥　（摇手示阿朱）诸位，现在的时候，不容我们不奋起，不复
仇，不团结了……

群　众　是的，是的，我们是应该团结的。

王二哥　（缓和点）现在我们要热烈地团结起来，是的，我们更要明
白：我们就是退后十万步，他们一步也是不肯放过，只是追
上来的！所以我们不得不团结，不得不回过头来，不得不与
他们作最后的肉搏……

张四哥　（怃然）不过很难呢……

王二哥　这不难的，只要我们热烈地团结，严密地组织，勇敢地前
进……我相信，最后的胜利终归是属于我们的。（兴奋）诸
位，现在是不容我们不回过头来了，是不容我们不作最后的
肉搏了……我们给他们当奴隶，当牛马，他们还认为不够，
他们还是天天压迫我们，天天殴打我们……我们怎么能够长
此忍耐，怎么能够不起来抵抗呢？

群　众　啊啊！反抗，反抗！应该起来反抗哟！

王二哥　是的，诸位，我们应该起来反抗，我们一定要团结，要奋
斗，要复仇。……现在是复仇的时候了，我们要勇敢地干下
去啊！

群　众　怎么干呢……

王二哥　蔡伯，张四哥，你们看怎样呢？现在我的意思，就是我们要
复仇只有两条路可走，的确，只有这两条路可走，多半条也
是没有的，一条路是努力团结，请大家一道到东村去，与蔡
三爷打一场胜负。一条是到官厅请愿——到警署去是不中用
的，最好是到县公署去，我们要勇敢，要前进，一点都不能

退缩，一点都不能退缩，我们奋斗，我们前进，我们不达到最后的胜利是不止的——我们是应该用鲜血来除去我们的耻辱的，同志们，兄弟们，你们能够这样干吗？你们敢不敢这样干吗？

群　众　敢！敢！敢！敢！干！干！干……

王二哥　……一方面我们还要慎重一点，我们怎么才能够得到胜利？怎么才能够达到目的？……我们都要详细的思考哟！现在，我们所能够走的两条路，我们究竟是走哪一条好呢？（望群众）

群　众　……（喧嚷十分钟，议论不一）

248

王二哥　是的，第一条路是很难跑的。我们这里没有洋枪，也没有炮弹，也没有相当的准备，并且，人数又少，胜利是谈不到的！（失望地）第二条路呢？……是的，第二条路还好，那么，我们就走第二条路吧！同志们，兄弟们，我们便这样决定了，我们便这样干下去吧！我们便这样干下去吧！同志们，兄弟们，我们是要勇敢啊！

群　众　是的，是的，我们勇敢，我们勇敢！！

王二哥　好，我们到县公署去吧！

群　众　好的，好的，到县公署去！到县公署去……

（全场骚动，高喊，幕突然下）

第三场

县公署大门站着几个武装的卫士。从正面望去，可以看到底后的一座大厅，里面约略有灯，凳，几等。大门口扁额上标着×县公署字样，两边粉墙高贴着红黑相间的布告，此外还有很多标语。

幕开时，后台有喊声，几个卫士鹄立着。

群　众　（群众上）……打倒土豪，劣绅，地主！……打倒土豪，劣绅，地主……

王二哥　（站在群众前面）同志们，兄弟们，镇静点！镇静点！县公署就在前面了！我们要镇静点！我们要镇静点哟！

群　众　（同声）镇静，镇静……

王二哥　……我们要镇静点啊！我们要谨慎点啊！我们知道，我们是要获得胜利的——我们一定要谨慎点……

群　众　是的，是的。（行近县公署）

王二哥　（招蔡伯，阿金，张四哥）蔡伯，阿金，张四哥，来，县公署到了，我们走到前头去吧！（蔡伯，张四哥，阿金从群众中走到前头）

蔡　伯　好的，好的。

阿　金　好的，好的。（行抵县公署门口）

卫　士　（上前挡住）你们做什么？

阿　金　（厉声）我们请愿！

群　众　（呐喊）我们请愿，我们请愿……打死人命，打死人命……

卫　士　（怒目）静着。

群　众　（喊声）打死人命，打死人命……

卫　士　（怒视）什么事？

蔡　伯　（柔和）对不起，我们请办命案。

卫　士　吓！什么命案？

蔡　伯　（惊异）什么命案？哦，阿兴——蔡三爷无故打死人命，我们请办凶手……

卫　士　……

王二哥　（抢上前）请你马上给我们通报一下，我们来请愿的，我们是因为命案……

卫　士　……（卫士×走进署里）

群　众　（一阵喧哗）……

黄法官　（从署里走出）你们是不是来请愿的？（望群众，再注视王二哥，蔡伯，阿金，张四哥，前头几人）

蔡　伯　是的，是的。

王二哥　是的，是的。

黄法官　你们是哪里人？

王二哥　隆区西村。

黄法官　隆区——为什么到这里来？

王二哥　……到这里来？（略停）是的，我们是来这里请愿的，我们知道到警署去是不行的……

黄法官　怎么不行？

王二哥　因为新任署长和蔡三爷很要好。

黄法官　……

蔡　伯　（插着说）先生，请你们替我们办理吧，我们很可怜呢？他们目无天理，横行霸道，打死人命……

黄法官　谁？

蔡　伯　阿兴——蔡三爷……

张四哥　先生，千万请你受理，我们是无处申冤的，先生……

黄法官　……

蔡　伯　先生，我们到警署去是不行的，我们一定要在这里解决。啊，啊，我们别的地方是不能走的，我们一定要在这里——

黄法官　（扳起面孔）不行，不行，你们应该到警署去，你们应该到警署去，我们这里不受理警署没有理过的案件。

群　众　哪里的话！哪里的话……

王二哥　先生，我们是不能到警署去的，我们到警署去一定是失败的……先生，请你费神一点，我们就在这里受理吧！

黄法官　不行，不行！（转身进内状）

群　众　（指内作叱异状）蔡爷，蔡三爷……（忽见蔡三爷坐在底后
　　　　厅上）

群　众　（骚动）杂种，杂种……捉出来，捉出来……

黄法官　（动怒转头望群众）是哪一个？

蔡　伯　先生，请你开恩一点，我们一定要在这里受理的……

黄法官　（不答，怒视群众）……

群　众　（骚动，私语）……

阿　朱　（从群众中走出，愤怒）不要求他吧，不要求他吧，蔡伯求
　　　　他是不中用的，他们是一道哟！

群　众　对啦，对啦……（活动起来）

阿　朱　……事实是绝望了，失败了，我们——

黄法官　（指挥卫士）把他们绑起来！

群　众　（略后退）啊！啊……

卫　士　混账东西，你们这些猪，还不走开，把你们都绑起来！

阿　朱　（奋身）同志们！兄弟们！不要怕，随我来，随我来……
　　　　（冲上前去）

群　众　（猛烈地前进）打呀，打呀，打呀……（群众冲上前去，黄
　　　　法官向后走了，卫士也败走了）

蔡　伯　呀呀！事情大了，事情大了……

王二哥　诸位，事情弄糟了……啊啊！干的大事，干的大事……不过
　　　　现在，我们不得不彻底干了，我们不得不彻底干了……

群　众　是是，是的，干呀！干呀！干呀……

王二哥　……仇人便在眼前—— 一切的仇人便在我们的眼前！要勇
　　　　敢，要不退缩，要不退缩！冲上前去吧，冲上前去……

群　众　打进去，打进去……（群众冲入大门）

卫　士　（里面一队卫士出来）砰！砰！砰……

群　众　（呼喊）进呀，进呀，进呀……

群　众　哎哟！他们开枪了！开枪了……

群　众　哎哟！哎哟！哎哟……

卫　士　（开枪）砰！砰！砰……

群　众　跑呀，跑呀……

　　　　　（幕猛下，隐隐闻叫喊声，呼号声，枪声……）

第四场

　　Ａ字式的草寮位置在舞台背面左角上，门口对着台前，左右后三面密布林木，隐约望不遍全部。寮右面有草地一片，里面蔓草茸茸，望去像高山底下的斜坡。

　　全舞台背景作山谷布置：底景或作高山，深谷，层峦，峻岭……随意。

　　幕开时，靠寮草地上或坐或躺地排满农夫十余人，张四哥，蔡伯仿佛坐在底后。寮内隐隐有人语声，全场迷惘和寥寂。

蔡　伯　（慢声）夜晚了，阿锦还没有回来？

张四哥　是的，怎么还不回来呢？

蔡　伯　（默想）六点钟吧？（略停）已经很久了，怎么还不回来？大概不会失事吧？

张四哥　不至于吧！我想他是很细心的……

蔡　伯　是的，我也是这样想——他怎么总不回来呢？

张四哥　等一下吧——他不久一定是回来的。

蔡　伯　……

　　　　　（草寮内发出哭声）

张四哥　唉！阿金嫂还在哭呢！

蔡　伯　是的，她哭着呢……

张四哥　她怪可怜的，整整哭了半天，连眼睛都哭肿了！

蔡　伯　唉……（低下头去）

张四哥　现在我们乡里不知又闹成什么样子了！听说那些无辜的年轻的妇女们都逃走了——他们（官兵）是何等残暴哟——他们抢掠了还不算，连无辜的妇女们都奸淫起来！啊啊！现在守乡的几个老婆子，不知道又怎么样呢？

蔡　伯　刚才阿顺回来——你没有听过吗？他说他到了东郊，遇见阿逢进的老祖母，据她说，那班野兽般的官兵，现在对她们——老妇人们——也三言两语地调笑起来……你想还有什么道理呢？

张四哥　是的，我想他们是没有良心的。你看他们不绝地开枪，一个两个的打倒了，又是一阵开枪，三个四个打倒了，他们是不停地残杀哟！他们是没有觉得生命是什么呀！……

蔡　伯　你想他们懂得什么？他们都以为杀人放火便是他们惟一的责务。是的，他们整年练习枪炮，就是为的这件事。

张四哥　……

　　　　（阿锦忽忽从左边走上，人影恍惚）

蔡　伯　（闻足声，抬头望阿锦）是阿锦吗？

阿　锦　是的。（走近蔡伯处）

张四哥　怎么去了许久？我们等急了——现在事情怎样？

阿　锦　事情糟极了，王二哥听说当时没有给他们打死，现在才给他们拿去枪毙哩……

张四哥　（猝然）哪个说的，他真的被拿去枪毙吗……

阿　锦　是的，黄昏时候。潘老嫂说。她还说听那里的兵士们说，他们在四点钟的时候，县里派出一大队兵士到四处截拿我们哩……

张四哥　啊啊！怎样干？怎样干？

蔡　伯　啊啊……

群　众　（哀叹与愤怒不一）……

阿　锦　外间的消息是很不好的，我想他们不久是会找到这里来的，我们现在怎么打算才好？……

寮　内　（妇女的声音）……天哪，天哪！……

寮　内　（阿金嫂的声音）……我的……天哪……我的丈夫……哪……

群　众　唉唉！……（忽闻足声）

群　众　不好了，不好了，他们来了，他们来了……

　　　　（全场骚乱）

蔡　伯　（举手）静着——听！

　　　　（群众略镇定，远处发现一个人影）

蔡　伯　（走上前去）哈，你是哪一个？

谢炳文　（缓步走来）是我。

蔡　伯　你是谁？

谢炳文　（行近蔡伯）蔡伯。

蔡　伯　啊啊！你是炳文。

谢炳文　是的。

蔡　伯　啊啊！

谢炳文　蔡伯，你们来这里干吗？

蔡　伯　啊啊！你不知道吗——我们乡里闹事了。就是阿兴无故打死阿五，我们到城里给他请愿，那里的人非特不肯受理，并且很凶的喊着捉人，我们不得已和他们闹了，他们便开枪了，把阿金，阿朱，阿英当场枪杀了……还有六个人给他们捉去呢……（且行且谈，走近草寮）

张四哥　炳文，我们不能归乡了；你要到什么地方去？

谢炳文　乡里现在怎么样？

张四哥　糟糕哩！乡里一个人都没有，那里兵士们闹着捉人，放火……

谢炳文	现在你们怎么打算？
张四哥	就是没有办法，大家都在这里纳闷着。
寮 内	……天哪……天哪……天哪……
寮 内	……我的……天哪……天哪……我的丈夫哪……
谢炳文	多么凄惨哟！啊啊！寮内哭的是谁？
张四哥	妇女们——阿金嫂，王二嫂……丁婶……
谢炳文	可怜，可怜！
阿 锦	事情已经吃紧了，我们不要瞎谈吧——我们要快快的想想法子才好！
蔡 伯	啊啊！
张四哥	炳文，现在要请教你了——我们一点法子都想不出来。
谢炳文	……
张四哥	你是和我们不同呀！我们老是住在故乡，外面的事情一点都想不到，现在，不得不请教你了……
谢炳文	啊啊！（突然）我是"贼"呀！
张四哥	啊啊……
群 众	啊啊……
谢炳文	不过——你们不要惊异……现在做贼是多么伟大呀！以前的贼，只是无目的地乱抢，乱掠，乱杀……和我们就不同了！我们的责任就是：打倒土豪，劣绅，贪官，污吏，笼统说一句：我们就是要打倒压迫阶级。是的，我们对于我们被压迫的群众，绝对是同情的！友爱的！互助的！……我们对他们一点也没有不好的待遇……
群 众	好呀！好呀！
谢炳文	所以，我敢说：我们这种贼，只不过是一种压迫阶级眼中的贼。实际上，我们却是一种伟大的军队，我们有了伟大的行动和伟大的团结……

255

群　众　啊啊！原来这样！原来这样！

谢炳文　现在呢？你们闹事了，你们反叛了。我相信，在压迫阶级的眼中，你们也是贼，也是叛徒……我想你们现在可以明白了贼的意义了！

群　众　我们明白了！我们明白了！

谢炳文　好的，你们知道现在的贼并不是像压迫阶级口中造谣的那样可恨，只不过是一种时代的反抗的战士的别名罢了。从你们这一场悲剧看起来，我们更加可以了解了！现在的我们，穷困的我们，是没有地方能够代表我们，替我们谋幸福的呀！那么，我们便只好做贼去，我们便只好开始和现社会开战了……

群　众　好呀，好呀！

谢炳文　不过你们还要记住，我们这种贼是有严密的组织和森严的纪律的呀！……

群　众　是的，是的，我们能够记住！

谢炳文　那么，我们就一道做贼去吧！……

群　众　好的，好的，我们做贼去吧！我们做贼去吧！

群　众　做贼去，做贼去！（全场农夫农妇混乱，高声喊着做贼去，幕下，犹闻我们惟一的出路，只有做贼！不绝的喊声）

一九二八，六，一，于西湖

（原载《我们月刊》第1、2、3期，1928年5月20日，6月20日，8月20日出版）

洋　楼

陈礼逊

这美丽的洋楼！这巍峨的洋楼！

自建筑的开始，到建筑的完竣，

经过了炎热的暑天时候，

经过了严寒的冬天时候；

费尽了莫大的劳苦的工程，

才把这一座伟大的洋楼造就！

在那时，饥寒交迫的兄弟们，

为经济压迫而来赚这几个工钱；

有许多营养不足的兄弟们受炎热而炙死！

也有许多兄弟们受不过严寒而冻毙！

呵！死者固然是冤枉，可怜！

呵！生者亦依旧是做人奴隶！

唉！他们为饥寒交迫而来赚这几个工钱，

被富人们强使做他们的奴隶！

他们牺牲了许多生命来干这浩大的工程，

这伟大的洋楼却被富人们管理；

可是他们为建筑而死的兄弟，

仍然得不到一点怜悯的体恤金！

唉！唉！他们费尽了浩大的工程，
筑成洋楼来供给富人们居住！
可是他们的劳苦终是得不到酬报，
富人们不准他们到洋楼里面去涉足；
洋楼之旁围着一带短墙，
短墙之门站着一个被雇来的巡捕！

狞恶的巡捕守着洋楼的门户，
墙上还贴着一张"闯入者送捕"，
门口树立着一排铁栏，坚固，
把贫富的阶级隔得十分清楚！
洋楼里面还养有几条放肆的洋犬，
仗着主人的权威，竖起尾巴，乱跃狂吠！

洋楼的窗口，时时送出阵阵的歌声，
那歌声分明是妙龄少女的柔腔；
还有那洋琴，那和着柔腔的洋琴，
弹出有节奏而悦耳的清音，
在那清音里面，还混着欢声笑语，
那正是富人们搂抱着少女在发展着他们的兽性！

洋楼的墙上隐约间还留着他们的血痕——
那血痕是纪念死去的兄弟们的遗迹！
他们生时候做牛做马所赚来的金钱哪儿去了，
都被资产阶级剥削得净尽，净尽！
他们死去的骨骼却被取来装成洋楼的柱石！
他们流尽的血汗又被取来装成窗框的花纹！

呵！呵！这里面的血痕，是羞耻的血痕！

是他们永远不能忘掉的纪念！

那墙上的血痕是纪念当时的痛苦，

是纪念当时寒暑二季枉死的人数！

那血痕好像凌辱可耻，一钱不值！

那血痕好像长年凄楚地在啜泣流泪！

现在是他们的时候了，是他们追悼的时候了，

他们都要起来寻找那些兄弟们遗下的血痕；

他们不要跟着那些死者的后尘去受人们凌辱！

他们都不愿和从前那样愚蠢！

他们都要得到一切的权利的享受；

他们都在高呼着要起来做世界上的主人！

这美丽的洋楼！这巍峨的洋楼，

里面所居住的人们，都是他们的雠仇！

他们为着切身利益起来奋斗！

他们一齐地都要起来为死者复仇！

他们都要把全座的洋楼烧掉！烧掉！

他们都要把里面的仇人打倒！打倒！

四，二，一九二八

（原载《我们月刊》创刊号，1928年5月20日出版）

马 路 上

陈礼逊

在这马路上，在这马路上，

有千万人在滚着！滚着！

这是人类的矛盾的剧场，

这正是在表演着人类的矛盾的真相！

在这剧场上，在这剧场上，

分明是分出了两个阶级；

一个是做了这时代的主人，

一个是做了这时代的奴隶。

啊！啊！这畸形的剧场，

这畸形的剧场，简直是杀人不见血；

比那断头台上还要悲惨，

比那战场上还要可惊！

真是不平！真是不平！

这样地就分出了奴隶和主人；

主人们坐在汽车上，兜着风，兜着风，

奴隶们，拉着货车，在马路上拼命奔走。

那坐在汽车上的主人们，

正和那些少女们在里面开怀畅乐；
谈笑着，拥抱着，接吻着，
任情地在发展着他们的兽性。

那些主人们，那些残酷的主人们，
剥削了奴隶们的膏髓；
拿来满足了他们自己的淫欲，
拿来供给那班淫荡的少女们的挥霍。

那乱碰乱滚的汽车，
使性的向那奴隶们冲去；
好像是要和那奴隶们挑战，
好像是在嘲笑那奴隶们不敢抵抗。

那汽车，那袒护主人们的汽车，
他们仗着主人的权威，藐视一切；
他们从前碾毙了许多奴隶，
他们身上染上的血痕，至今还未曾脱掉。

啊！啊！马路上的巡捕，
的确是主人们的走狗；
他们是十分凶蛮，狞恶，
好像是要把奴隶们吞噬！

那些巡捕，那些佩着枪刀的巡捕，
被那些主人们利用来当做走狗；
他们佩着的枪，佩着的刀，

正在闪着那惊人的光芒。

唉！唉！拉着货车的车夫，

他们的衣衫是十分褴褛，

他们的面颜是憔悴而灰黑，

他们的身体好像是一具活着的骷髅。

那些货车，那些装满着许多货物的货车，

他好像是很不听命，很不听命；

他们下死劲的拉着，拼命的拉着，

拉着，拉着，那些货车才缓缓地蠕动。

他们在喘着气，他们在喘着气，

他们的精力已是完全消失；

他们这是能够活着的，能够活着的，

只赖他们的脉搏里还有未流尽的血。

他们的脉搏里，还有一些儿血，

这一些儿血，在延长着他们的寿命；

可是这一点儿一点儿的血呀，

恐怕不久，不久就要消耗得净尽！

唉！唉！他们脉搏里的血，

恐怕已不是他们的所有了；

那前面已经摆布了一个个的恶魔，

好像是在待着他们的血肉去吞噬。

唉！唉！这马路上，这马路上，

简直是恶魔载道，恶魔载道；

这正是人类到了黑暗时期的最高点，

这正是这资本社会整个的不可收拾。

十七，六，二日

（原载《我们月刊》第2期，1928年6月20日出版）

1929年急待解决的几个关于文艺的问题

林伯修

一

1928年是中国普罗文学主张它的存在权的年头。1929年应该是它开始确立它自己的理论和实际地解决当前的具体问题的年头。

普罗文学，在中国，应于现阶段客观的需要，依着作家主观的要求，在1928年的开头送出它的作品于读者社会了。因为初生的关系，内容未免粗杂些，技巧未免幼稚些，但是在现在看来，它已是确确实实地取得存在的权利，受到读者的欢迎了。它简略地追迹了"五四"以来文学革命的历史，扬弃了浪漫主义及自然主义等等的文学，同时指出了革命文学的发生之必然及它的社会的根据。在指导理论方面，已经由"革命文学"发展到"普罗文学"。具体地说，就是由

"革命文学是以被压迫的群众做出发点的文学！

"革命文学的第一个条件，是具有反抗一切旧势力的精神！

"革命文学是反个人主义的文学！

"革命文学是要认识现代的生活，而指示出一条改造社会的路径！"（《太阳月刊》第二号《关于革命文学》）

的论理发展到

"革命文学，不要谁的主张，更不是谁的独断，由历史的内在的发展——连络，它应当而且必然地是无产阶级文学。"（《文化批判》第二号《怎样地建设革命文学》）

的理论。但是，这还只是一般地规定革命文学必然地是普罗文学，

却未曾充分地给与马克思主义的认识——确立普罗文学的理论。

同时，因为集中于革命文学的一般的性质的讨论及非普罗文学的谬论的指斥，很少讨论到具体的问题，尤其是普罗文学运动的理论。结果，只有因批判非普罗文学的谬误，揭破他们想把普罗文学"放逐到永远的彼岸"的处心，作为副产物而解决了普罗文学的作家问题（《我们》创刊号《革命文学的展望》；《思想》第二期《自然生长性与目的意识性》等等）。其他许多被提出着或被暗示着的问题，都未经过详细的讨论及具体的解决。这些问题，都是应该而且急需解决的问题——就是1929年历史课给我们的任务。

我在这篇小文，只想提出下面三个问题来说一说，其目的在要惹起大家的注意，共同来讨论它们和解决它们。叙述的范围，现时只能暂限于文学方面了。

二

第一个问题，就是普罗文学的大众化的问题。

普罗文学，它是普罗的一种武器。它要完成它作为武器的使命，必得要使大众理解，"使大众受护；能结合大众的感情与思想及意志，而加以抬高。"这是普罗文学的实践性的必然的要求；同时，也是普罗文学的大众化问题的理论的根据。因为普罗文学，如若不能达到使大众理解的程度——大众化，它便不能得到大众的爱护，便不能结合大众的感情与思想及意志而加以抬高；又怎能够战胜资产阶级文学而从它的意德沃罗基的支配之下夺取大众呢？

我们的革命文学的读者是些什么人呢？究竟有多少呢？我们相信决不会如茅盾君所说的那么寡少，"只成为一部分青年学生的读物"，而决无其他的读者。但是对于一切的读物的读者总数看来，那无疑地地盘是很狭小的（这当然还有其他种种的原因，不能通通由作品本身来负责的）。

这种情形，不但中国如此，日本、美国也是如此。例如日本，根据某工人在他的工厂（印刷业工厂）所调查的统计："劳动者每百人的日常读物（除了报纸之外）有60%是属于讲谈（'讲谈'如中国的'评话'，多系讲英雄侠客忠臣孝子一类的东西——笔者）社系的，属于任何意义的社会主义的杂志，不过只占有1%而已"（见《战旗》1928年六月号中野的论文所引用）。藏原惟人也说过："现在我们的艺术……仅有三四千的读者及观众——而且主要的部分还是属于知识阶级的。"（见八月号《战旗》）

美国是怎样呢？傅利曼说："高级文学在美国的大众生活，差不多没有什么重要性，Main Street的住民差不多全部没有一次听过辛克莱和鲁易的名字。劳动者几乎全部都不知道辛克莱之名。民众的艺术生活的主要的成分不是艺术文学，而是报纸，廉价杂志，Radio，留声机及电影。"（见八月号*Communist*的《关于美国文学的节略》的拔萃）

就是在普罗获得胜利已经十年的苏俄，也是未能脱去同样的状态。卢那查尔斯基批判着现在俄罗斯的普罗文学；指摘出苏俄的许多作家专在致力为"文化高度的读者——即普罗底上层部分，完全地有意识的党员，已经获得颇高的文化水平的读者"创作；希望有"能使百万的大众感动的作家出现，就是依着初步的而且单纯的内容也好"，最后高呼着"为马克思主义批评家者，应该把后者估价得更高"（见1928年七月他所发表的《关于马克思主义文艺的任务之论纲》，全文已译登本报第六期）。

照着上举的各例看来，这一现象，很普遍地在世界存在着，不单是我国特有的现象。但是这不能成为我们的文学作品缺欠大众性的辩解，也不能成为我们文艺运动幼稚的辩解。惟其如此，所以，我们便更应该及早提出这个问题。积极地加紧起来努力。为什么呢？因为我们主观的力量比上举的各国要弱得多，而我们客观的障碍又比各国来得更大的缘故。

这一问题的解决，主要的自然要由普罗文学作家实际上的作品行动及艺术运动的技术的行动今后的奋斗和发展来解决，决不能单靠一般抽象的理论解决。可是理论上的探讨是一切实践的前提和方针，所以，我们觉得有提出这一问题来请大家讨论的必要。我们认为要来讨论这一问题，有几个根本的观念应该要注意的——虽然单就这一问题的理论上的解决说，也不是一篇小论文所能胜任愉快的——现在把它写在下面：

（1）讨论这一问题，固然要注意到文学自身的本质，但同时尤要注意到使这个问题提出来的现阶段的客观的要求及条件。因为决定某一具体的问题的方策，是应该从具体的情势出发，从一般的命题出发是不行的。

（2）普罗文学的大众化，是要使他的作品能够接近大众，即使大众理解，所以不仅要在文字上力求其显浅易懂，而且必要把握着普罗的意识，用这意识去观察现实描写现实。因为所谓"接近大众"，"使大众理解"，不尽是对于文化度低微的读者而言，同时也对于文化程度较高的为支配阶级的意识所麻醉的读者而言。并且在几乎没有从普罗出身的作家的中国，这一点尤值得注意。这就是他和一般的所谓"通俗小说"绝对不同的地方。

（3）普罗文学所要接近的大众，在社会的阶级构成很是复杂的。现阶段的中国，决不是单指劳苦的工农大众，也不是抽象的无差别的一般大众——所谓"By The People, for the People, of the People 的The People，而是指那由各个的工人，农民，兵士，小有产者等等所构成的各种各色的大众层。在这里我们应当科学地具体地去把他们详细分析，绝对不许含糊笼统。

（4）我们的文学大众化的目的，在于"结合大众的感情与思想

267

及意志而加以抬高"，以期达到普罗的解放。所以，他不仅要"描写他们的各种苦痛"，来"为他们诉苦"，紧要的是要明显地或暗示地写出他们这些苦痛的由来，他们在历史进展过程当中的运命和其所负的使命，指示给他们以出路，鼓舞着他们的革命的热情和勇气，使他们走上历史所指示的革命底光明大道上去。这不消说不是什么"表现小资产阶级的作品"，更不是什么"黑色文艺式的农民文学"。

（5）普罗文学的大众化，固然要使大众爱护，但不是一味在讨他们的"欢喜"而只管去追随他们。要是只管去追随他们，便很容易离开普罗文学的根本立场，很容易丧失觉醒及"抬高"他们的任务。因为他们的意识，除开一部分觉醒的人们以外，不是受了资产阶级的意德沃罗基的支配，就是自然成长性的阶级意识的缘故。

（6）普罗文学的大众性，不是内容的性质，而是形式的性质。所以，内容不必限定于复杂的高级的东西，就是单纯的初步的也好，只要能够使千百万人感动的强有力的艺术形式来表现它。因为为着筑起自己的生活而劳动着的大众，大多数首先感到必要的就是单纯而且初步的内容。同时在这方面我们应该先把大众所爱护的文艺的形式细心地研究着，批判地接受过来。

（7）普罗文学决不因其大众化而减低它的价值。不但如此，我们对于这样的作品，还应该估价得更高。所以，卢那查尔斯基说：

"让荣誉归于能够以使千百万人也感动般的强有力的艺术的单纯来表现复杂的可贵的社会的内容的作家吧！就是比较的单纯的而且比较初步的内容也好，让荣誉归于能够使这几百万大众感动的作家吧！马克思主义批评家应该把这样的作家估价得非常的高。"（看前面所引的论纲）

这不消说，不是否定为高级的读者写作的作家，而是我们不应该以"文化人的傲慢"去蔑视那种使千百万人感动的"单纯而且初步的作品"，致妨碍普罗文学的大众化罢了。

（8）要使作家的作品能够大众化，第一，作家自身的生活便应该普罗化。这样一来，他才能真地把握到普罗的意识。第二，作家应该细心地去接近及观察他所要描写的对象（这同时也是他的作品所期待着的读者对象）。

三

第二个问题就是普罗列塔利亚写实主义的建设问题。

在1928年所发表普罗文学的作品，是很少能够使我们十分满意的，在无产阶级文学的幼年期，这是必然的。我们并不因此便对于普罗文学的前途抱着悲观，更不消说不会跟着所谓"并不反对革命文艺的人们"来"叹息摇头"的。因为那些未能使我们认为十分满意的作品，有些是由于过去的浪漫色彩的残留，有些是由于没有完全摆脱旧式小说的窠臼，有些是由于没有深入群众，不能了解他们日常的生活而只为轮廓的描写，结局，遂不免陷于公式地概念地描写的缺点……一句话说，这些都是形式与内容不相调和的毛病。我们知道：作家只有坚决地站在普罗列塔利亚写实主义的立场，才能够克服这些毛病。并且在使我们的文学大众化的时候，这一克服尤为必要。

普罗文学，是普罗的意德沃罗基的一种。它必然地内在地要求他的作家站到普罗哲学的立场——辩证法唯物论的立场上来。这个立场便决定普罗文学作家对于现实的态度：他们应该彻头彻尾地是客观的现实的。他们应该离去一切主观的构成，于其全体性及其发展中来观察现实，描写现实。换句话说，就是把现实作为现实来观察和描写。在这个意味上，他便应该是一个写实的作家。那么，普罗作家应该怎样，才不会陷于过去的自然主义的写实谬误呢？换句话说，就是不陷于站在个人主义的立场来求什么"人的生物的本性"的资产阶级的写实主义的谬误，及陷于站在阶级妥协的立场而以情爱，正义，人道为招牌的小资产阶级的写实主义的谬误呢？藏原惟人在他的论文里说得很好：

"普罗作家，第一不可不获得明确的阶级观点。所谓获得明确的阶级观点者，究竟不外是站在战斗的无产阶级的立场。如若用着'××'（全苏联无产者作家同盟）的名句来说；他（无产阶级文学作家）是不可不用无产者前卫的'眼光'来观察这个世界而把它描写出来……因为现在能够真实地于其全体性及发展中观察这个世界者，舍去战斗的普罗——无产者前卫之外，没有其他的缘故。"

又说：

"他（普罗文学作家）从过去的写实主义继承着它对于现实的客观的态度，这里所谓客观的态度，决不是说对于现实——生活之无差别的冷静的态度，也不是说力持超阶级的态度，而是把现实作为现实，没有什么主观的构成地，主观的粉饰地去描写的态度。"

（见《太阳月刊》1928年七月停刊号《到新写实主义之路》）

这样看来，普罗文学，从它的内在的要求，是不能不走着这一条路——普罗列塔利亚写实主义之路。翻过来说，就是如果不把普罗列塔利亚写实主义建设起来，便不能成为真实普罗文学。所以，这种写实主义的建设，成为一个当前的极为重要的问题。这要我们的作家及批评家有意识地积极地在这一方面来共同努力。就中我们的作家的作品行动集中到这方面的建树来尤为重要。因为在文学上一种主义的确立和发展，不仅需要理论的提倡，主要的还是站在那种主义的立场上的作品的产生的缘故。

四

第三个问题就是艺术运动的二重性的问题。

根据上面所说，普罗文学的立场，应该是普罗列塔利亚写实主义的立场。就是应该用着无产阶级的前卫的"眼光"去观察世界，与用着严正的写实主义者的态度去描写它。那么，我觉得所谓艺术运动的二重性这个问题也应该从这里获得解决的暗示；不消说，还要格外注意到当前的具体的情势。

这个问题，沈起予君已经在1928年提出了（《创造月刊》第二卷第三期《艺术运动的根本概念》）。他并且很谦逊地说："以上不过是问题的提出，自然还须得有人来参加讨论。"现在，我就本着沈君的意思，来参加这个讨论。沈君解释这个问题说：

"所谓两重性者，即是艺术运动的意义，一方面是直接制作鼓动及宣传的作品，而与政治合流，他方面是推量着艺术进化的原则，来确立普罗列塔利亚艺术，以建设普罗列塔利亚文化。"

接着他说："本来艺术的形式及性质等的进行之原则或法则我们未始不可加以推测。""但我（沈君自称）并不会忘去：正在社会转型期的时候，只有从事'政治批判'，即一切艺术若不与政治合流，则皆系徒然的意义。"所以，沈君主张："艺术运动的结论，是应当与政治合流，即是应作为政治运动的辅助——我们给它一个'副次的工作'的名词。"他的理论的根据是：

"我们无寸时可以忘去的，就是艺术运动，在普罗列塔利亚的斗争中是必要的，但却是副次的工作。我们的主要目的，却不可以当作在建设普罗列塔利亚文化。因为普罗列塔利亚特在资本主义社会中决不能把自身的文化水准提升高到布尔乔亚氾①以上；有产者们不特支配了世界上的一切文化机关，而且在经济上及立法上亦完全把普罗列塔利亚特暴压得毫无自由的出路。无产阶级既不能受完全的初等教育，自然说不上应其才能而得受特殊教育了。我们在这种状态下的无产者，还可望有很好的发明，及'健康与尊严'的艺术出来么？所以

271

① 是Bourgeois的音译，即资产阶级。

我们可以看到布尔乔亚汜在封建社会中有了发达其自身文化的运命，而普罗列塔利亚特在资本主义社会内则断然沾不着这种光了！我们现在虽有'资本论'一类的文献，'资本论'的批判力，终究敌不过武力的批判。所以普罗列塔利亚特始终是无条件的革命阶级，他为获得一切起见，最初的工作，就在获得政治。这种获得政治之先后，及布尔乔亚汜革命与普罗列塔利亚特革命之区别的地方。"

以上详引了沈君的原文，我们从这里可以看到问题之所在和沈君对于这个问题的意见。以下可以把我们的意见叙述出来。

在进行我们的叙述之先，有几点是应该预先明白的：我们的革命文艺运动虽然是很幼稚，免不掉许多过错，但是，它一开始便走上正轨，还没有发现"藏在确立普罗列塔利亚艺术的美名下，而堕落到与现实无关，去作小资产阶级一样的艺术的倾向；没有鱼目混珠的冒牌的普罗文艺运动的理论；有的只是站在非普罗文学的立场来冷嘲热骂，还说不上有系统的理论的杂感似的文字零星散见罢了"。这是第一点。第二点是我们的革命文艺运动，实际上构成全世界的这种运动的一环。固然不应该把我们特有的环境和条件忽视，但是不能因此便不注意到国际的情势。最后，在历史发展的过程中各个时期的划分，固然有它各自的重点；但是，各个时期彼此之间，是有一种内面的连络，辩证法的关系的。第二个时期的作品，必然地要摄取第一个时期中的作品的要素，翻过来说，就是第一个时期的作品是必然地含着第二个时期所摄取的要素。这种要素，从客观看来便是建设的要素。所以：

第一，普罗艺术，是普罗解放的一种武器。它为要完成它的武器的使命，必然地是不能离开现实。在这个意义上，沈君主张艺术运动应当与政治合流，这是对的。不过沈君说："所谓艺术运动应与政治合流者，这不外乎是以艺术的力量来启示大众，使一般意识退后及低下的大众，向着革命途径前行。"似乎轻视了艺术运动的建设方面的作用。但是，从他主张这里的作品，必须具有真正的艺术性；及恐怕"我们的作家必有一部分去作浅薄的政治论文，漠视作品的一切艺术性"。这些话看来，又似乎不是这样。这是由他把艺术运动看成太单纯及把时代划分得太机械的缘故。卢那查尔斯基说：

"批评家。马克思主义者不可完全地单以写了实际问题的作品为有意义的东西。当面的问题的提出，其特殊的重要性虽是不可否定的东西，但是，就是一见好像过于一般的或相隔太远的，如果实际很注意地检讨一下，便可见其影响着社会的问题的提出，其有巨大的意义，也是绝对不可否定的。"

"在这里，我们有着和关于科学一样的现象。要求科学全然埋头于实际的任务，这是深刻的谬见。最抽象的科学的问题，当其解决了的时候，也常成为最有益的东西，这是已经成为ABC。"（《关于马克思主义文艺批评的任务之论纲》）

所以，只要这种作品是站在普罗文艺的立场而制作的，即使不是直接地为鼓动及宣传而制作的东西，也是必要的。而且这种艺术在艺术的武器的磨练上是有很大的贡献的。

第二，沈君虽认艺术运动为普罗列塔利亚特争斗中所必要的，但却把他看做"副次的工作"——"政治运动的补助"。这是由于他从他的"布尔乔亚氾在封建社会中有了发达其自身的文化的运命，而普罗列塔利亚特在资本主义社会内则断然沾不着这种光了"的一般论去引出结论而不从具体的情势而引出结论的必然的结果。这是犯了方法论上的错误。并且在全世界的范围内，变革前期的普罗文化，不但可能，而且现在已有了相当的成绩。这不待言对于各国的普罗文艺乃至文化会有很大的贡献。同时它对于国际资本主义也有着很大的打击呢。

普罗文艺运动是普罗斗争中的一种方式，它和政治运动一样地是阶级解放所必要的东西。它于政治运动是有着内面的必然的联络，所

273

以它必须与政治运动合流。但不应该因此把它看做"副次"，把它看做政治运动的辅助。在这里只有工作上分配的问题，而不是性质上轻重的问题。如果把它看做是副次的东西，结果必不能获得艺术运动的正确理论。

五

以上三个问题，我们认为都是1929年的当前的问题。所以把它重行提起，同时略述我关于它们的意见，想借此来引起大家讨论的兴味。因为这关于普罗的发展前途甚大，而且，它所牵连的范围甚广，我自始就不敢希望这篇小文能够给与解决的了。

（原载《海风周报》第十二号，1929年3月23日出版）

后记

　　20世纪二三十年代左翼文化运动是继"五四"之后又一次影响深远的文化运动。在这个运动中，活跃着来自潮汕的一个非常重要的文艺家群体，包括杜国庠、洪灵菲、戴平万、冯铿、柯柏年、陈波儿等人，他们都是大革命时期在潮汕参加了革命活动，"四一二"反革命政变后，或者为了逃避国民党右派的迫害逃难到上海，或者是出于对"东方莫斯科"的向往奔赴上海的。他们在上海参加中国左翼作家联盟等左翼文化组织，在社团组织、文艺创作乃至理论建设等方面都卓有建树，为中国左翼文化运动的发展做出了不可磨灭的贡献。其中，由杜国庠、洪灵菲、戴平万等人创办的我们社，不仅对旅沪潮汕左翼艺术家群体的形成发挥了重要的作用，而且这个社团的骨干作家，他们的文学创作及文艺理论，也是当时中国左翼文化运动的风向标。但是，由于这个文学社团存在的时间较短，学术界对它研究不多。出版这部《"我们社"研究》，目的是让文学界对它有更加全面、深入的认识。

本书部分论文已经在《新文学史料》《鲁迅研究月刊》《学术研究》《粤港澳大湾区文学评论》《汕头大学学报》等刊物发表，未发表的几篇是新近的作品。

感谢杨庙平老师，本书选辑的在《我们月刊》上刊载的作品，是杨老师在四川大学图书馆复印的。感谢吴纯老师，承担了本书部分文字的校对工作。

最后还要说明一点，本书是我主持的"岭东人文创新应用研究中心"的阶段性成果。

黄景忠

2022年1月15日